最后的欢愉

LAO JIA GE LOU WORKS 「老家阁楼◎作品」

中国画报出版社

图书在版编目(CIP)数据

最后的欢愉/老家阁楼著. —北京:中国画报出版社,2008.8
ISBN 978-7-80220-266-5

Ⅰ. 最… Ⅱ. 老… Ⅲ. 推理小说—中国—当代
Ⅳ. I247.5

中国版本图书馆 CIP 数据核字(2008)第 123156 号

特约编辑:蔡明菲
装帧设计:熊 琼

最后的欢愉

出 版 人:田 辉
著　　 者:老家阁楼
责任编辑:齐丽华
出版发行:中国画报出版社
　　　　(中国北京市海淀区车公庄西路 33 号,邮编:100044)
电　 话:88417359(总编室兼传真)68469781(发行部)88417417(发行部传真)
网　 址:http://www.zghbcbs.com
电子邮箱:cpph1985@126.com
印　 刷:北京京都六环印刷厂
监　 印:敖 晔
经　 销:新华书店
开　 本:787×1092　1/16
印　 张:15
版　 次:2008 年 9 月第 1 版 1 次印刷
书　 号:ISBN 978-7-80220-266-5
定　 价:22.00 元

版权所有　翻版必究

LAST PASSION ▶▶▶

你可以把这部精彩的悬疑小说当作一部同样精彩的都市画卷来看待，画轴层层铺开，黑红两色交错纵横在你眼前——**有黑色的阴谋，红色的血迹；也有黑色的西装，红色的唇印。** ▶▶▶

序一
PREFACE

最后的欢愉 ● LAST PASSION

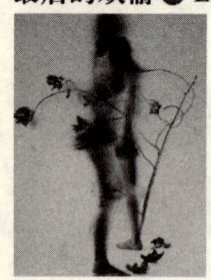

老家阁楼的蜕变

李西闽　上海作家

　　老家阁楼的新作《最后的欢愉》放在了我面前,它是一本什么样的书呢?出于对他的信任,我迫不及待地开始阅读这本书的电子文本。读完后,我长出了一口气,欣喜之情油然而生,因为老家阁楼通过这本书,完成了他的蜕变。

　　认识老家阁楼,是几年前的事情了。这个和我同宗的客家人一开始就让我刮目相看。那时,他送给我他的《我思故你在》,我是从这本书发现阁楼在悬疑叙事上的独到功夫的。在简单的文字后面,隐藏着一双莫测的眼睛,那是阁楼的第三只眼睛。为生存和爱情奔忙的阁楼,用他的第三只眼为我们提供了另外一个精神世界,这个精神世界通过他的小说完成,并且达到一定的高度。

　　后来,又读了他的《毒药》,我感觉到阁楼找到了自己最重要的表达方式,那就是通过一起简单的投毒杀人案,不动声色地层层剥开,直到真相浮出

PREFACE
LAST PASSION

水面。小说里弥漫的土家族的乡村风情更加让我迷恋,这是一次崭新的体验,无论你熟悉或者不熟悉土家的风情,那都是一种崭新的体验。阁楼能够把目光放到他不熟悉的生活场景中,这需要勇气,也需要探索。况且,在这本书中还牵出了很多历史的东西,让这本书有了一定的深度,而不是单纯的一个悬疑故事。我一直认为能够在探索中超越自己的作家才能写出脍炙人口的好作品。

现在,《最后的欢愉》让我有了惊喜,因为这本书对他以前的作品有了超越。在叙事上,更加沉着冷静了。从郑小燕、李元亨等主人公的出场,到故事的开始和发展,周国荣的突然死亡,以及围绕他的死生发出来的种种悬疑,直到真相大白……看上去波澜不惊,又十分地吊人胃口。我总是想按我的思路去发展,却不自觉地被阁楼牵着鼻子走,这对我而言是十分不容易的事情。能够让我产生浓厚的阅读兴趣,相信也会让读者着迷。

其实这是一个简单的故事,却一波三折。老家阁楼完全用他的意念在控制着小说人物的走向。让我惊讶的是,他貌似平静的语言已经到了炉火纯青的地步,仿佛是一夜之间发生的变化,但是我知道,这些变化,是他多年努力的结果。现在很多作者,包括出版了好几本书的人,其实语言这一关根本就没有过,还有一种误区,似乎华丽的词藻就是好的语言。我认为,好的语言是平静的,不动声色的,却能够挑动你的阅读神经,正如《最后的欢愉》里的语言,这种语言更具功力。我在他的小说里看不到过多的废话,而每一句话、每个细节都会在小说中起到路标的作用,让我在阅读的过程中不会放过任何一句话或者一个简单的细节,这是阁楼的本事,也体现了他对小说的认真态度。一个写作随意的人，要写出让人拍案叫绝的小说是不现实的。我不相信有什么天才，创作从来都是艰苦的事情，特别是悬疑小说。

　　任何小说，失去了文学的色彩，就没有意义。文学色彩包括小说所表达的深度和广度，不单单是语言和结构。《最后的欢愉》取材现实生活，我相信现实中已经发生过这样的事情，很多作者写不好现实的东西，于是他们去穿越，去武侠，去构想虚空的境界。那样不是说没有作为，但是，现实的东西有它的难度，如果不是一个对生活深入洞察的人，现实会变得苍白。老家阁楼把目光投向现实，取得了成功。《最后的欢愉》不但给我们讲了个好看的故事，重要的是把我们带入了现实生活的罗网，在这个巨大的罗网中，人和人的关系变得那么的残酷，所谓的情爱都变得那么不堪一击，物欲和情欲让人崩溃。我们什么时候才能真正面对自己的内心？从这本书中，我看到了老家阁楼把握现实的能力，而且，他的确通过这本书完成了他写作的蜕变，他的写作已经真正地迈入了文学的殿堂，这也就是说，他已经进入了一流作家的行列。

　　在混乱的文坛，充斥着虚假的烟雾，那些垃圾小说像妓女一样无耻地赤裸裸地沿街叫卖，许多下三滥的文人脸皮也不要……但是，也有不少真诚写作的人，老家阁楼就是其中的一个，我想，他的思考和认真的写作会让他走得更远，这点毋容置疑。

序二
PREFACE
LAST PASSION ● 最后的欢愉

小心，你背后的那双眼！

黄荣锋　　《今古传奇故事》杂志社

　　年前的"艳照门"事件余波未了，老家阁楼的新书《最后的欢愉》已然摆上案头。前者极大了地满足了公众的窥私欲，不知有多少人躲在幽暗的电脑屏幕后面品鉴完毕，然后摆出一副道德家的面孔指责一番。可怜青年男女的欢事，竟成为街头巷尾人们热议的谈资，终以悲剧收场。

　　后者开篇即如"艳照"般吸引眼球，一大段文艺味很浓的男女欢事描写，极尽绮丽缠绵之能事，激情中又透着些许绝望。让人面色燥红的同时，不禁怀疑，这还是那个以写悬疑小说闻名的老家阁楼吗？还是那个擅长挑战读者智慧的老家阁楼吗？带着疑惑，一路读下去，还好，很快就有一个名流医生非常蹊跷地死掉了，警方从死者亲友当中开始调查，而一封遗嘱却让事情变得更加扑朔迷离……故事终于进入了悬疑小说的路数。随着各色人等的登场，故事场景的变换，情节主副线开始交织、丰满，好戏接连上演了。但此时，一种怪怪的感觉渐渐萦绕心头，仿佛有一双眼，在冷冷窥视着书中的人物，而随着阅读带入感的加强，那双眼竟慢慢移至身后，阵阵不安、挣扎油然而生。此时作品已经让人欲罢不能了，到底是谋杀还是自杀？是因财起意还是为情所困？结局、真相、原因……一个个悬而未决的问题像无数只小猫爪撩拨着读者的心田。得，既然等不及，咱就自个儿猜吧！可尽管您费尽心机，作者仍然技高一筹，故事的结局出乎所有人的意料。

原来，这一切竟源于一场心理学实验……

洋洋十五余万字，悬疑小说家老家阁楼不仅再一次成功地挑战了读者的智慧，并且用通俗的手法表现了一个严肃的主题。可以毫不犹豫地讲，这是他创作生涯的又一座高峰，是他迄今为止最精彩、最深刻、最有现实力度的作品。即便放到国内悬疑文学创作这个大的平台上衡量，也是一部具有开创意义、有相当分量的作品。

长期以来，国内的悬疑文学创作似乎进入了一个怪圈，大量怪力乱神和血腥暴力的东西充斥其中，除了给读者制造一些生理上的反应外，很难留下多少有价值的东西。一些作品叙述冗长，情节发展缺少逻辑性，有时连结局尚且不能自圆其说，更何谈文以载道？类似作品一度泛滥成灾，在成就前两年悬疑文学的短暂繁荣外，其实严重透支了市场的信心。

《最后的欢愉》不仅从那些低级作品中跳脱出来，而且与一般悬疑小说片面着眼于破案本身有所不同。作品花了大量笔墨来描绘现代社会伦理关系的失衡，剖析人性的复杂与微妙，并从心理分析的角度，试图探寻罪恶的根源，新鲜且富于现实意味。这其中最值得称道的是，文中设置了一个冷静而且专业的心理学医生，通过她的眼，来探知现代人的各种心理困惑，

PREFACE
LAST PASSION

以及由这些心理问题导致的人格分裂与变异。阅读到这里，小说仿佛为读者开启了一扇明镜，投射出每个人心底最隐私的部分。此外，文中人物也很鲜活，无论警察还是商贾，家庭主妇或是职业女性，都非常有个性，往往三言两语，便跃然纸上。即便是隐藏于幕后的死者，作者也从侧面将其偏执疯狂的性格表现得相当充分。

从这个意义上讲，老家阁楼创作这部作品，是严肃认真的，他探索了犯罪与人性的关系，并由此引发关于人生的思考——人生情渊、人生黑洞、人生误区、人生怪圈、人生狭路……也许，对于人类来说，犯罪本身就是一个值得永远探索的"人生悬疑"，而我们都是"有病"的天使，时时需要内省与自救。

小心，你背后的那双眼！那是文中病态人物对窥私欲的宣泄，它时刻在审视每个人心底的恶！

小心，你背后的那双眼！那是万千读者对作家的默默注视，换一种严肃的态度去创作，必将赢得他们更广泛持久的爱戴！

小心，你背后的那双眼！那是上帝在云端俯瞰众生，每个人，保持对良知、对伦理、对法律的敬畏，就可以活得更阳光、更健康、更真实！

目录
CONTENTS

最后的欢愉
LAST PASSION

001 | 第一集 | 二月春色应偷红
CHAPTER ONE

门悄然滑开的时候，她深吸了一口气，甚至闭上眼睛。虽然她已经十几次推开这样的门，但她知道，这扇门后面永远有让她意想不到的东西。这是她和他的约定。

021 | 第二集 | 周国荣之死
CHAPTER TWO

郑小燕醒悟过来，心里一阵狂跳，只是他这么一句点醒的话，竟然让她的身体瞬间激涌起来，情欲之火常常需要慢慢烘托，如同钻木取火，但有时却可以瞬间点燃，而这种瞬间点燃的火，往往烧得最猛最烈，最令人难忘。

037 | 第三集 | 奇特的人选
CHAPTER THREE

同样被"李元亨将出席遗嘱宣读"之事困扰的还有郑小燕。她的困扰和猜测富有女性的浪漫主义色彩。她觉得，丈夫准是知晓奸情，一直不点破是因为他自己也不干净，锅炉工不会取笑掏粪工。

053 | 第四集 | 遗嘱之谜
CHAPTER FOUR

李元亨捧着账单的手禁不住微微颤抖，这件事情太可怕了，他一直精心编织的秘密游戏竟然一直都不过是在人家手掌心里的拙劣演出罢了。那些疯狂的激情，浪漫的瞬间，原来背后都有一双眼睛在盯着。

071 | 第五集 | 同类的诱惑
CHAPTER FIVE

黑人沙哑高亢的原始激情旋律不但让语言完全空白，并且能激发起他们潜伏的狂野邪念，他相信，郑小燕正是他苦苦寻觅的同类人，她的邪念正是他的邪念。

085 | 第六集 | 谁在泄秘？
CHAPTER SIX

"郑——小——燕——，"她咬牙切齿地反复念着这个名字，她已经不抱任何幻想，郑小燕在周国荣死后，彻底要与她撕破脸皮，甚至置丈夫的身后名誉于不顾，这个女人已经彻底疯狂了。

103 | 第七集 CHAPTER SEVEN | 节外生枝的失窃

他仔细思索着小章的分析，觉得这个案子拉开来，果然很不简单，每个人活着的时候，都有可能做出不为人知的事情。正如这位周国荣，看似交际简单，其实深入调查起来，却并不简单。

115 | 第八集 CHAPTER EIGHT | 心理医生的烦恼

杨梅拼命喝着咖啡，连续几个晚上的守候让她精疲力竭，却一无所获，她搞不懂自己什么地方弄错了，对郑小燕的治疗方法完全是按照周国荣画出的指示图操作，她反复看了周国荣拍摄的画面并与之参照对比，没有丝毫差错。

131 | 第九集 CHAPTER NINE | 李元亨的闷棍

李元亨的眼睛刚落在第一张照片上，就仿佛脑后挨了一闷棍，随着一张张扫过，他的额头已经冷汗淋淋，这些都是他与郑小燕在酒店阳台、高速公路的汽车上，甚至还有密丛里的偷欢照片，每一张都赤裸相拥，虽然距离较远，但对于熟悉认识的人来说，完全可以辨认出他们来。

151 | 第十集 CHAPTER TEN | 遗嘱里的新思路

从现场往回推，那么，死者通常有两种可能，自杀和他杀，我们一直在推理他杀，甚至没有往自杀方面想过，假如他是自杀呢？自己破坏刹车系统，他可以做得很从容，很有计划，从遗嘱的完善程度，并不是没有可能啊。

163 | 第十一集 CHAPTER ELEVEN | 另一种推理的陷阱

"我当然有胆量，呵呵，"看到杨梅站起来，他倒坐了下来，"不过，我没有证据，你的合谋人也死了，告你是没戏了，但是纸包不住火，说不定哪一天你露出了马脚，那可就……"这种欲言又止，相当的令人烦躁。

179 | 第十二集 CHAPTER TWELVE | 周国荣的秘密

"周医生对学术研究的狂热的真正表现还不是在这里，我之所以用'狂热'来形容他，是因为没有比这个更适合的词了，他可以牺牲一生的幸福来完成他的研究。"

191 | 第十三集 | 被嘲笑的警察
CHAPTER THIRTEEN

傅强疑惑地摊开报纸读起来，首先看到的是巨大的标题——《名流医生绝症自杀，真相牵出诈保丑闻》。

201 | 第十四集 | 没有选择的李元亨
CHAPTER FOURTEEN

王笑笑如同死人般毫无反应，他慢慢看到了，王笑笑朝地的额头下面有一个四方尖角的金属罐子露出一半，边沿上还闪着白森森的反光。

211 | 第十五集 | 终结者的最后宣言
CHAPTER FIFTEEN

"死人的话可信度有多大呢？"傅强反问他："如果明天保险箱里有一封信，说他不是自杀的，而是被他的律师所杀，你说，我们能相信他么？

222 | 附　录 | 提前阅读体验
APPENDIX

庄秦、七根胡、韦一、谢飞、快刀、李异、雷米、大袖遮天，倾情推荐

第一集
CHAPTER ONE
二月春色应偷红

1

一年前。

郑小燕看起来很年轻，虽然她结婚七年，女儿都五岁了。良好的环境和安稳的生活，精心的保养与平和的心态，这些都会令人看起来年轻很多，郑小燕也不例外。

她是这家商场的常客，没有特别的原因，只因为这家商场离家近，规模足够应付她的日常采购。

郑小燕的采购过程很漫长，她有足够的时间精挑细选。她从货架间浏览而过，就像在画廊里欣赏展品，安静而沉醉。

她每次采购的东西都不多，只是一些家居常用品，偶尔购买护肤品，她似乎不懂得辨别质量，所以只选择价格最贵的。

李元亨很有耐心，总是在与她相隔两排货架的距离悄悄地观察着她。货架陈列品的间隙便是他的观察孔，他很小心，大部分时间如同蛰伏的冬虫，只需一双警惕的眼睛便可，所以，郑小燕从来也没有觉察出来。

郑小燕像众多采购主妇一样推着一部购物车，在商场里面的主妇堆里她并不算扎眼，她的发型和穿着都尽量朴素，颜色也很清雅，如果仔细观察，当然能看出她的美人胚底。修长的细腿，紧缩的蛮腰，胸部并不十分突出，却显得舒展而饱满，眼角若隐若现的细纹如春水含露。李元亨喜欢看她裸露在高跟凉鞋外的脚趾头，示威似的微微翘起，充满少女般的调皮和挑逗。

好几回，罗贞洗澡出来，裹着半截浴巾，架着粗腿在床头涂染脚趾甲，李元亨很认真地审视过她的脚趾，每一根都仿佛世袭皇位般剑拔弩张，毫不相让，让李元亨对它们五位能够相处至今心生敬意。

罗贞的胸部也许更加舒展和饱满，可以象征祖国，相比之下，郑小燕更像是东三省，这种对比让李元亨更加热爱郑小燕那片肥沃的黑土地。

手机在裤兜里响了一声，李元亨便迅速摁掉，他已经有资格摁掉任何人

CHAPTER ONE 二月春色应偷红

的电话,需要事后寻找借口的人不会超过三个,罗贞算一个,她父亲罗仁礼算一个,最后一个是机动的,可能是任意的某个大客户。

这个时候他需要全神贯注,郑小燕能展示给他的瞬间只有一次,每一次也就一瞬间,虽然每次的瞬间都一模一样,就好像每一次奔赴茅房,畅顺的感觉尽管雷同,但总让人愉快。

郑小燕终于走到了日化品架前,她漫不经心地看着,一只手轻轻滑过陈列的货品,不经意间在廉价的眉笔堆里停留了一下,一枝眉笔在食指与中指间灵巧地翻飞闪过,悄无声息地滑进了腋下的坤包里。

整个过程就在一瞬间,动作赏心悦目,仿佛她就是表演中的魔术师,马上坤包里会长出一朵花来似的。

李元亨如释重负般松了口气,脑海里还有那枝眉笔在翻飞。

郑小燕眼角的纹路清晰起来,笑意就像掠过投石的水面荡漾开去。

在靠近收银台的一根柱子的边上,站着一位身着深灰西服的矮胖男人,戴着金边眼镜,看起来很睿智和优雅,从他的角度是看不清楚郑小燕的动作的,只不过他更多的注意力是在李元亨身上。郑小燕走近收银台的时候,他闪到柱子另一边,直到郑小燕往地下停车场而去,李元亨也进了地下通道门后,他才闪出来,并且悄悄跟上。

郑小燕跨出楼道门,她知道门边有一个垃圾回收箱,所以预先伸手掏出了包里的那枝廉价眉笔,在经过垃圾箱的时候,手一扬,轻蔑地将眉笔扔了进去。

免费的东西她是不会要的,廉价的货品她也不会保留,就如在飞机上捡起邻座遗下的半包纸巾,你不可能留着自用。

但有人会需要,跟上来的李元亨看着消失在车库一头的郑小燕,然后从垃圾箱里将那枝眉笔捡了起来,他掏出一个小皮夹,上面别了许多同款式的眉笔,将新捡的这枝别了上去。

做完这一切,李元亨去取车,在掏出车钥匙的同时,手机响起来,这声音在这个封闭安静的地下车库里显得尤其刺耳。

电话是秘书打来的,问他几时可以到公司,广告公司的人带着策划案过来了在等他开会。

李元亨说:"我马上回来。"挂了电话,刚抬头,一辆红色小车突然冒出停在他跟前,玻璃窗降下,郑小燕伸出半个脑袋,惊讶地看着他。

"你怎么在这儿?"

李元亨下意识看看左右,说:"哦,刚到,刚到,准备上楼去买点东西,你呢?刚到还是离开?"

郑小燕笑了:"离开。"说完要升上玻璃窗。李元亨好像想起什么,连忙示意她把窗子降下来。

"还有事?"

李元亨掏出一张请柬递过去,"明天晚上,结婚周年,和往常一样,在家里聚会,罗贞让我今天派完这几张,呵呵,这下省得去周医生诊所了。"

郑小燕接过来,看也不看就扔到旁座上,眼睛一直盯着他的脸看,李元亨被她看得有些局促,挥挥手让她走,郑小燕突然咧嘴一笑,很有深意地说:"先祝贺你,又一年了,不过,日子还长着呢,呵呵。"

看着郑小燕的车离去,李元亨有种说不出来的懊恼。

李元亨的车也离开车库的时候,着深灰西服的男人从楼梯口走了出来,迅速钻上自己的车,一辆黑色日本房车,从事他这个职业的人在生活用品上通常都很低调。刚要启动汽车,他的电话响了。

"国荣,你在哪儿啊?"

"出了个诊,在回诊所的路上,有事吗?"

"明天是李元亨和罗贞结婚周年,我们要去吃晚饭,你要记得啊,这个不好失约的。"

"好的,我会和接待说的。"

"不用啦,我刚才打电话到你诊所,英子接的,我已经和她说了,让她明晚不要接病约了。"

"哦,知道了。"周国荣不太喜欢妻子这种先斩后奏的方式,好在这种情况极少发生,甚至郑小燕结婚六年来上他诊所的次数加起来还没有手指头多。

◂◂◂ CHAPTER ONE | 二月春色应偷红

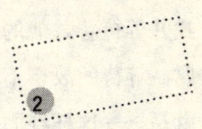

  李元亨匆匆赶回办公室，稍稍整理了一下思路，夹上桌面上几张乱七八糟记了些句子的纸就往策划室走去。这是他的一个习惯，将断断续续的思路记在纸上，外人如看天书，他却能一目了然。
  公司在中国注册了新的红酒品牌——"偷红"。这是一个大胆的尝试，之前几个自有品牌名字都显得平庸无奇，"醇红""甘露红""玫瑰红"之类的，因此市场走势也就一直平淡无奇，公司能支撑到今天，靠的是品牌，旗下现在已经拥有了十多个红酒品牌，在中档价位形成了围攻之势。这么说吧，消费者需要购买中档红酒，随便到一个超市，看见品牌众多，每个消费者总有自己的理由选择打动他的那一瓶，而对于李元亨来说，不管消费者如何选择，有68%的机会是在购买他公司的品牌，这就是市场占有率68%的意义。
  策划室里烟雾迷蒙，这是公司唯一允许吸烟的地方，这似乎是约定俗成的，动脑子的地方不宜禁烟。
  李元亨朝里面四位广告人点点头，在居中位置坐了下来，然后对秘书低声交待："让各部门经理都进来。"
  人齐后，李元亨伸手做个"请"的姿势，广告人里站起来一位瘦高个，脸色苍白，开口却声音洪亮，李元亨见怪不怪，搞策划的，都有许多给自己撑自信的招儿。
  幻灯片亮起，一张设计精美的海报跃在银幕上：昏暗的酒吧一角，一个中年男人优雅地靠在吧台上，他可能在注视舞台上的演出，在他手肘旁边，是一杯红酒，被喝过一小口，杯沿上有残留的酒液。
  海报充满迷醉的感觉，据设计者——那位瘦高个嗓音洪亮地介绍："这是一个充满陌生、充满未知的空间，一个孤独的男人，在这样的环境里，他的心里一定充满渴望，他渴望发生一些故事，而这些故事本来一辈子也不会发生在这种男人身上,但是他渴望发生,所以,他来到了这样的酒吧里,寻找并等待着,他的心里有苏醒的蠢动和灵敏,但他的外表看起来如朽木般陈腐。等待的故事不一定会发生,但是,他可以为自己制造故事中的感觉,那就是——这杯红酒。"

策划室安静得像太平间,收住了话头的瘦高个呆呆地望着李元亨,其他人也在等待着,对他们来说,李元亨的意见出来后,他们才有了坐标去发挥。如果李元亨认为创意是坏的,这些经理们马上就会找出一百条烂的理由,反之亦然。

李元亨面无表情,沉思了一会儿,轻轻鼓掌,其他人立即跟上报以热烈的掌声,瘦高个松了口气,露出笑容,刚刚还挺拔昂扬的身形由于放松下来,反而显得佝偻了。

掌声落下,李元亨站起来,走到银幕前,盯着银幕上的酒杯,这个杯子是画面的焦点所在,应该说,这幅画面的构图和拍摄都非常完美,不过他总是觉得少了些什么,说到底,就是想讲述一个道貌岸然的中年男人起了偷情的欲望,在没有得到满足之前,用红酒来聊以充饥。

李元亨轻轻转过来,对秘书说:"毛毛,过来一下,小刘,搬张凳子到银幕旁边来。"

毛毛走过来,李元亨让她站到凳子上,身体正好站到了银幕边上。

李元亨比划着高度:"稍稍踮高一下脚尖,对对对,就这样。"

所有人都莫名其妙地看着李元亨,他们等待着,等待着葫芦揭盖。

"毛毛,你把手伸出来,你想象一下,你现在也在这间酒吧,这个男人背对着你,或者,是你悄悄走到了他背后,你现在伸手去端那个杯子,你想偷喝这杯酒,对,慢慢伸过去,好——停——别动,就这样。"李元亨迅速退开几步,凝神看着这个画面。

突然,房间里响起了一个人的掌声,瘦高个突然站了起来,大力拍着手,激动得几乎变声地嚷道:"妙妙妙,太妙了,就是这感觉,我一直在苦想的答案就在这里,这才是真正的偷红,太妙了,太妙了。"

瘦高个或许是太激动了,他跳出来,疾步走到银幕前,时而倾身,时而退后,赞赏道:"完美的意境,绝妙的暗喻啊,女人的手从后面伸来,那不

二月春色应偷红

正是这个男人所期盼渴望的故事么?故事即将发生,从这半杯红酒开始——太妙了——我们还可以从另一个角度去想象,这只玉手不是真实的,而是这个孤独男人的想象,他独饮落寞,想象着后面一只伸过来的玉手,想象故事的开始——太棒了——"

瘦高个的激动终于感染了众人,策划室爆发出异常热烈的掌声。李元亨也露出了微笑,让人开了灯,回到自己座位上,抽出文件夹里面天书般的纸,看了一眼说:"这还不够,我这里想了一句话,我希望你们再动动脑子,把它对成两句工整的,作为包装上的宣传语。"

李元亨走到白板前,写下"二月春色应偷红"。他指着这句话解释说:"事实上,我决定用'偷红'这个品牌时,就已经有这个句子的意境了,中高档红酒的主要消费群是城市中年中产人士,这类人通常事业有成,生活无忧,多数已婚有子,那么,他们会在什么情况下喝红酒呢?应酬吗?不不不,中国的国情是应酬用白酒,喝红酒一般是在需要讲究情调,又不想喝醉或者没必要喝出豪情万丈的时候。比如,这个苦闷的中年男士,多年的婚姻生活对他来说可能如同白开水,开水就是开水,不管怎么喝也不会让你迷醉;事业拼搏像白酒,要拼出一股劲来;而红酒呢?红酒是私密的,隐私的,像情趣内衣,大家都梦想拥有和体验,但是你通常不会公开承认,甚至不会去讨论它。所以,它是二月的春色,青青涩涩,哪怕只偷偷盛开一朵花,那就是一个完美的春天。"

"八月秋风来窃香。"瘦高个推推眼镜,仿佛已经深深意会,得意地念出这句。

李元亨仔细品味了一会儿,笑着说:"工整倒是工整,但意境不对,秋风太张扬,窃香就更为低级趣味啦。"

众人嘲笑起来,瘦高个耸耸肩,有些后悔过早暴露了自己的低级趣味。

"不用急,慢慢想,今天先到这里,下周我们再讨论。"

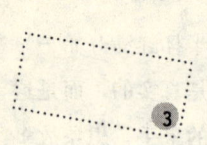

早上起床的时候。罗贞说她不到公司去了,要去酒店订餐,每次家里搞聚会都是西式自助餐形式,由酒店西餐厅带着全套的行头上门。

"亲爱的,你说今晚做俄式餐还是法式餐?"罗贞问他。

李元亨一边系着领带一边漫不经心地说:"有区别吗?"

"当然有,你吃不出区别来吗?"

"还不都是面包牛排沙拉么,随便你啦。"

"可你也是主人之一嘛,这种事情应该我们一起决定,是不是?"罗贞做出娇羞的样子,李元亨一乐,他们在一起恋爱加结婚也有五六年了,真佩服罗贞还没失去少女情怀。"那就俄式吧。"

"俄式的汤太酸了,面包也没有法式的花样多。"罗贞歪着脑袋,仿佛两套菜色已经做好了,摆在了她的脑袋里。

"那就法式吧。"

"你这人怎么这么没主意,你是男人,要有主见的,到底是法式还是俄式?"

"有德式吗?"李元亨突然问。

"好像没有。"

"那就是法式吧。"

"好吧,听你的。"罗贞高兴得跳起来,捡起地上的浴巾去洗澡了。

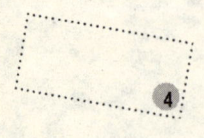

顾胖子怒气冲冲的时候,公司里谁也不敢阻拦他,只能眼睁睁地看着他

CHAPTER ONE 二月春色应偷红

长驱直入,闯进李元亨的办公室。

此人是兴师问罪来的,他曾经是公司的最大客户,一个区域代理商。他是公司创业之初第一批建立起来的客户,因此,他自觉有权利也有义务教训后生之犊李元亨。

"李元亨——"顾胖子一副兴师问罪的架势:"你凭什么停了我的货?"

"顾总啊,请坐请坐,有话好说。"李元亨有点怕他,刚进公司的时候,他是销售员,当时就负责顾胖子的那块区域,没少挨他训斥。

"哼,我说李元亨,你小子算哪根葱?当年给老子提鞋都不配,别以为做了乘龙快婿,这企业就你说了算了,告诉你,没有老子,罗仁礼也没有今天。"

李元亨最怕他提这个"婿"字,一听这个字他就头皮发麻,脸色也不由地阴了下来,干脆以公事公办的口吻说:"顾总,贵公司拖欠货款已经超过信用额的50%,这已经是破例了,再说,公司有公司的制度,我们规定超过信用额度10%就必须停货收款。"

顾胖子一听脸都气歪了,一堆肥肉在脸上蠢蠢欲动般颤抖着,一时又找不出驳斥的理由,只好按原思路继续下去:"我告诉你李元亨,你小子懂不懂怎么做生意?不懂就请你老丈人来和我说。想收我的款,就凭你?还不配。"

"顾总,生意上的事,我的确还需要向您老学习,但是您也清楚,公司有公司的制度,您的信用额度是所有代理商中最高的,因为我们有多年合作的基础,谁也不想因为一时的资金流而葬送了难得的合作伙伴……"

顾胖子蹬鼻子上脸,李元亨的软化正是他硬化的催化剂,"李元亨,你也知道合作伙伴这个词啊,什么叫伙伴,伙伴就是,当年你老丈人创业的时候,积了一大仓库的货,是我拉他一把,提着现金来提货,帮他分摊了库存,不然,你今天哪能坐在这位子上指手画脚?哼——"

李元亨知道他的脾气,发起横来是无理取闹型的,又是公司最老的客户,这么僵持下去只会被逼入死角。李元亨一时也没有好办法,干脆不出声,两人僵坐着。

秘书毛毛在这公司待的时间不短,从顾胖子横冲直撞的气势就意识到了事态的严重性，她赶紧给罗贞挂电话求救，好在罗贞订餐的酒店就在附近，很快赶了过来。

罗贞在门口向毛毛大概了解了情况，便推门而入。随即脸上绽放出灿烂的笑容，一副很意外的表情看着顾胖子惊喜地叫起来："哟，顾叔啊，您老人家怎么来了？我家老爷子前天还说很久没见您了，让我找个时间陪他去您公司转转，找您下两盘棋呢。"

顾胖子见到罗贞，气也消了一大半，嘿嘿笑起来，说："贞贞啊，你爸真这么说？那可不行，他身体不好，一会儿我办完事就去看他，这老头，脾气大得很，我悔个棋都大惊小怪的，不稀罕跟他下。"

"好啊好啊，顾叔，干脆现在就走吧，我正好要去我爸家呢。"罗贞朝李元亨眨了眨眼，她看出两人已经僵上了，都没好脸色。

顾胖子突然反应过来，脸上的肥肉摇得跟风铃似的："不行不行，你的李总经理现在要断我的活路，不给我货了，我哪还有脸去见罗老头啊。"

"哎哟，顾叔，生意上的事，您让下边去交涉就行了呗，还用您老亲自上来？你看我爸多聪明，甩手让元亨去管，自己天天溜鸟学唱戏，您放心好啦，您是老主顾了，元亨哪能不给你面子嘛，我向您保证，这事元亨一定会给您老满意答复的，元亨，是不是？"罗贞瞪了李元亨一眼，挽起顾胖子的手就往外拉。

"好好好，就信我大侄女这一回。"顾胖子笑得花似的，临走还回头看了李元亨一眼，想损他两句，被罗贞一下拉了出来。

李元亨长长舒了口气，这种情况虽然不常见，却偶尔就能碰上一两回，像个地雷似的。

办公室里突然安静下来，紧张尖锐的空气一下子变得虚无飘渺，如同硝烟战火过后的宁静山野，死寂的尸体伴着山花摇曳，伫立其中，心随着轻了，脚下的大地变得不真实，拼杀溅血如同隔世之远，焦土腐尸化做昨日黄花。

李元亨抓起手机，发了一条信息——"08主题：战地黄花分外香。"

很快，一条短信息回了过来——"战地？时间？"

李元亨笑了，他抓起电话，"金山酒店吗，我订个房……"然后他找出一张花店的名片，打电话过去："我要订花，玫瑰、菊花、百合、康乃馨，对，

CHAPTER ONE 二月春色应偷红

各两百枝,哦不,四百枝,两点之前,送到金山酒店 2012 房。我有个要求,不要叶子,你只要把花摘下给我送来就行,叶子花枝全部剪掉,现在还有一个多小时,足够你们剪的了,加 20% 修剪费?呵呵,没问题,不过如果玫瑰的刺没修干净,扎了我,你们就要赔我 200%,没问题是吧,好,请准时。"

这时,他才回复刚才的短信息——"金山 2012,两点。"

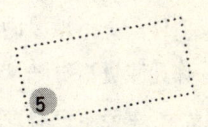

她没有敲门,像往常一样,推门的方式很轻,似乎害怕打扰了里面睡熟的人。

门悄然滑开的时候,她深吸了一口气,甚至闭上眼睛。虽然她已经十几次推开这样的门,但她知道,这扇门后面永远有让她意想不到的东西。这是她和他的约定。

那是约定的第一条,幽会主题,今天的主题是"战地黄花分外香"。有时候她会在来的路上猜测,当她发现自己的猜测永远错误时,她感觉很幸福。

如果猜测正确,那么惊喜就不再成为惊喜,后来她觉得猜测是愚蠢的,假如有一次不幸猜中,那次幽会就会彻底失败,这种挫折会像液晶屏幕上的黑点,扩散到未来每一次的幽会中,像魔鬼的阴影,无声弥漫,就像草草收场的失败人生。

郑小燕刚迈进房间,一双温暖的大手就从背后捂住了她的眼睛,一具男性宽大裸露而温暖的身体贴在了她的背后,脸上和身上的痒感令她格格笑起来,"呵呵,你要让我猜猜你是谁么?"

后面的人并不想回答她,掏出一块黑布,迅速蒙上了她的眼睛,在脑后打了个紧紧的结。

"这就是你说的战地?有黄花么?战士的尸体还在吗?"郑小燕调侃道:

"也许尸体会让我兴奋呢,如果看不见,踩上尸体我会被吓着的,元亨。"

这时候,已经由不得她了,李元亨抱起她的身体,走进洗浴间,浴缸里盛满了血色的液体。

空气中充斥着红酒与热气混合出的暖烘烘的气息,一股浓烈情欲的感觉倾刻间像无数条虫子爬满郑小燕的皮肤,侵入肌体,她的身体瘫软无力,任由一双男人的手慢慢褪下最后一件挂碍之布。

李元亨没有把她抱进浴缸,只让她站着,用一只大杯子将浴缸里的血色液体一下下地泼洒到她身上。郑小燕被他逗乐了,轻轻跺着脚说:"好冷,你让我进浴缸吧。"

李元亨没有理她,继续一下下地泼着,每泼一下,都能听到她情不自禁地呻吟一声。这种呻吟让他的心跳逐渐加快。他闭上眼睛,不再看眼前这具仿佛淋满鲜血的肉体,只是用鼻子深深索取着空气中热腾腾暧昧的情欲之香,郑小燕的呻吟在他耳边一波一波荡漾开来。

"元亨,抱着我吧,嗯,元亨。"

李元亨沉默着,呼吸声越来越重,他站起来,摘下花洒,扭开水龙头,转向郑小燕的私处。郑小燕突然感觉到一股巨大的热浪自小腹间排山倒海般汹涌而至,她下意识地大吼一声,双腿紧紧并拢曲起,双手突然紧紧揪住李元亨的头发,将他的脸死死按在自己的大腿边沿。

李元亨自头皮上传来的痛感如同一支利剑突然劈开了他的身体,割断了身体里所有紧绷的血管,仿佛压抑了千年的浑浊之血迸裂而出。

李元亨低头顺势将肩膀一挺,郑小燕的整个身体腾空而起,一股凉风瞬间将她包裹起来,李元亨已将她抱到房间,一只手将床罩掀开,把肩上的温软人儿重重地扔到床上,那张铺满了花瓣的大床被震得颤抖起来。

"啊——"郑小燕尖叫起来,手舞足蹈。

李元亨跳上床,跨坐在她的身上,抓起床头的润肤乳,用力挤压出一条细长乳白的细线,像一条小白蛇似的盘蜒在郑小燕的腹部。

"那是什么,元亨。"腹部的凉意让郑小燕突然收紧肚子,双腿高举乱舞,无奈胯上被李元亨紧紧压住动弹不得。

李元亨扔掉瓶子,双掌张开,将润肤乳液在她的身上揉搓起来。正面搓

CHAPTER ONE | 二月春色应偷红

完,又粗暴地将她翻了个身,又捡起瓶子重复刚才的动作,再将她身子转过来,他满意地看到,郑小燕的身体已经沾满了花瓣,一片片红红紫紫的花瓣如同油画里的粗笔浓彩堆砌起一个抽象的人体。

李元亨跳下床来,再次抱起郑小燕。

"你要抱我去哪?元亨,元亨。"郑小燕似乎感觉到了什么,大声抗议起来,虽然她知道在这个时候抗议是无效的,幽会时的主人永远是李元亨。她只能——并且只愿意做一只被宰割的羔羊。

李元亨将她轻轻放了下来,她感觉到自己胸前是一根冰凉的钢管,李元亨此时在她后面,毫无征兆地,他突然撞进了她的身体,郑小燕感觉到体内一阵滚烫的热浪奔涌而来,她本能地惊呼了一声,下意识地死死抓着前面这根冰凉坚硬的钢管,任由一阵阵的冲击,绝望地想到,自己的身体此时是多么的脆弱和无助,下一秒钟便会五马分尸般四分五裂,散成一片片杂碎,被炸飞得漫天遍野。

李元亨将嘴凑到她的耳边,重重的男性气息在她脖子周围扩散开来。

"小燕,现在你正趴在露台上,"李元亨抑制着粗重的呼吸,低声在她耳边说,"你前面是栏杆,对面有整栋楼的阳台,他们在看着你,你全身都沾满了鲜花,他们可以看到花瓣在一片片地飘落,——因为你在不停地扭着身体——"

突然,李元亨猛地扯掉了她脸上的眼罩。

"啊——"郑小燕不知是恐惧还是失措,突然尖叫一声,漆黑的眼前升起巨大的火焰,喷发出的火苗蹿上了她的身体,每一个毛孔都仿佛燃出了冲天的火苗。

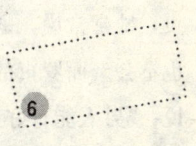

李元亨与罗贞结婚四年,这是连续第三次办结婚周年聚会。他们住的房

子很宽敞，是罗仁礼送的结婚礼物，老头子的潜台词是：你们可以放心生育，不给他生产出三个以上的孙子来都交代不过去。

最良好的愿望和雨后彩虹搭的桥一样，听着说着都挺美丽，但就是不能用它来渡江。说白了，如果你想孙子多，自己得先多养儿子，哪怕是广种薄收，总还是有点收成的。老头子从青年折腾到中年，只折腾出一个女儿，半亩地想产千斤，那是"文革"时候的事——十万斤也不是问题。关键时代不同了，方法也应该有所改变。

不过，唯一能慰老怀的是，女儿不必嫁出去，还招了个女婿回来。这就有了留得青山在的意思，暂时没打到草，没关系，兔子先搂回来了。

李元亨在这个城市里的朋友挺多，但够得上受邀参加结婚周年这种聚会的，竟然一个也想不出来。李元亨为此事曾经黯然神伤过，在他的心目中，够资格的，应该是兄弟级别的。就像妻子罗贞的朋友一样，被请过来的，全是以姐妹相称。

似乎她的姐妹又稍稍多了些，八点以后，家里能坐人的沙发、椅子、凳子，全被娘子军的屁股占领。唯一的男性李元亨偏偏还是主角之一，当仁不让地成了南霸天，接受了一晚上的婚姻男奴制度先进性再教育。

后面陆续有夫妇赴约的，李元亨如蒙大赦，拉着丈夫们到露台抽烟。彼此其实都不熟悉，男人们的话题通常是政治和女人，而在这种情况下，女人不宜成为话题，便只剩下政治了。

周国荣夫妇总是迟到，大家也习惯了，都知道那是郑小燕的原因，时间观念在她身上比风轻比云淡。当年同学的时候，作为中文系的才女，她常常为了一首诗、一篇散文在未央湖边待整个下午，罗贞是为数不多可以等她的人。甚至愿意陪着她在护城河上转到半夜。过了这么些年，陪伴郑小燕挥霍时间的人换成了周国荣，因此最能理解周国荣对郑小燕耐心呵护的人是罗贞，她常常说，老周对郑小燕的爱是不容置疑的，即便天下男人都出轨老周也不会。而罗贞的好朋友王笑笑似乎不赞同罗贞的观点，总是轻蔑地反驳说："男人能有好东西么？狗可以不吃屎么？"罗贞找不出反驳的话来，就改用人身攻击："难怪你老嫁不出去，原因是有洁癖。"

"关洁癖什么事？我哪有洁癖？"王笑笑奇怪地问。

CHAPTER ONE 二月春色应偷红

"每个男人都吃过屎,你还敢去吻他么?哈哈哈。"

"我只是不愿意嫁给吃屎的狗。"王笑笑说。

"笑笑,你这话更有问题了,如果男人是吃屎的狗,那女人岂不都成屎了?"

罗贞是女人里面的粗人,她感觉不出这句话已经像水泥柱子,堵住了王笑笑的胸膛了。

王笑笑本来是不吸烟的,但她找了根雪茄,象模象样地点了起来,罗贞嫌她污染空气,轰她到露台上去,"露台上有一群狗,你这坨屎快过去吧,小心狗多屎少,被撕碎了。"

王笑笑只好走到露台上来,她也不往男人堆里凑,这露台很大,摆了两张长沙发,另一头有一套泡功夫茶的几桌和椅子,她就坐在那里,一边吞云吐雾,一边漠然地望着楼下的马路。

李元亨安静地走到她身后,手里端了两杯红酒,递给她一杯,也随意地站在一边,望着同一个方向。

"你在等人?"李元亨突然问。

王笑笑愣了一下,问:"我等什么人?"

李元亨笑了,说:"我的意思是,你的样子像在等人,像——像望夫石。"

王笑笑似乎被逗乐了,说:"是啊,望夫呢,狠心的夫君一去不复返,何时归家园啊。"

李元亨说:"可怜无定河边骨,犹是春闺梦里人啊。"

"呸,我夫君我都还没见过,你就咒他死啊。"

一辆黑色房车从马路上缓缓驶过来,李元亨和王笑笑都看到了,两人都默默地注视着房车驶入停车场,倒车,停下,两边车门打开,一左一右下来一男一女。

王笑笑突然觉得空气中有些刻意的尴尬,想说点什么,"元亨,你看下边,黑夜里驶来一辆黑色的车,下来一位黑衣男人和一位绿衣女人,呵呵,你会觉得不协调么?如果小燕也穿一件黑长裙,那就是协调的整体了。"

"我不这么认为,你不觉得黑布上描黑色是徒劳多余的么?一抹绿色恰恰令这块黑布显出新鲜和活力来,正如——"李元亨突然发现王笑笑正是穿了一条黑色长裙,"正如你穿了一件黑长裙,而你别的胸花是翡翠绿,为什么你没有别一根黑木炭呢,呵呵。"

王笑笑扑哧一声笑了,说:"有别木炭的么?不过,请你以男士的眼光来看,我别这个胸花好看么?"

李元亨似乎有心与她过不去,似笑非笑地说:"你刚才看黑夜里的黑房车走下来黑男人和绿女人,你现在身上的黑裙配绿胸花正是楼下那一幕的缩影,如果你觉得楼下那幕画面好看,那么缩影也就好看——哦——我是认为好看的。"

王笑笑有些无趣,站起来说:"失陪,我去洗个手。"她来到洗手间,对着镜子审视自己,审视身上的裙子,胸前的水泥柱子在慢慢膨胀。她恶狠狠地看着胸口上的翡翠胸花,突然伸手扯了下来,紧紧捏在手里,这一刻,她只想把它捏成碎片,捏成粉末,灰飞烟灭。

"表姐,你果然躲在这儿呢,我们到处找你。"王瑛像一只快乐的鸟儿突然飞了进来,"咦?你的脸色好像不太好,怎么啦?"

王笑笑勉强挤出微笑说: "刚才抽了半根臭雪茄,弄得我晕晕的,想吐。"

"表姐,快出去吧,要切蛋糕了,罗贞姐让我到洗手间找你,说你准在这儿,哈哈哈,你知道为什么吗?"

"为什么?"王笑笑随口问着,一边对着镜子整理一下发际的几根乱发。

"她说,一坨屎能在哪儿呢?哈哈哈,真恶心哦,亏她对着蛋糕还能想到这个。"

"她当然能想得到,她又不是屎。"王笑笑说。

"哦——那你还真承认自己是屎啊。"

"滚。"

切完蛋糕,按惯例,罗贞掀开大厅一角的钢琴布,表演者当然是李元亨。他弹得一手好琴,音乐学院毕业的嘛,只是很少人知道,他的专业其实是二胡,这年代,没有人会对悲悲凄凄的《江河水》感兴趣了,那承载了百

二月春色应偷红

年的绵长忧愁的确不适合这里堂皇晶莹的装饰，如泣如诉的曲子也缠不住这群衣香鬓影的红男绿女。

"我要和元亨哥合奏。"王瑛自告奋勇地突然跳出来，脸上洋溢着绯红。

"好啊好啊，欢迎我们未来的音乐才女瑛子与过气音乐老票友李元亨合奏——瑛子，你想弹什么？"罗贞说。

"《小夜曲》。"

"啊？夜曲啊，听了会让人发困的么？"罗贞打趣道。

"不会不会，"王瑛很认真地看着她说，"很浪漫的，是不是，元亨哥？"

李元亨笑笑，走到钢琴前坐了下来，挪出一半位置留给她，王瑛满不在乎地一屁股坐下，紧紧挨着他。

曲子如涓流，滴滴答答洒落在每个人的耳朵里。王笑笑突然觉得手心隐隐作痛，低头一看，竟然有些血丝渗出来，是刚才想捏碎胸花时被刺到了。突然，一张洁白的纸巾悄悄伸了过来，她愕然抬头，周国荣对她微微点头，于是她迅速接过纸巾，按在伤口上，紧紧攥着。

一曲已终，两人初次合奏竟然意外地合拍，李元亨拍拍王瑛的脑袋欣赏地说："不错啊，大有进步，天天在家练么？"

罗贞走过来，拉起她说："瑛子，会一曲就好了啊，别会太多了，你是学美术的，再加上一手好琴，岂不色艺双全？你知道这样的女孩子会招什么样的男人么？"

"什么样的男人？"

"老男人，老男人都叮这种鸡蛋的缝，不信你问问这屋子里的老男人，是不是啊？"

大家善意地笑起来，罗贞却不领善意，说："你看，他们都笑得不怀好意呢。"

有人突然嚷道："干脆让你家元亨收了做二房吧，省得你操这份心。"

罗贞一愣，亏她见惯交际场合，马上回敬道："这是让我当老佛爷呢，家里天天供两戏子，哈哈哈——走，瑛子，别理他们。"

这之后，便是牌局的开张，一些需要早回的客人陆续告辞，郑小燕也走过来对罗贞说："我们先回去了，家里的小孩交给保姆不太放心，怕是不肯睡觉。"

罗贞知道她从不打麻将，也不勉强，那边牌友们催得紧，便与她拉拉手，说："那好，改天我找你喝茶啊，老周，开车小心，你这娇妻的身子骨脆，别震坏了。"

"没事，周医生不就是专门修理人体的么。"旁边一人插嘴。

王笑笑当然是留下来打牌，她是罗贞的铁牌友。王瑛要告辞，她明天还有课，罗贞让李元亨送她，临走还拉着王瑛咬了一会儿耳朵，李元亨没注意到她一脸的坏笑。

王瑛一路上静静坐着，一言不发，李元亨觉得奇怪，这孩子一向活泼好动，吱喳不停，便问道："瑛子，你怎么啦，不舒服？"

王瑛只是摇头。

"瑛子，你的琴艺大有长进哦，天天练吧？"

"我只会这一曲。"

"一曲练得熟，也很不错啊，有空我借你些曲谱吧，我在谱子上作了注释的，你练起来会更容易。"

"不了，一曲就够了。"王瑛落落寡欢地说。

李元亨感到奇怪，转头看看她，不解地笑笑，摇摇头，转而专心开车，小女孩的心态他不懂，这年龄的女孩是容易为许多莫名其妙的理由伤感的。

"你不问我为什么吗？"王瑛说。

"哦，那为什么呢？"

"因为我就想和你合奏，所以，会一曲就好了。"王瑛说完，把身子往座位里缩了缩，仿佛完成了使命的气球，一下子泄光了所有的勇气。

李元亨脑袋"嗡"了一下，车子跟着晃起来，他赶紧扶正方向盘，脑子里紧张地思索着应该说什么，这种暗示性的话他怎么能听不出来呢？

"瑛子，你多大了？"他终于调整好了心态，将自己放置于长辈的身份，只有摆正了身份，口气才能平和起来。

"成年了。"王瑛有些气恼他的这种语气。

"呵呵，看出来了，瑛子的确是大姑娘了，"李元亨故作轻松，"那么——那么，"他还真不知该如何将这个话题继续下去，"那么，哦——你家到了，我就不开进去了吧。"汽车在小区门口停住。

瑛子坐着一动不动，目光迎向他，问道："元亨哥，如果你一定会出轨，你会选择我么？"

李元亨很严肃地看着她说："晚了，快上去睡觉吧。"

"你为什么不正面回答我？我很丑吗？你看不上我？或者你现在不敢回答，因为你也吃不准，是不是？"

看到她这种不达目的不罢休的气势，李元亨意识到今晚她是必须要知道答案了，于是说："瑛子，你不丑，也不是我吃不准，而是我不能，也不会，我为什么要出轨呢？你觉得我和你罗贞姐合不来么？"

"可是，男人出轨也不一定是因为和老婆合不来啊？"

"看你这个小屁孩儿，还一套一套的，呵呵，好好上学，别胡思乱想，今天的话就当你没说过，你元亨哥没有吃不准的事情，因为我很了解自己，你也要学着了解自己，知道自己需要什么，什么是适合你去做的，什么是不适合的。"

王瑛死死地盯着李元亨，仿佛想从他脸上找出破绽，或者想用凌厉的目光去逼供，盯了许久，突然她放声大笑起来，直笑得李元亨莫名其妙，一头雾水。

王瑛举起一直紧紧抓在手里的电话，放到耳边说："罗贞姐，我完成任务了，你都听见了吧，你老公是不会出轨的啦，他了解自己，哈哈哈。"说完朝李元亨调皮地眨眨眼，拉开车门逃似的跑走，只丢下目瞪口呆的李元亨还没转过梦来。

李元亨有些恼火，为这事，他回到家后一晚上都没有好脸色，罗贞倒是满心欢喜和得意，看着李元亨恼怒的样子也觉得特别可亲可爱，睡觉的时候，极尽温柔挑逗，李元亨当然不是木头人，在罗贞不遗余力的舌头游走之下，忍不住暂时抛开个人恩怨，翻身上马，急风骤雨，摧花扫叶，罗贞配合着尽量迎合，酝酿着山崩地裂一刻的到来。

阵阵春潮不断叠加，罗贞慢慢已陷入痴迷状态，她突然腰身急挺，不顾一切地将李元亨掀翻，一下坐起跨到他身上，这是每次顶峰将临时她必须应用的体位，李元亨说她潜意识有征服欲，不管是否，只有在这种体位上她能完全掌握主动，令自己快速奔上巅峰。

　　意外的是，就在这一翻身的短短两秒时间里，李元亨竟然迅速疲软，再也无力挺进大别山了。罗贞不甘心不气馁，如疯似痴般埋下头去，拼命想唤回李元亨那兵败如山倒的激情。但一切都是徒劳，骤雨急停，只余阵阵残风在罗贞耳边呜咽，她失神地望着天花板，无助地任凭退潮的海水将她身上的最后一片海藻卷走，卷进遥远深邃的大海。

第二集
CHAPTER TWO
周国荣之死

1

一条短信息突然刺耳地响起来。

郑小燕正坐在卧室的摇椅上捧读着一本泛黄的老书，台湾四公子之一的沈君山的《浮生三记》，字里行间挥洒着民国公子特有的浮世脱俗，锦衣玉食之余的逐雅觅情，让郑小燕仿佛飘进了那个时代，像一个涉世未深的少女躲在门缝里窥探着房间内的古音雅韵。

这一声电话响，将她从民国的门缝里拉了回来。

19 主题：人间四月天，浮生日日闲。两点，我接你。

郑小燕看着，突然有一个很奇怪的念头闪出，李元亨仿佛有一双无时不在的眼睛盯着她，总是能在恰当的时间里恰当地逢迎她的心境。这是灵犀？还是默契？又或者仅仅是巧合？

她不太能接受巧合的说法，她相信因缘说，她认为，一个小小的地球，竟然有这么多灵长类动物挤在一起，有时擦肩，有时碰头，冥冥中一定有什么力量在指挥着这一切的偶然。只是，她怎么也想不出来，这股力量出于什么目的去指挥这些灵长动物们的擦肩和碰头呢？

"都四月了，元亨，我们交往多久了？"在车上，郑小燕还没有从她的哲学思考里缓过劲来。

"认识吗？怎么也有五年了吧。"

"不是指这个，我是从你引诱我开始算的。"

"嗯，"李元亨想了想说，"好像才一个多月。"

"四十三天，今天是第四十三天，元亨。"

李元亨望望她，笑了，"女人心细，我想的是今天已经第十九回了，从悲观的角度来说，只剩下四十六回了，那就是，见一回少一回了。"

"即使我们没有约定的六十五回，也始终会有最后的那一回啊，我只是不想自己突然面对最后的一回。"郑小燕幽幽地说。

李元亨赞同她的看法，但仍有些不甘心地说："不如这样吧，你的六十五回，是根据今年我三十五岁、你三十岁加起来的，如果今年没有完成六十五回，那么就要到明年，而明年我们各长一岁，是不是可以多加两回？"

郑小燕扑哧一乐，脸上泛起红晕，"即使这样，到了明年，你会将最后一回留到后年么？即使你可以这么做，为了后年再增加两回，那么，我们在后年的整年里，只能在一起三次，一年才三次，哦不，依你的逻辑，还要留一回下一年，那就是只有两次，半年一次，你可以么？"

李元亨哈哈大笑起来，"这可就是天天饿着肚子等包子啊，不过有希望的人生总比死了心的人生要有趣得多。"

"可是你想过没有？我们一旦陷入这样的希望怪圈里，谁也不敢先去提出一年里的第三回，因为那意味着结局，这会让我们很痛苦，又担心伤害了对方，除非……"

"除非什么？"

"除非有一方突然死去，反而解脱了双方。"

李元亨看了她一眼，拍拍方向盘说："小燕啊，你总是这么清醒地做一件浪漫的事情么？"

郑小燕望着车窗外飞逝的风景，想了一会儿才说："元亨，如果你是一只孔雀，被关进了动物园的笼子，过上了定时喂食的生活，你就永远无法回到森林里了，就算偶尔走出笼子为观众表演开屏，你也始终是在动物园里，开屏表演是很快乐的，是在笼子里的时候最向往的一件事情，可是如果有一天，孔雀异想天开要跳出动物园去街上开屏，结局会是怎样的呢？"

"被抓回动物园？"

郑小燕点头笑道："也可能被不怀好意的人抱回家炖了吃掉呢，岂不送了小命？"

"有人可是说，为了自由故，两者皆可抛呢。"

"自由是什么？回到森林里整天低头觅食，无暇开屏直至羽毛脱落，是自由么？"

"那你觉得自由是什么呢？"

"自由是心灵的向往，这是进了笼子的孔雀才能真正体会到的，因为在笼子里它每天都期盼着开屏表演，所以每一次的表演都会令它很快乐，很投入，再回到笼子里的日子也就没那么苦闷了，既可以回味开屏的满足，也可以向往下一次开屏的快乐。"

李元亨默默想着郑小燕的话，车子到了一处温泉度假村，非假日里，客人稀少，他们走进了预订的浴间。

"孔雀女王，"李元亨张开双臂，单膝跪下，做了个恭请的手势，"请宽衣吧。"

"要女王亲自动手么？"郑小燕傲慢地仰着头说。

"当然，就由小生代劳吧。"说罢李元亨站起来一把抱起她。

"什么小生，你是奴才，女王的奴才。"郑小燕在他肩膀上蹬着双脚抗议。

带着淡淡硫磺味的温泉从墙上一个石雕鱼嘴里汩汩淌出。水流在池子里激起的波浪连绵不断地抚慰着两人精疲力竭的身体。

"你在想什么？"郑小燕趴在李元亨的身上，食指轻轻地在他胸前划着一个又一个圈圈。

"二月春色应偷红，小燕，你是中文系才女，给我想想，补个上联。"

"我都多少年没玩过文学啦，对对子更谈不上，不过，这句挺有意思的，这才二月，就迫不急待要偷红啦，呵呵。"

"只有此时的红，才是最珍贵的。"

"孤燕穿柳为点翠，二月春色应偷红，"郑小燕突然喃喃念来，又摇摇头说，"不太工整。"

"不，"李元亨霍地站起来，水花溅了她一脸，"我要的是意境，不是工整，孤燕，点翠，可不是点翠么，哈哈哈，好，就用这句。"

"真的好么？"郑小燕有些担心。

李元亨定定地看着她的脸，胸口有一股热火在酝酿着，狞笑道："小燕，还记得今天的主题么？嘿嘿。"

"人间四月天，浮生日日闲啊，是啊，我还没明白温泉和这主题有什么联系呢。"

CHAPTER TWO | 周国荣之死

"哈哈，浮在水面里，一日又一日地悠闲着，哈哈哈。"说完他跳回池子，纵身压过去。

郑小燕醒悟过来，心里一阵狂跳，只是他这么一句点醒的话，竟然让她的身体瞬间激涌起来，情欲之火常常需要慢慢烘托，如同钻木取火，但有时却可以瞬间被点燃，而这种瞬间点燃的火，往往烧得最猛最烈，最令人难忘。

李元亨将整个身体连同脑袋都潜入水底，一切空气与声音都被隔绝了，他感觉自己像是飘浮在太空中，正被宇宙黑洞的强大吸力所吞噬。

郑小燕有一种恨不得将四肢都往四个方向无限伸展的欲望，她拼命地绷直了肢体，自脚心与手心似乎各有一条烧红的铁丝同时钻进到她的身体里来。

郑小燕望着水池底下晃动的黑脑袋在不断地拱着她的大腿根部，欲拒还迎，竟坐不稳，突然整个身体也滑入了水池中央，李元亨蹿出水面来，大口喘着粗气，可能只差一秒，他便会被淹死在这半米深的水池子了。

郑小燕刚稳住身子，也要站起，却不防被李元亨一把按住脑袋，她刚想喊一声，嘴巴一张，便被整个充实得出不了声音。

李元亨低头看着她张合的大嘴，竟得意地念起来："孤燕，穿柳，为点翠，哈哈哈。"

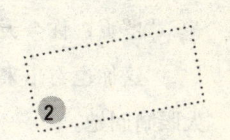

2

郑小燕送完小孩上了幼儿园的接送车，周国荣才起床，她弄好早餐摆在餐桌上。每天早上她都要弄两份早餐，小孩和她一样喜欢喝牛奶，吃面包片，而周国荣一定要喝粥，哪怕两片咸菜就着，也能喝个稀里哗啦心满意足。

"你怎么不吃早餐？"周国荣看到桌上属于她的那份面包还没动。

"刚才接了罗贞的电话,说要约我喝早茶,所以就不吃了。"

"我今天还要上她父亲家做例行检查呢,哦,如果逛街的话,帮我买两盒刀片回来,早上刮胡子都痛,要换刀片了。"

"朵朵早上问我,爸爸什么时候带她去放风筝。"郑小燕一边收拾一边说。

"最近忙,一大堆老头子等着我上门检查呢,有几个心脏有问题的老头,可能要安排手术的事,你反正闲着,要不你带朵朵去吧,忙完这一段,我再抽时间陪她一天。"

周国荣匆匆吃完就去了诊所。

郑小燕上楼换了身轻便的休闲衣,将头发简单扭个卷,塞进帽子里,这顶绒线白帽子是她最喜欢的,那是有一年朵朵生日,给朵朵选购的生日礼物,在儿童商场看中的,应该算是大龄的儿童商品,其他商场没见过这个款式,她随便试了一下,大小竟然合适,喜欢得很,就买下了。

罗贞早早就等在茶楼里,郑小燕有些自责,印象中迟到的总是自己,坐下来看到罗贞脸色不太好,想道歉两句,罗贞先抢了话头:"不用道歉,迟到不是你的错,早到了才是我的错,这十年,你就没早到过。"

郑小燕笑了,罗贞是她大学最好的朋友,同班同室,当然在大学里,罗贞最好的朋友还有很多,但郑小燕没有很多,想想也就罗贞一个了,如果不是罗贞一贯的主动维系这份友谊,以郑小燕的性格和脾气,这友谊也脆弱得很,郑小燕是那种隐居十年不见一个活人都不会让人意外的人。

"罗贞,你今天是有什么心事么?"罗贞的心情是永远都写在脸上的。

"这你也看出来了?是不是很憔悴啊,补了粉都还能看出来啊?"罗贞瞪大眼睛问她。

"说吧,有什么不开心的,往我身上倒就行了。"郑小燕一副大方磊落的表情。

"你了解李元亨么?"罗贞突然凑过身子问。

郑小燕心里咯噔一下,吃惊地望着罗贞,脸上阵阵发紧。

"怎么?"罗贞奇怪地看着她,"你很吃惊?你也看出元亨不对劲了吧,我觉得他不爱我了。"

CHAPTER TWO 周国荣之死

郑小燕苦笑道："你为什么觉得他不爱你了呢？"

"他对我没有感觉了。"罗贞的口气里满是无奈和失落。

"婚姻久了都是这样吧。"

"你和周医生在一起多久了？"罗贞突然问。

郑小燕托着下巴仔细回忆着，良久，摇摇头："很久了，我都忘了，呵呵，你信么？"

罗贞有些失望，郑小燕看着她失魂落魄的样子，突然说："数量并不能取代质量。"

罗贞摔了一下筷子，赌气地说："现在就是质量问题。"

郑小燕失笑，目光轻轻梳理着罗贞的脸，她突然有一种罪恶感涌起，难道是自己透支了她的婚姻么？

"罗贞，比如你很喜欢吃鱼，如果天天都吃红烧鱼，你会怎么样？"

"改清蒸呗。"

"是啊，为何你不尝试清蒸你的婚姻呢，也许会有新的口味让婚姻惊喜。"

"你是说——"

郑小燕坏坏地凑过脸，笑着说："你可以给他一个惊喜，换一个环境，比如温泉度假村，准备一些红酒，给屋子洒上花瓣，制造出一种浪漫的氛围，让对方重新发现一个全新的感觉出来。"

罗贞听得两眼放光，仿佛她已置身那个环境中，兴奋地问郑小燕："真绝，你试过么？"

郑小燕不置可否，表情神秘地举起茶杯送到唇边，还朝她鼓励地点点头。

"你能帮我么？"罗贞突然问。

"这事情我能帮你什么？"郑小燕感到奇怪，笑着问。

"我想让他有更大的惊喜。"罗贞的情绪突然振奋起来。

"说说看，怎么帮？"郑小燕兴趣颇浓。

"我先在温泉屋等着他，然后你帮我给他发一条短信息，就说看到我出轨啦，让他马上赶过来捉奸，我想看看他要多久才能到达，也顺带证明一下我在他心里有多重要，你看这样行不？"

"哈哈哈，"郑小燕乐了，"不错不错，是个好主意，行，我帮你就是了。"

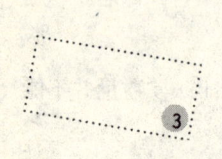

3

李元亨刚刚从一个会议中脱身出来，就收到了这条罗贞与郑小燕合谋的短信："请速到温泉度假村 315 房，罗贞出轨啦。"

李元亨吓了一大跳，连忙回电话过去，手机已关，他一看是郑小燕的电话，心想可能是恶作剧，想置之不理，犹豫了一下，又觉得不妥，因为郑小燕从没有顽皮到这种程度，他又拨罗贞电话，竟然也是关机，心里便有些忐忑。他打了家里电话，没人接听，打到岳父家，罗贞没有出现过，不安的情绪慢慢涌上来，他查了度假村的总台电话，询问 315 房的登记姓名，服务员说是罗姓女士，具体名号不知，因为不是酒店，所以此处并不需要顾客出示身份证，这个制度李元亨是了解的，他也是常客。

罗贞出轨，这事情对他来说，几乎比男足出线的概率还低，但这时，慢慢冷静的李元亨有点不自信起来，女人总是很难琢磨，似乎这段时间夫妻间不愉快的次数多了起来，有些傻女人会出于报复心态来惩罚她那捕风捉影的猜测，如果罗贞曾经猜测自己有外遇那也是正常的，何况那又是真的。

李元亨坐不住了，飞快地驱车赶到温泉度假村，直奔 315 房。

到了门口，他犹豫了，如果推门进去，他真的面临捉奸在床的局面，该如何收场呢？以罗贞的性格，那一层纸捅破了，她会一错到底，离婚是不可避免的。而他真的愿意与她离婚么？

李元亨踌躇了半天，又将耳朵贴到门上，既想证实，又怕证实，终于，他决定先离开，到外面等着，既可证实，又避免了面对的尴尬，这样给自己留下了回转的余地。

CHAPTER TWO 周国荣之死

李元亨正要拔腿离去，房门却突然开了，郑小燕笑眯眯地站在门后，李元亨顿时恼怒起来，刚要责问，郑小燕食指碰嘴"嘘——"了一声，赶紧把他拉进房间。

"你搞什么鬼？我还开会呢。"

郑小燕没理他，只顾快速地解开他的衣服和裤子的扣子，李元亨嘴上责备着，动作却配合起来，不管任何时候，如果环境里只剩下他和郑小燕，身体便本能似的快速进入备战状态。

似乎连挪动两步到池子里的时间都来不及了，他们就站着双双纠缠起来，李元亨一手托着郑小燕的腿，另一只手盘到她腰际，极力让目前这种摇摇欲坠的人体结构不至于突然倒塌。

郑小燕忘我地呻吟着，时而用舌头找到他的耳垂，轻咬慢吸。突然，李元亨似乎听到呵气如兰中夹杂了一句话："你妻子就在隔壁，光着身子，泡在水里，你知道她在干什么吗？"

李元亨脑子里激灵了一下，神志迅速被拉了回来，停下了动作，捧着她的脸问："你说的是真的？"

郑小燕浪笑着，双手勾紧了他的脖子，嘴唇凑到他耳边说："不要停，不要停下来，我就告诉你。"

李元亨发了狠，猛烈撞击着她的身体，大口喘着粗气问道："快说，快说，告诉我啊。"

"哈哈，元亨，你知道么，你好幸福，罗贞正在等着你，她要给你惊喜，你能想到么？是你在给她惊喜，她的丈夫在隔壁是多么的勇猛。"

李元亨突然将手一甩，郑小燕扑通摔到了地上，痛得她哎哟一声。李元亨也不理她，用最快的速度穿上衣服，一边问："左边还是右边房间？"

郑小燕揉着发痛的屁股，脸上却是得逞后的笑容，眼睛里有一股摄人的邪恶光芒射向他。

李元亨已经顾不上欣赏郑小燕的邪恶之美了，他蹲下来摇着她的肩膀大声喝问："快说啊，哪间房？"

"右边。"郑小燕很开心看到李元亨的表现，仿佛一切尽在她的意料之中。

李元亨头也不回地摔门而去。跨出门后站到右边房间前，整了整头发，想了想又把头发搞乱，然后推门一头冲进去。

罗贞光着身子，正泡在池子里，半趴在池沿，开心地看着头发凌乱、满脸是汗的丈夫慌张地进来。

"罗贞，你搞什么鬼？"李元亨迅速让自己的思路冷静，他要弄清楚罗贞的计划与郑小燕到底有多少合谋的地方。

"小燕是不是说我出轨了？呵呵，我是想出轨啊，不过男主角还是你哦。"罗贞娇羞满面。

李元亨马上明白过来了，下意识地往左边墙壁望了一眼，郑小燕此时就在一墙之隔，她在想什么呢？耳朵贴着墙壁么？这个女人真敢玩命啊，她可是罗贞心目中最好的朋友。

"元亨，你还不进来么，看你，浑身都是湿的，捉奸也不用这么匆忙嘛，呵呵。"罗贞为自己的成功恶作剧幽了一默。

李元亨默默脱下刚刚穿上的衣服，他怕自己身上仍残留有郑小燕的味道，于是先走到淋浴边，说："我先冲冲汗，别把池子里的水弄脏了。"

"嗯，你要快点，我都泡半天了。"罗贞感到脸上发热，心跳也不自觉地加快了许多。

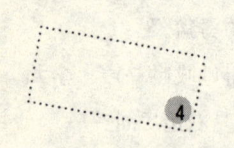

4

郑小燕站在花洒下，任由冰冷的水流冲刷着身体，她要让自己尽快地，彻底地，由外到里地降下温来。隔壁的事情她已毫无兴趣，一墙之隔，隔掉的并不仅仅是一方春色。"生得寒窑暖火炉，无瑕窗外春意闹"，这便是郑小燕此刻的心情，一切索然无味之后，她想念起家里的厨房和厨房里的蔬菜，她迫不及待地要回家去，用锋利的菜刀将蔬菜切成碎粒，然后煮出碧绿的菜

CHAPTER TWO | 周国荣之死

汤来。房间里的空气太浑浊,她想念青青绿绿的蔬菜汤。

花洒里劈头盖脸的水花与那晚的大雨何其相似,郑小燕一闭上眼,那丑陋的一幕仿佛就在眼前上演着,扭曲的身体,疯狂的嘶吼,掺杂在那场肆虐的暴雨中,仿佛千军万马的铁蹄尽情踩踏着她那已成肉泥的心脏。

那是一个如三九寒冬般的盛夏之夜,那场淋漓的冰雨将她永远卷进了黑暗地狱的海洋深处,万劫不复。

5

周国荣死了。

这个消息来得非常突然,郑小燕下午打电话到诊所,护士就说他出去了,打他的手机也无人接听,郑小燕想他可能在出诊,通常也不会回家吃饭了,于是给自己做了蔬菜汤,小孩吃完饭由保姆带着上楼睡觉,她一个人看了会儿电视,正准备上楼洗澡,然后看会儿书。她习惯于独自在家闲闲适适的日子,就像笼子里闲庭信步的孔雀,生活正如她想象的那样,时不时开屏绽放,大多数时间里无忧无虑。

然而这一切改变得如此突然,刚洗完澡,有警察上门,核实她的身份后,很冷静又小心地告诉她:"你丈夫周国荣于今晚六点左右在龙山腰一个弯路驾车掉下山脚,汽车着火焚烧,车内只有他一人,当场死亡,事故原因……"

郑小燕还没听完,便尖叫一声,晕倒过去。

负责此案的是警察傅强。正是他在勘察现场之后,明确指出,这不是意外,很可能是一起蓄意谋杀。

作为刑警队长,他说话当然不是凭主观臆断。

到达现场的时候,火已被扑灭,尸体几乎被烤焦,尸体仍可辨认出是男性,根据车牌和驾驶室暗格里的半截驾照马上得到了车主的资料,交警部门的勘察人员将资料递给他的时候，他粗略扫了一眼，问："是意外么？"

"现在看起来像是意外，估计是车速过快，拐弯时刹车不及，冲了下来，这个弯路是事故多发地段，上个月刚发生过一起相近事故，尤其是在夜晚，山路没有路灯，又是下坡路。"

"既然是事故多发地段，那你们为什么不装路灯？不竖警示牌？"

交警小伙子面露难色地说："警示牌是有的，可现在的司机留意警示牌的有几个呢？路灯问题我们早打过报告了，不过安装不是我们交警部门的事情。"

傅强板着脸问："既然你说像交通意外，为什么要通知我们？"

小伙子脸一红，说："是我建议通知你们的，因为我觉得有疑点。"

"哦？说说看。"

"我刚才在山腰上察看了路面，没有刹车的胎印摩擦痕迹，这表示司机完全没有意识到危险就冲下了山，这通常表示两种情况。"

"哪两种？"

"一是刹车失灵，二是司机当时处于不清醒状态，我想，如果是第二种，便有可能牵涉到刑事范畴。"

傅强笑了笑，他喜欢这个小伙子，他身上具备了细心和认真的好品德。"你检查刹车了吗？"

小伙子摇摇头，"现在车子刚灭完火，还没有完全冷却下来，过一会儿我们可以去检查。"

"你叫什么名字？"傅强突然问。小伙子愣了一下，做了个立正的动作，用很神圣的口气报上自己的姓名："章鱼。"

"章鱼？"

"立早章，下雨的雨。"

"呵呵，还是八爪鱼好记，小章，还有什么疑点么？"

"报告，暂时没有了。"

傅强走近汽车残骸，低下头慢慢观察着，旁边有警察在不停地拍照，小章紧紧跟在他后面，他很想了解刑警在现场是怎么工作的，当年考警校的时候，就梦想成为一名刑警，阴差阳错，由于警力调配制度改革，他被分配到

CHAPTER TWO 周国荣之死

了交警大队。

"小章。"傅强喊了他一声。

"到。"

"是不是每次有车从那上面掉下来，都会发生燃烧呢?"

"不一定，这要看汽车落地的冲撞点，如果在油箱方位，就容易因撞击引起瞬间高温点燃汽油发生爆炸，或者是摔下来之后输油管断裂发生汽油泄漏而接触到了电路发生爆炸。"

"那你看这起事故燃烧的原因是什么呢?"

"根据汽车目前的落地姿势来看，两者都有可能。"小章说完都觉得有些不好意思。

傅强倒没有在意，又绕过一边去观察，这时候，一只大手拍了拍他的肩膀，他转头一看，是交警中队的老战友李岗。

"老傅，你怎么也来了，不会是调到我们中队，我还没接到通知吧，哈哈哈。"

他们曾经是战友，同年退伍分配到警察系统的，傅强站直了身子与他握了握手，说:"李大队长啊，好久不见，发福了嘛，看来还是交警部门生活幸福啊。"

李岗收起笑容，拍着傅强的肩膀，将他带到一边，转身望了望，有些神秘地小声对傅强说:"是章雨通知你们的吧。"

傅强怔了一下，诧异地问:"是啊，怎么了?"

"哈哈哈，"李岗开心地笑起来，"我们这位小章啊，一心就想当刑警，每到一个交通事故现场，他都当成谋杀现场来勘察，动不动就得出这个疑点那个疑点，有一回啊，死者家属差点跪下求他快点结案，好马上领取赔偿金。"

傅强释然一笑，转头去看看仍在猫着身子围着残骸转的章雨，"老李，我看这小伙子不错，他提出的疑点还是很有道理的，做事也认真。"

李岗正色道:"没错，小伙子是挺认真负责的，就是有点过火，其实啊，形成一个交通事故，需要很多偶然因素结合，并不是那么容易预谋的。"

傅强同意他的说法，问:"这么说，你觉得这起事故也没什么疑点啦。"

李岗连连摆手,"你可不要给我设套,任何未经调查结案的案件我都没有发言权哦,哈哈哈。"

傅强笑了,"那就是我还可以在这里转悠吧。"

"当然当然,随意,不过,我还有件事想和你说说。"

傅强道:"咦?我说老李,你怎么半年不见我都没事,一见倒有事了?你有事找我干吗不提两瓶酒上我家啊?"

李岗倒不含糊,说:"这不见到你才想起来嘛,就是这个小章的事,你也觉得他不错吧,要不你申请个调令,让他到你那边去?人家也是正规警校毕业生哦。"

傅强捅了他一下,批评他说:"老李,你不厚道啊,觉得人家在你部门闹心是不是?趁机想往我这儿塞,你当刑警大队是收容所吗?"

"行行行,这事当我没说,不过,我是看在战友面子上给你推荐一个好苗子,作为上司,我通过观察,觉得他更适合刑侦,我总不能误了大好青年的前程嘛。"

"傅队长。"章雨远远喊起来,并向傅强招手。

"走,看看你的好苗子发现啥了。"

二人走到残骸前,章雨捡起一个圆型塑胶物在手里,说:"傅队长,我觉得这里有问题。"

傅强问:"什么问题?"

"你看,这是油箱盖,可它脱落了。"

"那有什么问题呢?"

"油箱在那边,"章雨弯下腰指了一处地方说,"爆炸威力并不大,油箱是底部炸开的,而顶部只是变形而已,按理油箱盖不应该脱落,而且你看,油箱上的螺口几乎没有变形。"

李岗也仔细看了看,说:"会不会是火苗从输油管烧入油箱发生爆炸,然后把盖子冲了出去呢?"

章雨摇摇头,肯定地说:"不会,那样的话,密封的油箱造成的爆炸威力会大很多,并且油箱螺口也会炸烂或变形。"

傅强问:"小章,那么你认为这是什么原因呢?"

"很明显，火苗是从油箱口泄漏出去的汽油燃烧进油箱的，也就是说，汽车摔下来的时候，油箱盖就脱落了，正常拧紧的油箱盖不可能这么容易脱落，我觉得是不是有人故意将油箱盖拧松了，目的是保证汽车摔下来之后肯定发生爆炸？"

傅强不住地点头，他承认小章的看法很有见地。"不错，这是一个推理，小章，安排拍照，继续检查其他地方，尤其是刹车系统。"

"是！"小章对于自己得到认可感到非常兴奋。

"怎么样？是刑警的料吧？"李岗得意地问。

"这是每一个警察都应该具备的基本素质吧。"傅强带点揶揄的口气说。

李岗并不恼，仍是笑嘻嘻地说："看来，这个现场要交给你们了，也好，我们还省了事，队里还有一大摊子交通事故没处理完呢，刚刚京广高速发生了连环撞车，我都不敢安排章雨去调查，这么大的事故恐怕他要搞出个惊天大谋杀案出来，哈哈哈。"

傅强没接他的话，掏出电话指示队里值班人员过来接手案件，并且派人通知家属认尸。

交待完后，他看着李岗，似笑非笑地说："行，卖你一个面子，这位小章先借调本专案组，起码他对交通事故原因调查分析比较在行。"

李岗面露喜色，这让傅强很担心，"老李，看你这么兴奋，我总觉得有些不对劲，是不是这小伙子还有什么秘密你没告诉我？他就这么让你头疼，恨不得立刻把他踢走？我们可是老战友哦，你可不能坑我，要是到时他给我捅了什么马蜂窝，我可找你算账。"

李岗似乎怕他反悔，急急地说："不不不，你一百个放心，他绝对是个好苗子，肯定不会坏你事，我这个人嘛，就是爱才心切，你又不是不知道。"

"我还真不知道。"傅强半信半疑地说。

第三集
CHAPTER THREE
奇特的人选

1

傅强与章雨来到郑小燕家时是上午十点钟，之前先有了电话约定，这个时间段孩子和保姆都不在家，谈话比较方便。郑小燕还没有找到合适的方式告诉女儿她的父亲为什么几天没有回家。前一天晚上半夜的时候，她悄悄走进女儿房间，看了许久熟睡中的朵朵，轻轻抚摸她的小脸，正如许多父母一样，她希望孩子在成长的过程中只听到开心的事情和快乐的消息。任何有可能在孩子心灵抹上黑影的污布她都宁愿自己吞下去。

她知道自己说不出那句话："孩子，你爸爸再也不会回来了。"虽然，她一直都很想有机会讲这句话，但她现在还没有准备好如何去讲这句话。

然后，她回到自己房间，坐在那把摇椅上，望着床头那幅巨大的结婚照，七年前，他和她的笑容都非常甜蜜，仿佛拥有了对方便拥有了全世界。

郑小燕目不转睛地看了一晚上周国荣照片上的脸，她想酝酿出伤感，哪怕是失落的感情来，毕竟那是她一起生活了七年的丈夫，毕竟自己刚刚新寡，如果没有悲痛的脸、红肿的眼睛，便犹如被当众扯光了衣服的少女一般无脸示人。

可是她发现这很难，墙上的脸看久了，总有一张烧焦的脸叠现出来，非常恐怖，她无法悲痛起来，只感到寒冷，异常的寒冷。

"周太太，我们对事故现场的初步调查结果已经出来了。"章雨开门见山地说，本来他在路上也构思了几句安慰的话，他想象自己将要面对的是一个愁容惨面、失魂落魄的中年妇女，没想到见到了一个如此坚强而美丽的寡妇。

"周太太，根据现场调查显示，汽车残骸里的刹车线曾经被人为切断，切口平整锋利，油箱盖也确认为松开状态，估计也是人为所致，所以，我们认为这不是一起意外事故。"

郑小燕惊讶地看着他们，"你是说，我丈夫是被人谋杀的？"

CHAPTER THREE 奇特的人选

"现在还不能定论,但是因为有疑点,所以我们要进一步调查,希望你能配合我们。"傅强说。

郑小燕紧锁眉头,脑子里很奇怪地快速闪现出一张脸——李元亨,但她马上否定自己,他不可能,也没有理由,自己只是心虚罢了。

"周太太,请问周国荣生前有什么特别的举动吗?或者有没有跟你说过在生意上与他人发生纠纷,又或者接到过什么奇怪的电话和信件?"傅强问。

郑小燕紧了紧外衣,细细地回忆着她所能回忆起来的情景,过了许久,摇了摇头,说:"据我所知,好像没有你说的那些事情,我先生是医生,自己开私人西医诊所,他不是生意人,从事的职业也不可能与人结怨,再说我先生人很好,规规矩矩,除了病人就是家里人,朋友都很少,所以我不觉得有什么仇人。"

傅强点点头,再问:"周太太,那么,你丈夫的病人中有没有人因为医患关系而骚扰过你们?"

郑小燕还是摇头,说:"没有,我丈夫的病人比较稳定,多半是上流阶层的退休老年人士,他签约成为他们的常年保健医生,你知道,请得起私人西医的毕竟是少数,这个你们可以去我先生诊所查查病人档案,会比较详细。"

"好的,谢谢您的提醒,还有,冒昧地问一句,你丈夫有情人吗?或者曾经有过情人吗?"傅强尽可能地放缓语气问道。

郑小燕听了身体还是震了一下,她显露出明显的不快,说:"我从来不知道我丈夫会背叛我,我也不相信他会做出这样的事情。"

傅强与小章对视了一眼,傅强接着问:"周太太,请原谅,因为这是我们调查的必须程序,我们还有最后一个问题,你丈夫出事那天你在什么地方?和哪些人在一起?"

郑小燕想了想说:"那天我一直没有离开过家,这些年我一直没有出去工作,所以我大部分时间都是待在家里看书,偶尔写作,保姆有半天时间与我在一起,因为她还有买菜等事情会离开家。"

"好的,谢谢你的配合,如果还能想起什么,请及时与我联系。"傅强站起来,递给她一张名片,郑小燕坐着一动不动,似乎对他们后两个问题的气还没消，傅强犹豫了一下，将名片轻轻放在茶几上，与小章离开。

坐到车上，傅强问："你来分析一下今天会面的感觉吧。"

小章似乎料到了这个临时考试，很迅速地回答："好，首先，郑小燕这个女人给我的感觉是不简单，也就是说有点复杂。"

"哦？为什么，说说看。"傅强很感兴趣，甚至忘了启动汽车，饶有兴致地望着小章，等待他说下去。

"她说话非常有条理和清晰，几乎滴水不漏，首先这就不像一个刚刚痛失丈夫的女人应该有的表现，然后是她对敏感问题的反应比预想的要激烈，虽然这种激烈并没有体现在举止和语言上，但我们都感觉得出来。"

"还有吗？"

"应该还有，不过还没想到，要慢慢琢磨，总之，我感觉这个女人不是这么简单啦。"

"呵呵，"傅强越来越觉得小章的确前途无量，赞许地说："你的感觉和我一样，不过我们也可以解释为她性格坚强，心理素质好，毕竟受过高等教育嘛，只不过有一点让我困扰，你说她真的不知道丈夫有外遇吗？"

小章不太明白，问："这很正常啊，丈夫外遇不都是妻子最后一个知道么？"

"可是，周国荣的财产分配上为什么敢明目张胆地给另外一个女人一大笔钱呢？"

"是啊，"小章拍了拍脑袋，"刚才我还想要不要点出这个女人的名字，看她的反应，只是你马上进入了下一个问题，我就没吱声了。"

傅强说："我当时也想了，后来一想，这事情让周国荣的律师去告诉她吧，假如她不知情的话，我不太喜欢面对这种场合。"

"呵呵，我也不喜欢。"

傅强笑笑，掏出电话来，他要给周国荣的律师刘子强一个答复。

"刘律师，你可以安排宣读遗嘱了，不过可以的话，我想旁听，好的，谢谢。"

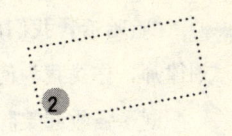

CHAPTER THREE 奇特的人选

2

刘律师知道周国荣的死讯，是郑小燕通知的，因为那天晚上警察要她去认尸，她知道丈夫的诊所签约了一家律师事务所，专门负责医疗纠纷的法律事宜，之前见过几次面，这个时候，她能想起来陪伴她的人，除了李元亨就是律师了，李元亨当然不方便，便请刘律师与她同行。

认尸程序结束后，刘律师亲自开车送郑小燕回家，然后电话约见当时陪同的傅强。

"傅警官，我们开门见山吧，我叫刘子强，我们事务所除了代理周国荣注册西医诊所以外，还代理了周国荣个人法律事务，所以，我想请问你一件事情，周先生的死亡既然由你们市局刑警队接手，那么，是不是表示它不是一起交通意外事故，而是一起刑事案件，或者说，你们认为它是一起人为制造的案件？"

刘子强的话非常专业清楚，傅强也没少和律师打交道，他明白在面对这些专业人士之时，自己所可以做的和说的，一定要在本职职权范围内，以公事公办的姿态交流，同时又要简单明了地交换自身立场以及表达意愿。于是他说："是的，因为在现场勘察中我们发现了几个疑点，本着维护法纪、惩恶缉凶的职责，我们决定立案侦察，直至我们找到令我们相信的证据。"傅强的话有进有退，模棱两可，关键是他也没有摸清这位去而复返的律师到底想干什么。

"呵呵，"看着傅强严肃紧张的样子，刘子强换了副轻松的笑容说："你们的目的不是找出真相么？难道仅仅是可信的证据？"

傅强针锋相对："绝对真相是不存在的，我们只相信合理的事实，可靠的证据，你认为呢，刘律师？"

刘子强乐了："这算是警察的哲学么？不过你不用考我，律师的哲学是：我们只相信可以解释的真相，努力让我们解释的真相朝着对当事人有利的方向发展。"

"哈哈哈，我们的共同点就是，我们都需要自己认可的真相，直说吧，刘律师，你找我为何事？"

刘子强收起笑脸，诚恳地说："周先生与我交往也不浅，我相信他是一个好人，如果他的死亡并非意外，那么，我个人的立场是非常希望贵方能尽快明案逮凶，以慰周先生在天之灵，我本人也非常愿意配合贵方的工作。"

"谢谢，非常感谢，如果有需要咨询到阁下的地方，我一定不会客气。"傅强也态度诚恳地表达了谢意。

刘子强摇摇头，说："其实，现在你们就有需要我配合的地方。"

傅强听了很诧异："请说。"

"半个月前，周先生亲自上我们事务所，提出修改遗嘱，本来这些高端客户们早早给自己立遗嘱，中间又不断修改，是常有的事情，也没什么好奇怪的，但是，周先生修改之后的遗嘱很特别，甚至有些惊世骇俗，我想，如果联系到今天周先生的遇害，这里面可能就有某些联系，当然啦，我能提供的只是些信息，真相需要贵方去努力查出。"刘子强娓娓道来，傅强却听得精神振奋。

"他的遗嘱都说了什么？"傅强忙追问。

"关于详细内容，根据守则，我需要在继承人面前才可以公开读出，不过，我们的守则也有一条，那就是紧密配合公安机关的侦缉需要。所以，我只能有限地将特别之处告诉你，我想聪明的警官先生会了解的。"

"当然，没问题，你根据自己能把握的范围谈谈吧。"

当傅强听完刘子强的介绍后，惊讶异常，"果然称得上惊世骇俗，呵呵，我倒是服了这位周国荣，是条汉子，有情有义。"

刘子强接过话说："没错，我非常欣赏和敬仰周医生，医术与医品都是无可挑剔的，并且非常的宽容和睿智，是个有智慧的人，可惜啊，天妒英才，竟夭寿于小人之手。"

"刘律师对他的评价很高啊，有何根据么？"傅强不失时机地尽可能地挖掘线索。

"当然，这些你可以咨询他的朋友圈子，他是口碑相当不错的一个人。"

"不管怎么说，他终究背叛了婚姻，小节有亏。"

CHAPTER THREE 奇特的人选

刘子强摇摇头，说："此事我不太了解，不过略有耳闻，似乎事情不仅仅是外遇这么简单，好像他与情人之间缘分也不短，不管怎么说，这份遗嘱还是体现了周先生的情义和人品。"

傅强也同意，"没错，这倒令我意外，只怕局外人还是会误解。"

刘子强也感到无奈，转个话题说："另有一事向警官先生请教，你觉得我应该在什么时候宣布这份遗嘱比较恰当，我的意思是希望时机上对你的侦破工作有帮助，时间上这是我可以做主的事情。"

傅强想了想说："按理应该是结案后宣读，但鉴于对死者意愿的尊重，即使有罪之人，我们也没有权利剥夺他的继承权，哪怕他是凶手。不过你的提议很好，我想在这之前，先接触一下周先生身边的几个人，然后你再去宣布吧。"

"行，就这么办，我等你电话。"刘子强非常爽快，一口应承。

"那么，你可以告诉我周国荣的情人叫什么名字么？"傅强总不会放过任何一个得寸进尺的机会。

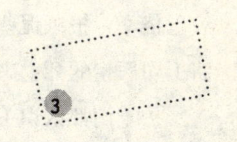

3

王笑笑有两天没有见到周国荣了，他在电话里说这两天很忙，但没有说忙什么。她想他还能忙什么？救死扶伤是医院的事，他不过就是给那些有钱的老头、老太太检查一下身体，量量血压，大部分时间是心理引导式的聊天下棋。周国荣曾说过他在国外读医科的时候，的确选修过心理治疗学，虽然不计学分，但他常常认为，他可以拿到这科的高学分，证据是有导师曾对他说过同样的话。

所有周国荣说过的话，王笑笑都深信不疑，这个男人在她心目中是一座高山，虽然她知道且不愿意相信一个事实：她永远无法攀登上这座山峰。所谓高山仰止，她非常痛恨这个"止"字，对她来说，这是"止步"的含义。

而那位从来就端坐峰头，被周国荣喻为"乌云压顶"的正房夫人郑小燕，可能根本不知道周国荣选修心理治疗学的事情。

能够单独分享一个男人毫无价值的骄傲，这是王笑笑唯一觉得骄傲的事情。

第三天早上，她出门买了一份报纸，头版右下角有一个醒目的导读标题：**龙山诡弯再夺命，名流医生赴黄泉。**

王笑笑死死盯着这个标题，身体如同瞬间石化，她不敢去翻内页，那惊心动魄的"名流医生"，不就是娱乐媒体对周国荣的习惯称谓么。

她有些晕眩，脚也发软，脑子仿佛被掏空了，她不知道下一步要做什么，思维像一头莽撞的公牛突然跳开，又突然回身一头撞了回来，她几乎是撕扯着翻到那一版，一幅周国荣的标准两寸照片赫然出现在报页上。

王笑笑一头冲进周国荣诊所时，里面的护士不见往日的忙碌，扎在一堆窃窃私语，周医生的死因是议论的当然主题，不过悲伤成分很快就被即将面临的失业担忧所代替。她们愕然地望着失魂落魄闯进来的女人，好半天才辨认出她是周医生传说中的绯闻女人。

王笑笑望着护士们的脸，无须再证实什么了，那是真的。刚才她还存了一丝侥幸，报纸侃些假新闻也不是什么大不了的事情，护士们的脸上是不会将上司医生的死亡来做成惶恐面具游戏的。

护士们都认识王笑笑，她们中间只有一位最资深的护士曾经见过郑小燕一面，所以，王笑笑可以旁若无人地直接走进周国荣的办公室，并关上门。

门被关上的同时，她背靠在门上，无力地慢慢蹲坐下来，眼睛无神地盯着已经空荡荡的书桌和椅子，椅子上的人再也不会回来了，她再也不能闻到周国荣身上散发出来的发油与汗水的气味，那曾经让她深深着迷和陶醉了十年的味道。

两个人的悲剧，有时像叶子与树，连着树干的叶子，只能看到树的一部分，感觉到从树干里源源不断包容过来的养分，只有当秋风将叶子高高卷在空中，它才能看清楚树的全貌，原来这棵树竟然如此巨大繁茂，只是，它再也享受不到树的滋养，只能任由碧绿之身慢慢枯黄。

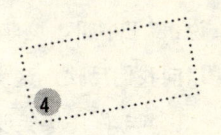

CHAPTER THREE | 奇特的人选

④

傅强与王笑笑的第一次见面就是在周国荣的诊所里,事实上他还不准备这时候接触王笑笑,既然碰到了,也就顺便摸摸底。目前,他对这个案子还处于充实资料的阶段。

其实他刚进诊所的时候,亮明了身份,马上就有个小护士告诉他,周医生的房间里有人,傅强立即警觉起来,"是谁?"

老护士瞪了小护士一眼,主动走过来小声说:"她叫王笑笑,是周医生的好朋友。"

傅强觉得名字耳熟,突然想起来,刘子强说过这个名字,心想,这也好,省了脚力,意外巧遇或许能带来意外收获。

"你好,我是刑警队的傅强,目前负责周国荣案件的调查,请问你是……"傅强假设自己一无所知,而事实上他和一无所知也没多少区别。

"王笑笑,周医生的朋友,如果你想了解深入一些,那么,你可以认为我是国荣的情妇。"王笑笑的直率和坦白令傅强吃惊,虽然他喜欢直接简洁的对话,但他不喜欢在自己没有准备好的情况下被对方识破自己的意图,因为,警察不可以被动。

傅强为了掩饰被动,咳嗽了两下,迅速思忖着如何利用好现在的大好局面,这个女人正处于过度悲伤中,因此她的意识会偏向于冲动极端,这也是刚才一针见血的直率行为的原因。

"傅警官,请问国荣是报纸上所说的车祸意外吗?"

傅强没有正面作答,而是说:"我们还需要调查,既然你是周国荣的情……咳……好朋友,那么希望你能紧密配合我们的工作。"

"哼!"王笑笑脸色严峻起来,死死盯着傅强,这让傅强浑身不舒服,仿佛自己是个无所遁形的罪犯,而她更像是一名威严的警察。"傅警官,你为什么不直说,国荣是被谋杀的,是不是?"

傅强总算等到了这句能让他找回警察身份的话了，他马上挺了挺胸，说："王小姐，莫非你有所察觉？不管有什么你曾经觉得可疑的地方，都可以向我们反映，这或许就是破案的关键。"

"唉，"王笑笑叹了口气，"我不过是觉得由刑警在调查，肯定不是一般交通意外，并且，国荣开车一向小心，怎么会出那样的意外？但是，我也有一点很奇怪啊。"

"是什么？"

"国荣怎么会跑到龙山上去呢？他从不到那些地方去的，我认识他十年了，他从没上过龙山。"

"嗯，这是一个好线索，王小姐，你可不可以再仔细想想，由于你们比较熟悉，肯定会有更多的线索提供的。"傅强兴奋起来，掏出笔记本，马上将王笑笑刚才的疑点记录下来。

"比较熟悉？哈哈哈，"王笑笑仰面而笑，这笑声让傅强听得有些刺耳发凉，是那种近似鬼魅飘忽的笑声，"要说熟悉，你们为什么不去找他的老婆郑小燕问情况呢？"

"我们已经去过了。"傅强说完又有些后悔，感觉有点在敌人间挑拨的味道。

"那么，她有什么好线索提供么？"

傅强摇摇头，表示没有什么收获，当然，有收获也不会向她透露的。

"你们当然不会有收获，如果国荣是被谋杀的，她就第一个脱不了干系。"王笑笑恨恨地说。

"啊，为什么？"傅强预感到意外收获在悄悄地向他靠近。

"她是最大受益人啊，说明她有动机是不是？"

"呵呵，看样子你对刑侦还比较熟悉，没错，我们也常常从寻找动机入手，我还想请问你，你觉得周国荣之死，他的妻子能有多大受益？"傅强软中带硬地诱导着她，他能感觉得出来，这个女人一旦情绪恢复，肯定是一个冷静且泼辣之人，并不好对付。

王笑笑撇撇嘴，露出轻蔑之意，似乎郑小燕正在作为一个凶手跪在地上伏罪，而她是高坐堂前的县官老爷。她的注意力已经从为周国荣悲伤开始转

CHAPTER THREE 奇特的人选

为对郑小燕的控诉上:"郑小燕与国荣的夫妻关系早就有名无实了,她一定恨不得国荣早点死掉,这样她就可以人财两得,重获自由。"

"什么是人财两得?"傅强非常虚心地边听边快速做着笔记。

"这还用说吗?国荣死了,遗产自然是她的了,她还不去找小白脸啊?"

傅强抬起头,目光紧紧锁在王笑笑的脸上,他无非是想证实,这个女人在讲刚才那句话时,真实成分有多少,关键是那句"遗产自然是她的了",这表示她并不知道周国荣的遗产里有一大笔其实是属于她的。

但是,如果她早已知道这事呢?那么这女人的这句话就极有深意,非常值得商榷和研究了。

"王小姐,照你的推理,是不是觉得周太太……郑女士由于与丈夫常年有名无实,或者说是常年独守空房,财产又在丈夫手里把握,令她无法自由和解脱,于是谋害丈夫,为自己找了一条解脱自由之路,是不是这个意思?"

"差不多吧,"王笑笑说,"你觉得这还不够么?"

傅强点点头,微笑着说:"对有些人,可能更加微不足道的理由都可以去杀人,但相对绝大多数人,杀人多半只能存在于念头里,真正实施是不可能的,这需要胆量和决心。依我个人感觉,郑小燕并不具备这种胆量和决心。"傅强说这话是故意的,如果眼前换了另一个人,以他的警察身份,绝对不允许用主观判断的语气和案中相关人员交流,这会有误导证人之嫌,但在这种情况下,傅强的目的是要激发王笑笑透露出更有力量的线索内幕出来。

王笑笑果然上当了,她脱口而出:"郑小燕已经疯了,根本不是正常人,自从知道我与国荣的事情后,她就疯了,警官先生,你的感觉是错误的。"王笑笑说完还担心傅强不相信,又加了一句:"你可以去问她的心理医生啊,她有神经病。"

傅强满意地笑了,现在他至少知道了两件事情:一是郑小燕有心理疾病,并且接受了心理治疗;二是郑小燕知道丈夫外遇之事,这说明,在自己与郑小燕的那次接触中,郑小燕是有所顾忌和隐瞒的。那么,眼前这位女士,她的话里又有多少顾忌和隐瞒呢?对于周国荣遗产分配之事,她又知道多少呢?

这个疑问当然不是现在可以解答的，傅强站起来说："谢谢你的配合，如果还能想起什么有疑点的事情，可以直接联系我。"说完递上名片，却没有离去的意思。

倒是王笑笑站了起来，收好名片，向门外走去。傅强突然又叫住她，"王小姐，请问周国荣出事当天，你都在哪里活动？"

"怎么？你们觉得我有可疑么？"

"呵呵，例行调查而已。"

"好吧，我一整天都在家，没有证人，当然更没有证物。"说完她扭头离去。

傅强也跟出去，招呼护士进来，他这趟来诊所的目的还没达到呢，他需要周国荣的病患资料，目前他还没有锁定任何嫌疑人，一切与周国荣有关的人员资料都必须尽量收集齐全。

傅强并没有忘记向护士们搜集口供资料，比如周国荣在出事当天的时间表。

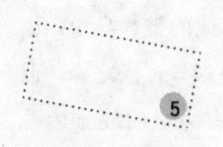

5

李元亨也是从报纸上得到周国荣死亡消息的，他反复看了几遍报道，报纸上的照片用不着费心辨认，那张脸他非常熟悉，有时候晚上与罗贞躺在同一张床上，罗贞用温暖柔软的身体紧紧抱着他时，他闭上眼睛，让自己想象着怀里的人是郑小燕，不幸的是，有一种奇怪的念头总在这个时候无法阻挡地跳出来，他觉得自己成了周国荣，他能清楚地看到周国荣的脸狞笑着贴在小燕的脖子上，要驱走这个恐怖的幻象，只有睁开眼睛，让罗贞重新回到自己的怀抱里来。

这就是李元亨的痛苦，不管闭眼还是睁眼，他都无法将自己与郑小燕投入到幻想的空间里去。他只有真实地拥抱着她，才能完全地感受到她。

CHAPTER THREE 奇特的人选

岳父罗仁礼给他挂了电话，嘱咐他要去周家一趟，如果有需要帮忙的地方，务必尽力。老头子一直以为在周医生的调理下，他可以更健康，活得更长久一些，没想到周国荣竟然死得比他还早，这让老头歇歇了一整天，在给李元亨挂电话之前，他已经顿悟出人生的终极道理：生命的本质是脆弱的，需要在有限的生命里勇敢坚强地生活。

当然，他也没有忘记将自己的感悟说与李元亨听，希望对年轻人有所激励。

李元亨本要与罗贞电话约好今晚去周家慰问，却接到了刘子强的电话，通知他明天上午十点到律师事务所，听读周国荣的遗嘱安排。

李元亨感到莫名其妙，问道："刘律师，你真的确定我必须出席么？"

"是的，因为遗嘱里有关于你的条款，希望你能准时出席。"

李元亨仿如五雷轰顶，电话也忘了挂掉便跌坐在椅子上，脸色铁青，胸口狂震。

周国荣这个名字，这个人物，对于他有两种含义，一种是：岳父的私人保健医生及妻子好友的丈夫，这种含义怎么看都觉得他与周国荣难于牵连；另外一种含义是：情人的丈夫，这就是一种息息相关的牵扯了。问题是，后一种含义只有他与郑小燕知道。因此周国荣应该视自己为第一种含义的关系，那么，他的遗嘱与自己何干呢？除非，周国荣早已知道第二种含义的关系，并且以这种含义的关系来处理他们之间的某些问题。

李元亨拼命想让自己冷静下来，他需要判断自己即将被推向一个什么样的境地，会面临什么样的局面。

如果遗嘱里公布了他与郑小燕的私情，无疑对他的生活冲击是极大的，他将失去目前所有的一切——老婆、家庭和事业。

如果遗嘱与此事无关，那么，他实在是想不出周国荣有什么理由在遗嘱里提到自己。

剩下的半天时间一直到晚上，他都神情恍惚，心不在焉。随着猜测的加深，他越来越肯定自己与郑小燕的私情没有瞒过周国荣。那么，周国荣到底会用什么样的形式和口气在遗嘱里谴责他呢？李元亨突然对此事感到可笑，同时也可怜这个死人，他无非是想在死后出一口恶气罢了，告诉大家你周国荣不是一个傻瓜，你还是一个宽容的人，说不定会在遗嘱里说上一两句祝福的话来寒碜这对狗男女。如果他这么做，他就是世界上最刻薄狭隘的人，因为他死后也不让活着的人痛快。

李元亨几乎是咬牙切齿地死盯着报纸上周国荣的照片，假使他的猜测是正确的，明天他将面临无比尴尬的场面以及随后的名誉扫地，一无所有。并且最让李元亨崩溃的是，假如一个活人这么指责他，他还可以反击，对骂，再不然，还可以拼了命打一架出口恶气，而他面对的是一个死人，并且所有人都会选择相信死人的话——死人意味着不说谎。他无可辩驳，甚至无可泄愤，极大可能出现的结局是：李元亨成了人类史上首位被自己的怨气憋堵而窒息死亡的人。

当晚李元亨首次失眠。他有幸体味到了长夜之漫漫，幸有罗贞鼾声相伴，不至于长时间静寂造成第二天听觉失灵，错过了关于他的精彩判决书。

同样被"李元亨将出席遗嘱宣读"之事困扰的还有郑小燕。她的困扰和猜测富有女性的浪漫主义色彩。她觉得，丈夫准是知晓奸情，一直不点破是因为他自己也不干净，锅炉工不会取笑掏粪工。

郑小燕的推测是，周国荣有外遇在先，因此在她面前早就无地自容了，发现自己也有情夫后，心理负担减轻了一些，甚至觉得自己死后老婆孩子也有了托付之人，说不定还产生了欣慰之情，于是在遗嘱里特意表达出来：假如死后，情夫愿意迎娶本人太太，并保证抚养本人女儿，愿将财产交于二人共同继承。

郑小燕相信自己的推测是有道理的，她觉得自己也愿意接受这种安排，于是早早睡觉，轻轻入梦。

刘子强自己也说不清楚为什么在电话里犹豫了一下，还是没有告诉郑小燕出席的人里还有王笑笑。放下电话他就后悔了，因为郑小燕要是没有经过一晚上的自我消化，明天在律师事务所里突然碰面，假设出现无法收场的局面，他该如何处理呢？

其实刘子强很快反应过来，给自己找了个"聪明的潜意识"这样的新名

CHAPTER THREE | 奇特的人选

词来夸奖自己,他刚刚发现自己潜意识里是这样设计的:不告诉郑小燕另一个出席人,但是告诉王笑笑所有出席人,因为能担任有妇之夫的情人长达十年,心理素质一定十分过硬。

于是,他最后通知王笑笑:"你好,王笑笑小姐么?我是周国荣先生的律师刘子强,明天上午十时邀请你出席周国荣先生的遗嘱宣读,请务必准时出席。"

王笑笑非常意外,她依然在悲痛中,"刘先生,你确定需要我出席么?"

"是的,同时出席的还有周太太母女,李元亨先生。"

王笑笑在电话那头沉默了许久,刘子强尝试去猜测她的心理活动,很快又放弃了,耐心等着。

"元亨也出席?"王笑笑也对这位爷感到诧异,似乎又有些安慰,在场的不相关的人越多,她的安全感就越强。

"是的,还有什么问题么?"刘子强问。

"嗯……"王笑笑还在犹豫,马上又肯定地说:"好的,我会准时的。"

"谢谢。"刘子强迅速挂了电话,长长吁了口气,这种事情他也是第一次遇到,职责所在,也没办法,不过,从这几个人的反应里,他也隐隐感觉这份遗嘱透着些怪异,再翻翻遗嘱,又觉得没有什么怪异的。

第四集
CHAPTER FOUR
遗嘱之谜

1

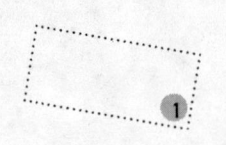

郑小燕的心理治疗医生叫杨梅，一位身材很形象地解释了其名字的中年矮胖少妇。傅强与章雨见到她的时候，她穿着紧身浅绿套装，当然，她所有的衣服都是紧身的，与章雨想象的成熟紫红杨梅大有区别，更像一颗碧绿生涩的青杏。杨梅看出了他们的心思，嫣然一笑说："你们觉得我这身材穿个浅绿色衣服并不相称是么？"

"哪里哪里，极相称，非常职业。"章雨大窘，连忙争辩。傅强却含笑不语，他根本没有去注意对方的穿着，他在打量这个宽敞办公室的装饰环境，这里的布置摆设很特别很新奇，似乎随意自然，又感觉别有用心一般。

杨梅笑道："不必解释，因为作为心理治疗师，我只在乎自己出现在病人面前的形象，而不是它适不适合我这个年龄，浅绿色可以舒缓病人的紧张焦虑情绪，并且当病人需要坦露心扉的时候，这种颜色能令他受到最少的干扰。"说完她又转向傅强，说："这位警官注意的是治疗室的装饰，这间房的装饰理念也是一样的。"

杨梅的这番话让两人肃然起敬，傅强不禁感叹隔行如隔山，每个行业都有自己的细节和别致之处，这里面的行业乐趣也只有敬业的人才能真正领略。

杨梅紧接着竟然诉起苦来，"你们觉得我要养成这身材容易么，呵呵，国外曾经有专家论证过一条心理学定律，绝大多数人更信任母亲型的肥胖女人及干瘦的专家型男人，看看，这就是人类心理的微妙之处。"话到此处，她情不自禁开始吹嘘起自己的专业来："这就是我为什么选择了心理治疗行业，我觉得任何学科都离不开心理学的范畴，科技发展也是以心理学为基础点，所谓以人为本，这个本，就是讲人类的需求，需求来自哪里？来自心理投射嘛。"

杨梅的广告宣传让傅章二人相视而笑了，气氛就这样轻松融洽起来。

杨梅看着他们，笑着问："说吧，两位警官先生，有什么需要我帮忙的?"

傅强说："杨老师，你也应该听说了吧，本市名流医生周国荣的事情。"

杨梅点头说："看到报纸了，是件很不幸的事情，周医生是我的师兄兼好友，我感到非常遗憾和痛心，他是一位难得的好医生。"

"你们还是同门么?"章雨奇怪地问。

"没错，我们留学的时候在同一所大学，我主修心理，周医生是选修了心理，所以我们认识了，说心里话，以周医生的天赋和博学，他要涉入心理治疗领域，我可能就要丢掉饭碗了，呵呵。"杨梅说。

傅强问："杨老师，按你这么说来，周医生也是心理治疗的高手，奇怪的是，为什么他妻子郑小燕的心理治疗却要到你这里来呢?"

"这个嘛，"杨梅沉吟一会儿说："我想可能一是周医生无暇做深入细致的治疗，心理治疗是非常花精力和时间的；二是周医生作为丈夫，在患者心目中无法塑造起客观的形象，会引起患者的心理抵抗，这对治疗是适得其反的。"

傅强敏锐地抓到了杨梅话里的重点，说："杨老师说的两个原因里，我想后面那个才是真正的原因吧，既然现在周医生已经死亡，我们就要本着客观负责的态度去面对真实情况，所以，请杨老师将你所知道的情况都如实地告诉我们，可以吗?"

"当然，在公在私，我都希望你们能尽快找到周医生死亡的真相，让死者早日安息。"

"那好，请杨老师给我们详细讲讲郑小燕接受治疗的病因和治疗情况吧。"傅强说。

"在讲到郑小燕之前，我想请问你们一个问题，你们知道多少周医生的个人感情之事?"

傅强面对杨梅的严肃提问，也不好活泼起来，"关于周医生的感情问题，我们目前只知道他有一个情妇，叫王笑笑。"

"那就够了，事实上，他也就这点私事，后期他也没有刻意隐瞒什么，这点让我很奇怪，现在也没想明白，作为一位知名的医生，他应该有所收敛，并且他与情人的时间并不短，甚至比他的婚姻时间都长，这表示他与情人之间的关系稳定，如果说他想与情人结婚，无所谓曝光，但是他与我的交流中并没有这个想法，他根本不想拆散家庭，他对妻子郑小燕也相当关心和呵护，甚至是小心翼翼，这种情况下，他就更应该与情人保持低调，他的这种心理与行为的矛盾令我十分不解。"

"杨老师也分析不出这种矛盾心理么？"章雨冷不丁冒出一句。

杨梅摊摊手，说："我的确感到困惑，我想，如果周医生也接受我的治疗，向我坦露心迹的话，我也许能帮助他。"

"可他也是心理治疗高手啊。"

"人不能自医，尤其是心理领域。"杨梅解释说。

傅强表示明白了，他更关心的是，"郑小燕的心理疾病与此有关，是吗？"

"是的，周医生的情感问题是郑小燕心理疾病的直接形成原因。"

"请说。"傅强做好了记录的准备。

"郑小燕曾经撞见过丈夫偷情现场。"杨梅说。

傅强静静等着下文，杨梅却停了下来。

"没了？"傅强问。

"没了，这就是诱发原因，我说得还不够清楚么？"杨梅问。

傅强哑然失笑，"很清楚，呵呵，那么，请说说她的症状和引起的行为吧。"

"好的，"杨梅起身去档案柜里翻了一会儿，找出一个文件袋，"事实上，这半年郑小燕已经停止了治疗，我有过电话回访，她表示不再需要治疗了。"

"那么你认为她是不是已经痊愈了呢？"

杨梅摇头说："她的这种病症我们称之为'压迫型行为影射间歇综合征'，呵呵，这名字太专业，我简单解释一下吧，所谓压迫型，就是强迫自己的意思，行为影射，就是将外在的行为，或者外人的行为解释成自己必须去重复的行为，这种理论最早是弗洛伊德提出的，他认为有某些人会根据梦境中看到的情景作为自己行动的指引，间歇这个词容易理解，这说明此病症并不是连续性的，而是受到某种自我暗示的时候，便会表现出来。"

傅强摇摇头，苦笑道："还是比较专业，能不能举些个例来说明一下呢？"

"当然可以，"杨梅说，"比方说，有一个腼腆的男孩，他偶尔会突然表现神勇，甚至去主动挑衅别人，但这种行为并不经常，只在病发的时候，他完全没有道德价值观的约束了。那位著名的理发师陶德，事实上正是患了这种'压迫型行为影射间歇综合征'，只不过电影编剧出于通俗化的原因给他安排了一个畸恋的理由。"

"那么，这种病症的成因是什么？"傅强在一边飞快地记录着。

"如果用中文来表达，大概相当于以牙还牙的意思，呵呵，不过还牙的对象是自己，比如刚才说的小男孩，他的童年可能一直受到欺侮殴打，或者他常年目睹身边发生暴力殴打的场景，这些影像都深深烙在了他的记忆深处，一旦这种影像被激发唤醒，便会以他自己的方式付诸于行动表现出来。"

"好的，非常清楚了，"傅强说，"那么，请告诉我们郑小燕的症状是什么？"

杨梅突然警觉起来，狡黠地问："你们是否认为郑小燕有嫌疑？觉得她有可能在病症发作的时候使用暴力？"

傅强说："是否有嫌疑还不好说，不过我们并没有认为她使用暴力，因为周国荣并非因为他人暴力致死。"

"没错，郑小燕并没有暴力倾向，"杨梅翻着手里的档案一边看着，一边说："她的症结在于'欺骗性叛逆行为'。"

"什么是'欺骗性叛逆行为'"？

"那是一种不自觉的行为，这种行为带有明显的欺骗性，比如我在你身后做一些你看不见的小动作，并且这种小动作还是非常叛逆性的，比如我的小动作是向你开枪，或者从你包里偷出钥匙什么的。"

傅强恍然大悟似的点点头，说："我好像明白了，是不是她看到了丈夫偷情，发现丈夫的情人竟然是自己的好朋友，感觉到自己被背叛和欺骗，双重的打击诱发了她的行为影射——压迫——什么症，之后她病发之时，就会去人家背后，或者房顶屋后捣乱，对不对，杨老师？"

"哈哈哈，"杨梅开心地笑了起来，"当然不是，虽然处于病发过程，但是她的行为还是以个人长期养成的性格习惯会有所关连的，不会说病发了，就像小孩似的跑别人屋顶捣乱。"

傅强也跟着笑了,他原本就想让气氛更轻松一些,许多有用的线索往往是在过于轻松的时候不小心流露出来的,"那么,郑小燕会干什么呢?"

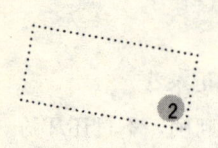

2

一大清早,郑小燕习惯按时醒来,房间里充满朦胧的晨光,在落地白窗帘的过滤下,白茫茫的如同起了雾。她望了望平时周国荣睡觉的地方,那个枕头还没有收起,她知道自己根本没有去想起过这事情,一种习惯要想在瞬间改变是不可能的,正如形成另一种新的习惯一样,需要在时间的慢慢腐蚀下去改变每一个细节。

她想自己应该伤感,应该换一件素服,当脱下素服的时候,她将有新的生活,新的习惯。

下楼时,她看到报纸里夹了几张账单,通常这是周国荣关心的事情,他会交待诊所的护士代劳。以后必须由她去关心了,于是她翻了翻,发现有一张账单看起来很花哨,边上稍带印刷了减价家具的广告。

当她看清账单的内容时,她竟有些站立不稳。这是一张来自某家超市的催款单,而这家超市的名字她无比熟悉,这七年里,她几乎每周都会光顾,因为离家最近,尤其是最近的一年里,它成了她的精神依托。

她一直认为,周国荣可能从未踏足过这家超市的大门,他甚至从未踏足过其他任何超市的大门,有什么理由能使他去光顾一家只卖家庭食品和女人饰品的超市呢?

这张账单的确是寄给周国荣的。里面显示的时间表明周国荣与这家超市的联系时间并不短,他们有一个按月结算的合约。虽然数额极小,微不足道,但对于郑小燕的意义却不在于此,她看着账单,仿佛感觉到了丈夫的眼睛此时正在身后紧紧盯着她。

CHAPTER FOUR 遗嘱之谜

她越想越后怕,这是一种不寒而栗的感觉,然而她喊不出来,只能用手紧紧捂住嘴巴。

"妈妈早上好。"周朵朵被保姆抱了下楼。

"早上好。"郑小燕掩饰着慌乱。

"妈妈,刚才我去你房间了,爸爸还没有回来吗?"六岁的朵朵初懂人事,并不那么容易忘记对她来说重要的事情。

"你爸爸出差的地方很远,还要很长时间呢。"

"电话也没有的地方吗?"朵朵扑闪着刚睡醒的眼睛问。

保姆突然抽泣了一声,手一松,小孩顺势滑下来站着,郑小燕狠狠瞪了她一眼,这个小保姆是周国荣乡下的远亲,才十七岁,感情倒是挺丰富。

"是的,朵朵,你爸爸说不定不回来了,他如果不要我们了,你说我们怎么惩罚他?"郑小燕蹲下去抚摸女儿的脸蛋,这张脸还太幼嫩,怎么可能禁得起恶浪拍打。

"我们罚他不剪指甲吧,脏死他。"朵朵愤愤地说。

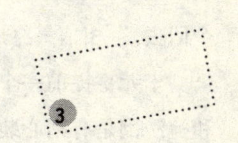

3

刘子强破天荒早早第一个到办公室。其实律师这个职业让人感觉就是这么一群严谨、聪明、巧言令色、无所不能的家伙。事实上,他们也常常睡懒觉,上班迟到,这倒不是因为贪睡,多半是晚上勤奋研究案情。说其无所不能肯定言过其实,世界上哪有无所不能的人啊,超人还为情所困呢。刘子强今天既没有睡懒觉,还一脸的愁云惨淡。

刚进办公室,意外发现桌上有一个礼物,包装得精美绝伦,用烫银玻璃彩纸包裹起来,还系了朵别致的郁金香,旁边附一张小卡片,这一切仿佛都在向主人表示,这是一件价值不菲的礼物,送礼人对你要么有重托,要么情意浓。

他看了卡片，接收到了情意浓。想必是昨天下午自己早早离去，下班前有人送到自己办公室的。拆开包装，里面是一枝金笔，在电脑化的今天，一枝笔已经成了象征性的礼品了，不过对于刘子强并非如此，他非常固执地在一些非正式文件上坚持亲自书写，绝不打印。这里面除了不想白费他中学练习硬笔书法的那几年心血以外，还有一点是他觉得不可以丢弃的文化意识，中国文字点勾撇捺间的舒展变化充满意气，流露神采，如果通通化做电脑里的呆板字体，他认为这是一种文化的遗弃，是民族的悲哀。

握起金笔，刘子强暂时忘掉了一早上的愁云，抽出一张 A4 纸，刷刷刷即兴挥毫了两句元遗山的《临江仙》："今古北邙山下路，黄尘老尽英雄。人生长恨水长东。幽怀谁共语，远目送归鸿。"

临时涌起的豪情仿佛整理旧屋翻出的儿时玩具，有一种久别重逢的感慨。这种感慨最积极的意义在于，你会对眼下的烦恼嗤之以鼻，但这并不代表烦恼就此离开，而不过是换了个角度面对罢了。

他重新坐下来，将周国荣的遗嘱细细翻读一遍，想象着将它同时扔到两个敌对阵营时的反应，敌对并不要命，要命的是醋劲，更要命的是女人的醋劲。这好比要他去对这两个女人说："我把你们的男人切两半吧，自个挑半个回去。"相信最终成为两半的是肯定是自己。

李元亨提前一个小时就到了刘子强的办公室，他看起来非常憔悴，穿着和梳洗倒是有精心装扮的感觉，但气象精神是无法掩饰的，一只大灰狼穿了老奶奶的衣裳也遮不住它长长的尾巴嘛，根本骗不了小红帽，更别说是刘律师。

"李先生公务繁忙啊，神色似乎有些过劳，要注意休息。"刘子强有意与他拉近关系，刚死了一个大客户，如果能拉到李元亨，便是弥补了事务所的业务缩减。他从资料里知道李元亨的身份。

李元亨有些尴尬，他认为刘子强是话里有话，目前只有他了解遗嘱的全部内容。

"刘律师，咱们直说吧，我提早上来，是因为我有些事情不太了解，想先向你咨询一下。"李元亨觉得真佛面前不烧假香，不如干脆点。

"请说请说。"刘子强最愿意听到咨询二字，这是开展业务的冲锋号。

CHAPTER FOUR 遗嘱之谜

李元亨稳稳情绪，清了清嗓子，一路上他早就下定了决心，迟早要面对的事情，如果还有一线生机的话，就是面前这个皮笑肉不笑的家伙了。"刘律师，其实我与周国荣先生并不是很熟稔，交往泛泛，我实在想不出他有任何理由在遗嘱里提到我，如果方便的话，可不可以先透露一些，不至于太突然，或许能让我们都有一个缓冲的时间来低调处理一下。"李元亨觉得这段酝酿了一晚上的话里要表达的信息很明显了，潜台词是说，如果有对我不利的地方，你刘律师肯给予通融的话，好处少不了你的，大家商量就是了，现在天知地知你知我知，没必要为一个死人讲原则，乱了活人的分寸。

刘子强没怎么细细琢磨他的话，反而眨眨眼故作神秘地说："李先生不必心急，周先生可没当你是泛泛之友哦。"

李元亨听了不禁气急，疑虑更甚，却不能发作，只好强压着冲动，冷冷地说："刘律师，其实我没有别的意思，我只是想有个思想准备，这种事情不需要搞得那么神秘紧张吧。"

"呵呵，"刘子强笑得让李元亨心惊肉跳，"李先生，不是神秘，当然，紧张气氛可能是无法避免的，到时还希望你能够配合我冷静处理。"刘子强说的紧张当然是指郑小燕与王笑笑之间，不过在李元亨听来，无异于惊雷炸响，说明他昨晚的猜测都是真的。

李元亨霍然站起，怒火已被点燃，愤怒终于取代了冷静，他不明白这个看似精明的律师为什么如此不开窍，难道他一心就想看场笑话和闹剧吗？"刘律师，请问我可以拒绝出席吗？"

"为什么？"刘子强极为诧异，他对李元亨的反应感到困惑。

"我不认为周先生与我可能产生什么纠结，并且斯人已逝，生前恩怨也随风而散，何必牵扯上更多的人呢？"李元亨冷若冰霜，一副决然神色，并且有要离去的意思。

"等等，"刘子强着急了，他没想到在这里还闹出个误会来，"请坐请坐，如果之前我的解释不清令李先生有什么误会的话，我道歉，但是这遗嘱还真的非要你在场不可，李先生，你就当帮个忙吧。"

李元亨不再回答，傲然不动，盯着他看，话已说到这个地步，他反而觉得可以理直气壮了。

"好好好，我就破一回例，反正一会儿也就宣读了，我就把有关李先生的事项先透露一下吧，坐坐坐，坐下来，唉，都怪我——都怪我。"

李元亨面无表情地坐了下来，静候着。

刘子强有些无可奈何的样子，看着桌面上的遗嘱正本，将那枝崭新的金笔捏在手里，一边下意识地把玩着，一边将周国荣遗嘱里关于李元亨那一段念出来。

李元亨听得目瞪口呆，浑身如同被冰水与烫水轮番冲洗过一般，额头也有汗水沁出。

"李先生，你觉得周国荣先生的如此重托，犹如临终托孤，你能拒绝么？"刘子强语气沉重地说。

李元亨还在琢磨着这枚突然袭击的导弹对他的意义，他当然有能力拦截，只要拒绝接受就可以了，如果他真的拒绝的话，会不会显得不近人情或者做贼心虚呢？如果接受的话，那这个如同软索般轻轻套住了他的未来，会给他以后的生活带来什么样的变化呢？

"当然，李先生，你有权拒绝，那样的话便有负周国荣先生的一番厚望啊。"刘子强有些做作地摇头晃脑，还叹息一声。

"还有别的吗？"李元亨突然问。

"没了，就这么多。"刘子强充满期盼地看着他。

"那好，我接受。"说完这句话，他长长地舒了口气，这二十个小时以来，一直悬着的那块大石，突然就灰飞烟灭了，换了一种空荡荡的感觉，李元亨甚至有些失落起来，二十个小时的惶恐不安此时如同玻璃上的苍蝇尸体，被一块湿布轻轻抹了去，了无痕迹。

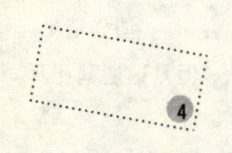

4

时间将近，其他人随时都会到来，刘子强邀请李元亨一起到会议室等待。他去交待前台小姐，请把出席人员直接带到会议室来。这时候，王笑笑到了，她穿了一袭黑裙，还特意在盘好的头发后插了一支白花银簪，这是典型的未亡人装束。

她进到会议室看见只有李元亨一人时，神情一阵轻松。其实她也是有意早到了一些，先到场在无形中占了个先主为人的天时之利，坐着迎接郑小燕，心理上有微妙的主动性。

李元亨见到她是有些意外的，只是不便明问，只能微笑点点头。不过在经历了自己的事情后，他在这会议室再见到任何意外的人士出席，也不会觉得太意外了。那个死人的心思太难猜了。

很快，傅强与章雨就到了，刘子强起来给他们互相介绍，李元亨听说是刑警，不禁一脸惊讶，他望着刘子强，问道："莫非周医生的死不是交通意外事故？他是被谋杀的么？"

傅强留心地观察着这个男人，他没有见过李元亨，但是之前听刘子强介绍遗嘱的时候说过此人。

刘子强耸耸肩，回答李元亨："这事情我也不清楚，要不一会儿你问警官吧。"

李元亨转头用询问的眼光看着傅强，傅强干脆就说："李先生，正好我们也想和你聊聊周国荣的一些事情，希望得到你的帮助和配合。"

"嗯，好吧。"李元亨见没人正面回答他的问题，有些不快，冷着脸孔坐下来。

郑小燕到了，她是一个人来的，没有将女儿周朵朵带来。

她的出现让所有人都非常意外，事实上也没有什么可意外的，她也是未亡人嘛。意外的是，她的打扮与王笑笑几乎一模一样，盘发上的银簪也毫无二致。出席酒会的女人唯一心里最没底的事情便是衣服选配，因为担心"撞衫"，撞衫的后果是成为被比较的对象，如果对比明显，比如自己腰比对方粗了等等，输的一方便会到处找地缝。所以女人爱买衣服，也是为了降低钻地缝的几率而迫不得已。不过今天撞衫事件的意义却要重大和深远得多，从二人的表情便看得出来。

王笑笑有些紧张，只看了对方一眼便将目光移开。郑小燕一眼发现了王笑笑后，浑身哆嗦了一下，一动不动，一直站在门口，仿佛突然入定一般。

李元亨有些莫名其妙，他是这里面唯一对周国荣与王笑笑关系不知情的人，看到大家都不动，于是他只好站起来，走上前去迎接，"小燕，坐下吧，就等你了。"

"还需要我么？"郑小燕用凌厉的目光盯了他一眼。

"什么话，你是周太太啊，怎么会不需要你？"李元亨故意将周太太三字加重语气，似乎在向大家强调什么。这在其他人听来的确是别有用意的，王笑笑拼命咬着嘴唇，今天早上她就告诉自己，无论如何都要表现得坚强，不能给周国荣丢脸。

郑小燕在李元亨的半推下坐到了刘子强旁边，李元亨紧挨着也坐了下来，他也考虑到了，这种场合越避嫌越有嫌疑。

傅强偷偷审视郑小燕的脸，杨梅说郑小燕的心理问题是间歇性的，没有规律可循，但注意观察还是能发现异样。有心理疾病的人士通常自卑感极强，并且总是担心被人发现，会刻意做出一些隐藏掩饰的动作来表示自己很正常。往往就是这些欲盖弥彰暴露了自己的异常。

郑小燕自坐下之后，神态木然，眼神呆滞，嘴角僵硬地往上拉着，努力做出微笑的表情来。

刘子强看了看在场的人，大声说："诸位都到齐了，那么，我再简单介绍一下今天让各位来律师事务所的目的。

"非常不幸，周国荣先生离开了我们大家，目前警方正在努力调查这起事件，这也是他们的职责所在，对死者负责嘛，因此，今天的遗嘱宣读也有刑警的列席。

"好，我长话短说，下面就宣读遗嘱：

本人周国荣，如因任何原因离世，有如下嘱托：

1、不动产包括房屋及诊所由妻子郑小燕继承；

2、现金由妻子郑小燕继承；

3、证券财产委托李元亨先生托管，至女儿周朵朵十八周岁，转至女儿名下，其间李元亨先生享有20％红利；

4、本人保险受益人为王笑笑，前提条件为王笑笑在本人死亡一年内无婚姻行为方可领取。

"各位，周国荣先生还有一封解释信件，我在这里一并读出：

致妻子及女儿：读到此信，我已辞世，感谢上天让我们有缘成为一家人，希望之后你们能爱惜自己，获得最大的人生幸福。

致李元亨先生：虽然我们交往不深，但先生的理财经营能力令我钦佩，先生人品亦是值得信任，我信任罗礼仁先生的眼光，特将本人证券资产请先生托管经营，请勿推辞为盼，恳谢。

致王笑笑小姐：感谢你对我深情有加，牺牲你之青春年华令我不忍，我离世后，祝愿你能重拾人生希望，勿以旧人悲今人。

人生如花，忽开忽谢，尔今谢世，无须悲我，相信在一年光景，你们可抹我之影，淡我音容。

刘子强认真读完后，将文件放好，扫视一下每个人，然后说："周先生的遗嘱比较特别，除了刚才交待的事项外，还有一事要告诉在座各位，周先生在银行有一个保险箱，钥匙就委托在我这里，里面的内容我们都不知道，周先生要求我在他死亡一年后方可开启，这一点，在另一份文件里有周先生亲笔签名的委托书，你们只能过目复印件，由于周先生交待并不详细，所以届时有兴趣，也可以随我同去开启。"

最后，刘子强将文件交给旁边的郑小燕，"各位请轮流仔细过目，然后在上面签名生效。"

刘子强见郑小燕捧着文件发呆，突然醒悟过来她没有笔，便将手上的笔递给她，郑小燕接过来，机械地在上面签了名，递还给刘子强，刘子强接过交给李元亨，这时候，郑小燕突然站起来，转身快步往外走去。

李元亨匆匆签完名，跟了上去，临走时很疑惑地看了王笑笑一眼。王笑笑始终没有动过身子，甚至眼皮子也一直低垂着。

刘子强走过来，将文件递给她，"请过目签字吧。"

王笑笑抬起头来,脸上挂了两条淡淡的泪痕,分明刚才在听读的过程中有泪水流过。

"刘律师,能告诉我保险赔偿金额是多少吗?"

刘子强说:"三百万。"

"我要一年内不结婚才能得到,是吗?"

"是的。"刘子强也感觉这个条件有些苛刻,似乎强迫王笑笑必须为周国荣守一年的贞节。

"呵呵,"王笑笑冷笑了两声,强忍着内心巨大的波动,颤着嗓音激愤地说:"刘律师,你说周国荣是希望我为他守一年的寡,是不是?难道他觉得我会在他死后马上找人嫁么?这就是我十年感情所得到的信任么?呵呵,当然,我还是得到了三百万,给他守一辈子的寡也不会饿死了,周国荣,你是个王八蛋——"最后一句,她几乎是嘶吼而出,眼泪此刻完全失控,汹涌喷发。

她趴在桌上放声痛哭起来。

傅强与章雨使了个眼色,并向刘子强点头示意,两人悄悄退出会议室。

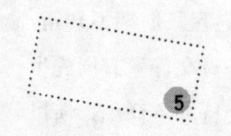

5

李元亨在电梯口跟上了郑小燕。

"小燕,等等,我,我送你回去吧。"

郑小燕死死盯着他,此刻她仿佛置身冰窟,嘴唇苍白,牙关打颤。李元亨关切地问:"小燕,你不舒服么?"

郑小燕还是不说话,只是盯着他的脸看,似乎李元亨是她追寻多年的杀父仇人。李元亨感觉到了她的异常,想伸手去抱她,表示安慰,这时电梯到了,郑小燕扭头走进电梯间,李元亨紧紧跟了进去。

章雨在走出会议室时,悄悄对傅强说:"傅队,你注意到没有?刚才郑

CHAPTER FOUR 遗嘱之谜

小燕犯病了。"

"嗯。"傅强答应了一声。

"我们要不要跟踪她啊?"

"跟踪她干什么?"傅强奇怪地问。

"万一她有什么意外呢?我觉得她今天特不正常,说不定病情加重了。"章雨忧心忡忡地说。

傅强失声一笑,"放心吧,那位李元亨不是跟出去了么?他以后就是郑小燕的保护神了。"

"为什么是保护神?"章雨不解。

"那不是周国荣指派的么,他那是临终托孤的意思啊。"

"莫非周国荣早就知道自己必死无疑?"章雨若有所思地说。

"没错,你说得对,我也是这种感觉。"

郑小燕自己开了车过来,李元亨跟着她走到车前,见她掏出车钥匙,一把抢了过去,边开车门说:"我来开车,你坐那边。"

郑小燕默默绕过去上了车,李元亨刚要扭钥匙启动,郑小燕突然将手伸过来,递给他一个东西。

"这,这不是刘律师的笔么?"李元亨苦笑说。

郑小燕道:"我知道你有收藏我的赃物的嗜好,送给你留念吧。"

李元亨脸一红,无比尴尬地看着她手里的笔,接了过来,"你都知道?"

"知道的可不仅仅是我。"

"还有谁?"李元亨大惊,张着嘴巴看她。

"周国荣。"

"他和你说的?他为什么知道?什么时候和你说的?"李元亨一串问题脱口而出。

郑小燕从包里掏出早上那张花花绿绿的账单递给他。

"这是什么?"李元亨问。

"自己看吧,是超市寄来的催款单。"

李元亨仔细看了一会儿,脑子愣没转过弯来,"这是什么意思?"

郑小燕轻蔑地笑笑,说:"你不是收藏了很多这个牌子的眉笔么?还看不出来吗?"

李元亨还是糊涂,"这说明什么?"

郑小燕说:"这是寄给周国荣的账单,为什么我每次都能在那个超市成功地偷到眉笔,不是他们监管能力差,是因为有我的模范丈夫一直在保护我,所有我偷出来的眉笔都由他在买单。"

"啊?!"李元亨恍然大悟,顿觉脑后阴风阵阵,巨大的恐惧感蔓延过来紧紧卷裹着他。

"你是说,他——他一直都在跟踪你?"

郑小燕似乎很疲惫,仰靠在椅背上,冷漠地说着仿佛与她毫不相关的话:"他从一开始就知道我要干什么,所以他一直在我们身后看着,他为我的一切行为预先铺好了路,搭好了桥,他无处不在,我们自作聪明地背着他偷欢,可是,我们从来就没有离开过他的视线,这就是我的上帝丈夫。"

李元亨捧着账单的手禁不住微微颤抖,这件事情太可怕了,他一直精心编织的秘密游戏竟然一直都不过是在人家手掌心里的拙劣演出罢了。那些疯狂的激情、浪漫的瞬间,背后原来都有一双眼睛在盯着。

"那——那他,为什么要这么做?为什么要把证券给我托管?他的用意是什么呢?"

郑小燕摇摇头,"我也不知道。"

"会不会他只是跟踪了你的超市行为,并没有发现我们的关系?"李元亨仿佛溺在河中突然望见远处飘浮的一根木头,拼命想去抓来救命。

郑小燕看了他一眼,冷笑着说:"你觉得呢?"

郑小燕的语气将木头打得无影无踪,李元亨绝望地重重靠在椅背上,苦苦沉思着突然而来的局面,他需要考虑到这件事情会给他带来什么样的后果,他觉得自己就像是走在钢丝上的小丑,只要有点风吹草动,他都觉得可能会带来山崩地裂的后果。

"不过,"李元亨喃喃地说,"不过他已经死了,不是么?"

"那又怎么样?你不觉得他的遗嘱里扯上了王笑笑,是故意要使我难堪么,他就是要报复我的背叛,虽然他一直都在背叛着我。"

"原来王笑笑一直以来的情人就是你丈夫,呵呵,我也是现在才明白过来，"李元亨突然想到什么，立刻来了精神，"小燕，我刚才说，不过他已经死了是吗？对，我的意思其实是，死人是不会再说话，再做什么了，就是说，他无法再改变从今天起的事情了，而我们可以，我们还活着，我们可以将事情按我们希望的那样去发展，对不对？"

"你想干什么？"郑小燕一脸疑惑。

"我只觉得，我们的事情只有周国荣知道，其他人并不知道，而他现在死了，就是说，我们还是和以前一样，没有人知道我们在一起。"李元亨有些兴奋莫名地说。

"开车吧，我想回去休息。"郑小燕轻轻闭上眼睛养神。

李元亨看着她的脸，这张脸至少到现在还让他心动，他情不自禁将脸凑过去，刚碰上她的嘴唇，郑小燕突然张开眼，推了他一把，冷淡地说："我累了，要么你送我，要么我自己开车回去。"

李元亨吃惊地看着她，这是她第一次如此冰冷地拒绝他，那神情如同一月春寒，非常陌生和遥远。

第五集
CHAPTER FIVE
同类的诱惑

1

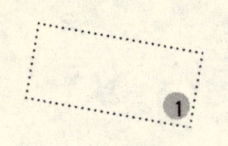

　　有关周国荣的案情讨论会在专案组办公室正式开始，傅强让章雨讲述一下最近的调查情况，他有心让这位组里仅有的借调人员表现一下，从私心里讲，他希望章雨有好的表现，卖给老战友李岗一个面子；从公来说，多一员战将在麾下，总是好事。

　　"我刚刚从保险公司了解情况回来，周国荣曾经在死亡前一周亲自到保险公司改了他的那份人身保险，现在你们知道，那份保险受益人是王笑笑，而之前受益人一直是郑小燕。"章雨说完目光扫过每个人的脸，"你们觉得这里面有什么问题么？"

　　一名刑警站起来问："我们现在的侦察方向是什么呢？到底有几个嫌疑人？"

　　章雨看看傅强，傅强点头鼓励他自由发挥。章雨胆气顿生，眼睛威严地扫视四方，声音洪亮地说："首先我们假定周国荣被谋杀，这源于几个疑点，刹车系统被人为破坏，大家请看照片，"他指着幻灯片上的照片说，"这是人为的切口，工具应该是极其锋利的剪刀或者刀片；再看下一张照片，这是手动刹车的刹车片，摩擦非常厉害，这是在短时间内反复摩擦形成的，说明周国荣在冲下山崖之前做过努力，但是手动刹车在车速极快的情况下，是不起作用的；第三张照片是在现场找到的油箱盖，它在汽车掉落的时候就脱落出来，所以未被燃烧，我们可以推测它并没有被拧紧，这肯定是人为的，我们经常开车的都知道，几乎很少有机会去碰油箱盖，一般都是由加油站人员打开加油再拧上，而加油站人员是专业人士，拧紧油箱盖也不是什么费力的事情。"

　　章雨关掉幻灯片，开了灯，继续说道："以上三点，我们可以做出推测，周国荣的汽车在之前被人动了手脚，动手脚的时间肯定是在周的汽车停在龙山顶的时候，凶手切断了汽车的刹车系统线，并且拧松了油箱盖，目的是让周的汽车出事故并且产生燃烧爆炸，看得出来，凶手是要周国荣必死的，而

CHAPTER FIVE 同类的诱惑

周并无察觉，当他发现汽车刹车失灵的时候，试图用手动刹车来制动，然而车速过快——那是一段下坡路，车速在无有效制动的情况下，只会越来越快，周国荣可能一时慌乱，来不及扭转方向，便冲下了山脚，所以我们在弯道并没有看到刹车胎印，没有有效刹车，也不可能留下刹车胎印的，因此，我们可以认为，周国荣死于谋杀。"

傅强站起来，示意章雨回座位。他需要章雨解释的环节正是这些交通知识，剩下的他想亲自主持。

"各位，通过这些天的基本摸底，我们列出几个关键问题，周国荣为什么在那天会去龙山顶？大家知道，龙山顶是一个娱乐场所，据周国荣身边的人介绍，他之前从未涉足这类场所，那么，他是不是去会见什么人呢？

"第二，按照我们惯用的侦查思路，周国荣的死对谁受益最大？就目前掌握的资料看来，周国荣的交际圈子很简单，他的病人方面找不到可疑对象，生意上也没有任何纠纷，他的财政状况非常良好，要说受益人，无非是他遗嘱里提到的三个人：妻子郑小燕、情人王笑笑、托管人李元亨。这里面郑小燕的利益是最大的，所以她的嫌疑也是最大的，关于她，还有几种假设性动机，一会儿再详细介绍；另一个受益人王笑笑，与周国荣交往十年，感情稳定，并且在周国荣死亡之前，似乎不知道有财产受益；第三位李元亨，他几乎谈不上受益，只是受托管而已。"

有人提问："傅队，那么，郑小燕应该嫌疑最大了？"

"你有推理思路么？"傅强问他。

"丈夫有外遇，夫妻感情破裂，而她已经生育，年龄不小，对未来生活充满恐惧，她害怕被抛弃，害怕孤独，害怕一无所有，而丈夫在这个时候死亡，她将消除一切恐惧，继承财产，生活无忧，且摆脱了感情困扰，甚至有机会开展新的感情，这个动机不可谓不充分。"

傅强微笑着表示赞赏，"这个推理非常有道理，那么，有人反驳么？"

大家都摇头，表示无可辩驳，傅强笑了，说："我甚至可以给这个推理加个更充分的理由，郑小燕曾经目睹过丈夫偷情的现场，所以，她完全有理由产生谋杀动机，关键是，她如何实施？"

傅强继续说："据周国荣诊所的护士反映，周在下午五点离开诊所，在六点便出事,而郑小燕当天一直在家,她家保姆每天上午十时到十一时会出去买菜,其他时间也都在家,可以做郑小燕的时间证人,那么,会不会是郑小燕串通保姆的口供呢?我认为不会,因为她家保姆是周国荣的亲戚,一个十七岁的乡下姑娘,郑小燕不可能将赌注押在保姆身上。"

"王笑笑呢?也许她早就知道周国荣会改保险受益人,等她知道已经改完后,便迫不及待想得到这笔钱,于是……"

傅强点点手指,说:"对,这个思路也很重要,因为周国荣与她交往十年,为什么独独在这个时候才想起去修改保险受益人呢?"

章雨站起来说:"傅队,会不会周国荣受到了某些不得已的压力呢?"

"你是说威胁或者勒索吧,有这个可能,那么我们假设一下,王笑笑如果要威胁或者勒索,会用什么样的手段呢?我可以先告诉你们,王笑笑完全有作案时间,因为当天她说自己没有出门,独自在家,没有人证。"傅强继续启发大家,他喜欢发挥集体的智慧,虽然下边这一群人谁也不笨,都是久经考验的老刑警。

一位年长刑警站起来,"我说一个,傅队让我去调查了周国荣出事当天的电话记录,在周国荣离开诊所后,五点十分左右,诊所曾经接过王笑笑的来电,这个电话并没有找到周国荣,这是护士确认了的,而她却没有继续通过手机找周国荣,是不是可以说明,她的电话只是想确认周国荣是否已经离开诊所?"

"我觉得——"另一位刑警站起来发言,"王笑笑与周国荣交往十年,作为一个女人,不可能甘心永远生活在感情的长夜里,她肯定无时不盼望走出黑暗,走到阳光下,可是盼了七年,周国荣也没有想要离婚的迹象,于是她绝望了,一个绝望的女人,最可能的想法便是得到一笔能让自己生活有保障的金钱,于是她向周国荣提出金钱要求,周国荣虽然收入不菲,但是他大量的资金用在购买不动产与证券投资上面,可周转的现金并不多,这也不奇怪,基本上他的工作并不需要时常动用大笔现金,因此当王笑笑提出要求时,他一时无法满足,又不想完全离开王笑笑,于是承诺给予她保障,那就是将保险受益人改为她,这可以保证周国荣死后,王笑笑完全有生活的基本保障,王笑笑无奈答应了,但是绝望的女人是无法回头的,她冷静思考再三

CHAPTER FIVE 同类的诱惑

之后，觉得一天也不想再这样过下去了，她恨周国荣，恨这十年的青春挥霍，既然只有等周国荣死后她才能得到自由和解脱，那么，就让周国荣快些死去吧。"

傅强微笑着听完，望着这位侃侃长谈的队员打趣说："你小子为什么这么了解绝望的女人？说说，你是不是深受其害过？"

大家哄笑起来，小伙子不好意思地说："犯罪心理学有讲过这方面的案例，我有印象。"

"哦，学院派的。"傅强调侃道。他自己是退伍直接入警队，自称"实战派"，所以常常将"学院派"挂在嘴边作为调侃用词。

"大家对学院派的推理有异议么？"傅强看着队员们问。队员们都摇头表示无异议，于是傅强拍板，说："那么，这作为一个侦查方向，由章雨负责接触王笑笑及周边可能接触的人群。现在我再提出一个论点，不知你们想过没有，周国荣的遗嘱异常清晰而又怪异，首先，他为什么要让王笑笑一年之后才能得到那笔钱？"

章雨跳起来说："我觉得这恰恰说明王笑笑有问题。"

"为什么？"

"如果周国荣出于真心要给予王笑笑未来保障，何必多此一举，这说明他对王笑笑有什么不放心，是不是他对王笑笑的心态有所觉察，他给出的一年时间，是想在自己遭到什么不测之后，有一年时间给予我们调查，假如真是王笑笑所为，那么，王笑笑伏刑之后，这笔保险金自然就归于第一继承人，也就是他的妻子郑小燕。"

"有道理。"有人附合，傅强也很满意章雨的表现，这个推理合情合理。

"那么，"傅强又抛出新的论点，"周国荣在对李元亨的托管上，完全就是托付后事，从他将证券投资委托李元亨托管到女儿十八岁，这说明他知道自己活不到女儿十八岁，也就是说，他完全知道自己会在短期内非自然死亡，那么，按我们现在的推测，周国荣预感或者明确感觉到了王笑笑的动机，他为什么完全不做抵抗，而只是匆匆将后事交待好，从容面对死亡呢？难道说明他根本无留恋人世之心么？一个有妻有女、事业稳定的男人，可能这么从容地面对死亡么？如果他做过抵抗，那是什么样的抵抗呢？"

队员们答不上来，鸦雀无声，都看着傅强，傅强脸色凝重，他也没有答案，只能做出自己的推理："我有一个大胆的假设，可以作为你们调查的思路方向之一，那就是：王笑笑身上发生过什么，或者有什么地方让周国荣极为内疚和厌世，这种情绪甚至足以让他对妻儿都不再留恋，又或者，王笑笑亮出了什么把柄，假如周国荣不死，这个把柄也足以摧毁他的家庭和事业，横竖是死，不如听天由命，将后事安排妥当，这样的话，他遗嘱里对王笑笑留的一手，就可以解释了，反正这时候，他人已死，把柄的威力自然就消失了，王笑笑也无法改变什么，所以，我们还要留意查找这一点，到底周国荣在担心什么，他可能有什么样的把柄被人威胁？"

一名队员站起来问："傅队，我认为王笑笑与周国荣交往的十年里，不可能一帆风顺，会不会他们之间也有关于小孩的事情发生，比如有私生子，而这个私生子又出现了什么意外？"

此言一出，大家均感意外和赞同，章雨首先表示同意："我认为可能性极大，如果真是这样，那么，周国荣所受的心理压力便是极大的，以他的为人和身份，这是他所不能承受之重。"

"那么，既然大家将动机推理都指向王笑笑，我们就讨论一下，王笑笑实施的可能性，描绘一下案发经过。"傅强继续主持着会议方向，这也是一个案子讨论的必须程序。

"我来吧，"还是章雨站起来，他非常珍惜自己借调的机会，这也是他实现自己多年夙愿的机会，"王笑笑将周国荣约至龙山顶，她可能找个借口离开一下，或者干脆是在等待周国荣的到来，反正她有的是时间，然后对汽车动了手脚再进去应付周国荣，接着两人不欢而散，各自离去，这里面我想过一个问题，如果是一个对汽车并不熟悉的女人，根本找不到刹车制动系统的线路，但是如果王笑笑是有预谋的，她完全可以去翻阅资料，熟悉过程，并且，接触到油箱盖是需要汽车钥匙的，能偷偷配到汽车钥匙的人，也只有周国荣身边极为亲密的人，王笑笑完全有这个条件，所以，我的调查行动会首先在龙山顶寻找见过王笑笑的目击证人，并且寻找她曾经翻阅汽车资料的证据，至于偷配的钥匙，相信已经被扔掉了，我还会去寻找王笑笑对保险受益人修改知情的证据。"最后，章雨虚心地说："各位前辈如果有什么建设性的意见和思路，希望能提供给我，谢谢。"

"其实，王笑笑这个女人挺可恶的，假如她真的是凶手的话。"其中一名一直没有出声的女警员突然蹦出这么一句。

傅强看了她一眼，摇摇头，说："我见过她两面，不觉得她可恶，倒是觉得她有点可怜，不管她是不是凶手。"傅强很有些感慨，又说："你们有没有想过，一个女人因为爱一个男人，跟了他十年，都在黑暗中，这个男人在七前年结婚，新娘也不是她，而那时她与他已经有三年感情，如果你是她，你能走到哪一步？你还讨厌她么？在这个社会中，每个人都有令人讨厌的一面，也有令人同情的一面，甚至有令人敬佩的一面，不管多少面，对于能坚持一件事情的人，我觉得这种人活得都有意义，起码对她自己来说，这个意义是非凡的，有几个人能在十年里坚持一件事情呢？"

傅强的感慨引发了众人的深思和沉默。

傅强微笑着站着，看着队员们，相信大家都不再有新的异议时，他站起来总结："好，今天我们思路已经比较明确，重点侦查对象为王笑笑，同时我会亲自对其他相关人员再做试探调查，多方出击，有什么新情况第一时间向我汇报，散会。"

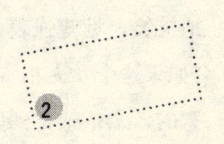

2

走在门外，章雨追上傅强，喊了一声："傅队，等等。"

傅强停下来看他，问道："有事么？"

"傅队，你刚才对王笑笑的评论，让我有些疑惑，就直觉来说，你认为王笑笑是凶手么？"章雨问。

傅强笑了笑，慢慢走着，他思考着回答的措词，这种问题容易造成侦查人员的错觉，但是他心里面始终有一个疑问，那就是第一次和王笑笑的接触，如果王笑笑是凶手，她为什么在那个时候回到周国荣的办公室里来呢？

是搜索什么东西，还是怀念旧人？据他后来对周国荣办公室的观察，并没有任何被搜索过的感觉，反而王笑笑流露出来的神情态度让他也感染了一些伤感，那种伤感气氛非常奇怪，不仅仅是悲伤，还有一种空洞的绝望，犹如一位殉道者站到了悬崖绝壁边上，迎风叹息，万念俱灰。

"小章，我问你一个问题，一个女人你天天都能见到，而她从不和你说话，但你总是能感觉到她在注视你，有一天，她摔倒了，你去扶她，她不但没有感谢你，还给了你一巴掌，你推理一下，这个女人爱你吗？"

小章虽然不知傅强用意何在，但知道肯定有深意，于是认真地让脑子迅速活动起来，"我觉得她爱我，因为她的行为只是想引起我对她的重视，她一直在偷偷注视我，起码说明她对我有极大兴趣，而摔倒可能是意外，也可能是故意，并且她知道我会去扶她，如果我不扶她，相信她还会在我面前继续摔下去，直到摔成跛子。呵呵，我去扶她是正合她意，然而她要是像普通人般一句感谢就离去，那么，她的摔倒就没意义了，所以她要充分利用这个机会，打我一巴掌。我当然会和她理论，反正不管如何，我们会因为这次争执而认识，然后交往到相爱，哈哈，当然前提是，我必须也对她有兴趣。"

傅强饶有兴致地听完，说："你倒是不谦虚，还很自恋，那么，你再试试来一个她不爱你的推理吧。"

章雨面露难色地说："她好像很难不爱上我，我条件不错嘛。"说完得意地笑笑，见傅强表情很认真的样子，马上收起笑脸，郑重地思考和推理："如果这个女人根本不爱我，这里面有两点必须要成立，一是她摔倒不是故意的，二是感觉到她在注视我也不是真实的，只是我自作多情的良好感觉而已，这好像换成我爱上她了，呵呵，但是我扶她起来后，她为什么打我呢？难道是因为看到我是一个英俊且好心的青年，现在给了她认识我的机会，而她想到自己竟然已婚了，于是恨从心生，打了我一巴掌？不对不对，傅队，我想不出来，除非这个女人是神经病，一个老处女，渴望男人接触，真有男人接触她时，又要装清高，结果反应过激，下意识就给了我一巴掌，只能想到这儿了。"

傅强哈哈笑起来，拍拍他说："我总觉得，这个摔倒的女人就是王笑笑，而那个英俊且好心的男人是周国荣，你慢慢琢磨吧，她到底是不是凶手，可能就是在这爱与不爱的一念之间呢。"

　　章雨看着傅强远去的背影，他那充满智慧和玄机的话还在脑海里盘旋。章雨越发觉得傅强的深不可测，简直就是智慧与英雄的化身。不过他觉得傅强自己也肯定没有答案，不然何苦让一组的人天天奔波劳累？直接点个明路去调查多么"快、好、省"啊。

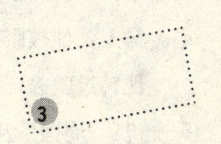

3

　　章雨在龙山顶停车场问遍了所有工作人员，均对他手上的两张照片里的人物没有任何印象。这也难怪，龙山顶每天流过的人群都数以千计，而周国荣和王笑笑的脸上也没有什么能让人印象深刻的特征，甚至一放下照片，就可以令人立即忘掉。

　　章雨决定对王笑笑的家来一次突然袭击的拜访，既然是突然袭击，就不能预先约定，还要确保她在家，所以，章雨第一次在早上八点钟对单身女士作拜访。

　　王笑笑七点刚刚起床，章雨就等在她家楼下了，在八点的时候终于看到十七楼房间的窗帘被拉开，于是他跳下车，走进公寓大厦，乘电梯到十七楼，按响门铃。

　　"你是谁？"王笑笑还没来得及洗脸，拉开一点门缝，警惕地看着这个陌生男人，她没有认出章雨，事实上他们昨天在律师事务所见过一面的。

　　章雨亮出警员证，自我介绍道："我们昨天在律师事务所见过的。"

　　王笑笑并没有开门请他进来的意思，而是问："你找我有什么事？"

　　章雨只好说："我想找你调查几个问题，我能进去说么？"

　　"你能下午再来么？或者一个小时之后再回来，我还没洗脸。"

　　章雨看来不太了解女人，直接说："不行，我们工作非常繁忙，一天都有其他安排，只能在这个时间找你调查，请原谅。"后面又画蛇添足地加了一句:"我并不介意你有没有洗脸。"

"可是我介意,警察先生。"王笑笑仿佛有抵抗到底的决心。

章雨突然产生疑虑,里面肯定有什么证物没来得及收藏起来,所以她才一再拒绝,本来今天的拜访就是要求达到措手不及的效果。"我是在执行公务,请你配合。"章雨提高了声调,神情不再温柔,而是严厉。

王笑笑看了他一会儿,无奈只好退后一步,犹犹豫豫地将门打开。

章雨一脚迈了进去,敏锐的眼光迅速将这间并不算大的单身公寓扫了全遍。马上,他被眼前的景象怔住了。

他转过脸去,用疑惑的目光看着王笑笑。王笑笑此时也无所谓了,甩甩头发说:"周国荣从不到这儿来的。"

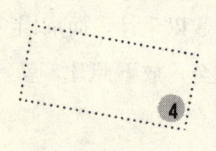

4

李元亨仔细研究了周国荣的证券投资组合,他一眼看出周国荣的托管显得非常牵强,因为他最近半年的操作手法目的性非常明显,将风险波动较大的股票基本清空,仅剩的持有股均是巨盘型,套现的资金又都投资在境外基金上,而且他选择的基金都是非主流外汇,这种投资组合可以强烈看出投资者的意图:以稳定为前提。通常非主流货币的浮动比较小,风险低,与巨盘型股票是一个意思。同时,这种投资形式套现非常容易快捷。

李元亨想不明白的是,周国荣已经布好了一个成熟的稳定增长的棋局,完全可以存放至女儿十八岁而不用变动,为什么还要多此一举委托给他呢?假如李元亨有心谋他这笔钱,非常的容易和安全,只要将他的账户与自己的对应账户来回交易几次,神不知鬼不觉便可以完全乾坤大挪移。莫非周国荣有心陷他于不义,或者这根本就是一个陷阱?如果只是陷他于不义,目的何在呢?要是陷阱的话,周国荣的下一步棋是什么呢?到底还有什么圈套在等着他?他已经死了,还能干什么呢?

CHAPTER FIVE 同类的诱惑

李元亨想到这里，不禁冷汗直冒。郑小燕的推测是正确的，他拿着账单亲自去了一趟超市，经理告诉他，这位周先生有一天突然找到他，邀请他到监控室，指着在货架前浏览商品的一个女人说："她是我妻子，有心理方面的疾病，喜欢到超市里故意偷一些不值钱的小玩意儿，不过她通常会固执地只偷一种商品，如果她能成功第一次的话。"

后来在周国荣和经理的共同注视下，看到郑小燕选择的是一款最廉价的眉笔，周国荣对经理说："你现在通知下边的保安人员，让她顺利通过，商场的损失由我承担。"

经理照做了。事后他与周国荣达成一个协议，只要郑小燕在这个超市偷走的眉笔，他都以三倍的价格购买，前提是超市方面给予配合，不要惊动这位女士。

"那么，"李元亨终于问到自己最关心的问题："这位周先生经常跟踪他妻子到这个超市么？"

"是的，"经理非常肯定地说，"我常常见到他，每次就站在收银台的一根柱子后面，次数多了，大家都知道了这件事情，也就能做到视而不见了。"

李元亨现在已经没有理由怀疑周国荣可以在跟踪妻子的过程中对他视而不见了，因为，那些事情的发生开始就是在这家超市，并且他也反复出现在郑小燕的身后。

八个月前，李元亨只是偶然，非常的偶然，走进了超市里，他只是想买两节干电池，然后，他就看到了郑小燕。

郑小燕停驻在这个货架旁大概有十分钟，这个货架异常的凌乱，廉价指甲油、眉笔和小口红堆得如小山一般。这正是李元亨见到她又没有及时上前招呼的原因，他不相信郑小燕会购买廉价化妆品，假如她真的是这样，那么更不应该在这个时候招呼她。给人留面子，是最起码的礼貌。

接下来看到的情形让李元亨简直不敢相信，他见郑小燕非常娴熟地将一支眉笔塞进了腋下的手袋里，而不是放在购物车上。他好奇心大起，一直目送郑小燕离开超市，他在后面捡起了被郑小燕出门即弃的战利品。这件事情给了李元亨极大的幻想空间，从那一刻起，郑小燕的影子再也没有离开过他的脑海。

当李元亨控制不住第二次看着郑小燕将手伸向那堆眉笔时，他的心跳程度并不亚于自己亲自动手，他终于明白过来，郑小燕的行为给了他极大的满足感。他开始发现自己有偷窥欲，由于发现了别人的隐私而获得满足。这仿佛突然给自己的人生劈开了一条光明之路，他开始常常流连在人多的地方，细心地窥探着别人不易察觉的隐私，这期间，他成功地证实了八个不穿内裤的女人，六次公园野合，但是，他失望了，每一次都不能给他带来躲在郑小燕身后的那种满足和心跳。

他并没有偷窥欲，他不是偷窥狂，李元亨明白过来，他只是郑小燕的猎物和俘虏。

他要开始一场猎物俘获猎手的游戏。

这是一场精心设计的游戏，在经过反复设计之后，他走近了郑小燕。如同一条嗅着羚羊味道悄悄伏近的黑豹，当羚羊在超市门口孤身张望之时，突然扑过去……

"小燕，这么巧。"

5

"元亨？你怎么也在这里，是挺巧的。"郑小燕给了他一个礼貌性的微笑。

"其实也不巧。"李元亨似笑非笑地审视着这位猎手与猎物的化身。

"啊？"郑小燕问道，"难道你在找我？"

"是的，找了好几天了。"李元亨表情是很认真的。

"呵呵，你要找我还不容易啊，可以给我打电话。"

"我和你的这件事情是不可以通过电话的。"

"我和你有什么事？呵呵，是罗贞的事吧。"

"有事，"李元亨感觉脸在继续绷紧着，"你看了就知道了。"

CHAPTER FIVE 同类的诱惑

郑小燕望着李元亨一脸的认真，也有些半信半疑，"到底是什么事啊？"

"去看看吗？只有你和我才能看得到的。"李元亨仿佛在讲一件极其神圣的事情，那一刻，他相信自己头顶一定有一个天使的光环悬挂着。

郑小燕不再觉得他在开玩笑了，在心里猜测着突然出现的李元亨会有什么事情带给她。

"上车吧。"李元亨做了个请的姿势，郑小燕顺从地坐上了他的车。汽车一路狂奔，直接驶进了高速公路，这个环节有一处令李元亨在设计的时候大伤脑筋，因为行程大概有三十分钟左右，这中间如果交谈起来，不管谈些什么，只要存在语言，就肯定会将整个计划积累起来的重彩浓妆气氛冲刷得干干净净，但如果刻意不说话，太长时间挤在狭窄的车厢里，由于突然产生的尴尬感觉更是浪漫杀手。后来，他找到了两全其美的最好方法，精心挑选了一张普鲁士唱片，一上车便将音量扭到最大，黑人沙哑高亢的原始激情旋律不但让语言完全空白，并且能激发起他们潜伏的狂野邪念，他相信，郑小燕正是他苦苦寻觅的同类人，她的邪念正是他的邪念。在茫茫的异类中突然撞见同类，语言是多余的，思想都是多余的，他们明白彼此的需要，因为他们就是同类。

大约行驶半个小时，下了高速，这时已经到了海岸风景区。

郑小燕发现汽车开上高速后，她就彻底不去做任何猜测了。她突然有一种奇怪的想法，一个炎热的中午，突然出现一个男人，将自己带向遥远的未知地方……这种感觉慢慢占据了她飘渺的思绪之后，她有一种想飞起来的感觉。

汽车沿着海景公路飞驰，突然拐上了一个弯，钻进一条上山的小道，不一会儿，前面出现了一幢小型度假别墅，汽车直接停在别墅木屋底层。

"跟我来。"李元亨以不容反驳的口气命令道，脸上的神态却越来越严肃。郑小燕心里一阵狂跳，她甚至怀疑，楼上会不会有一具血淋淋的尸体在等着她。

然而，她还是忍着不出声，不询问，她已经到了这个陌生的野林子里，她那颗飞起来的心还没有轻轻落下。

李元亨拉着她的手，他这是第一次握住这只柔若无骨的小手，李元亨有些晕眩，郑小燕感觉他的手心温暖而湿润，她突然感觉到一阵感动，太久了，再没有被这样的一只男人大手牵过。

两人几乎半跑半跳着冲上二层，李元亨引导着她穿过客厅，穿出另一扇门，眼前一片明亮，竟然是别墅后面的一个小型游泳池。郑小燕失望地发现，这里并没有血淋淋的尸体。

"这里，"李元亨表情凝重地指着池子对她说，"这下面有一样东西，如果你跳下去能找到它，它会给你一种极致的快乐。"

"什么快乐？"郑小燕声音极小，怯怯地不敢望他的脸，如同做错事的小姑娘。

"这个快乐只有我知道，你跳下去了，你也知道了。"李元亨的声音非常严肃，却说着听起来极为诱惑的话，他知道自己如果让口气软下来，他就撑不下去了，从郑小燕坐上他的车起，他的心脏就缺氧至现在，如果再耽搁一秒，他可能就会因心脏病发而一头栽下。

郑小燕慢慢转过身去，凝视着池子里的波光粼粼，仿佛是无数片晶亮尖锐的玻璃碎片海洋，这些碎片即将深深扎进她的身体，把她切割得零零碎碎。

"跳下去，找到它，它就在里面等着你。"李元亨在她耳边催促。郑小燕感觉心又飞了起来，脚下一软，双臂张开，迎面扑向那片尖锐的海洋。

李元亨看着郑小燕的身体被翻起的水花埋没进去，他终于露出了狂喜的笑容，毫不犹豫地扑了下去。

水里的世界清凉寂静，李元亨拉到了她的手，看到了微笑的她，白皙修长的腿在轻轻拨动着水流，突然双脚一蹬，郑小燕的身体如箭一般滑行出去，李元亨赶紧伸手想抓住她，却只抓住了郑小燕的衣裙一角，她的身体如同一条银色的剑鱼，挣脱了裙子，蹿进了大海深处。

第六集
CHAPTER SIX
谁在泄秘？

1

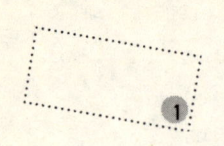

在小章看来，这更像是一间摄影工作室，如果搬去中间那张凌乱的大床的话。

床头与右侧两扇墙上，几乎贴满了照片，并不是那种经过精心布置的装饰，而是匆忙随意的粘贴。小章走近前去细看之下，大为意外，上面的照片无一例外是针对郑小燕的偷拍。地点有街道、商场，而最令他意外的是，有近三分之一照片里的郑小燕是处于睡眠状态的。地点应该就是在她的卧室床上。

小章顿觉背后发凉，他下意识转身靠墙站着，警惕地望着王笑笑，可以想象，此刻近在咫尺的王笑笑对于小章来说，已经不是一个犯罪嫌疑这么简单了，简直就是一个变态阴险的女恶魔。

"很意外？"王笑笑冷冷地看着他说。

章雨有些失措，一时答不上话来，无意识地伸手摸了摸腰间，才想起自己根本还不够资格佩枪。

"喝水吗？"王笑笑似乎看出他的不安，走过去给他倒了一杯水放在茶几上。

章雨指着墙上的照片，使劲吞了吞口水，问道："这些是你拍的？"

王笑笑莫名其妙地笑了笑，反问他："拍得怎么样？"

"你一直在跟踪郑小燕么？这些——"他指了指郑小燕睡觉的照片问："你还潜入她家里？晚上？"

王笑笑自顾自在沙发上坐下来，取了根烟点上，似乎在思索着什么，过了一会儿自嘲似的笑了一声，说："觉得我很变态是吧，你认为我为什么要这么做呢？"

章雨已经稳住了自己突然绷紧的神经，此行的目的重新回到了中枢神经线上来，"我正是要问你，你为什么要这么做？"

"章警官，你今天来的目的不是要问这个，是不是？先提你的问题吧，

CHAPTER SIX | 谁在泄秘？

这个我们以后再谈。"

章雨有些不快，此时的气氛明显被王笑笑抢了主动权，"你先回答我的问题好么？这也是非常重要的。"

"为什么非常重要？难道你认为我这里所有一切都非常重要？都可以成为呈堂证供，是不是？你们觉得我是凶手吗？"

"那么，你是吗？"小章顺势就将话题踢了回去，并注意观察她的反应。

"我为什么要杀周国荣？如果我想杀他，早七年就杀了，还要等到今天？白白多受七年的折磨？"王笑笑声音凌厉起来。

"那么，你七年前想杀他是为什么呢？"小章为自己这个问题感到得意。

"为什么？哼——负心人不该杀么？他比陈世美还不如，背信弃义。"王笑笑狠狠地掐熄了烟头，又哆哆嗦嗦点上一根。

"这话不对，陈世美是绝情，周国荣毕竟还对你一直关心照顾。"小章说完就后悔了，竟然跑题。

王笑笑看着他，眼睛非常明亮，瞳孔里仿佛有两盏闪烁的鬼火。小章趁她接不上话，马上拉回话题说："不管怎么样，他罪不该死，是吗？"

王笑笑瞳孔里的火焰突然暗淡下去，她低垂下脸，望着地面或者脚尖，一动不动。小章感到有些迷惑，他还想重复一遍刚才的话，却突然看到从她脸上啪嗒掉下两颗豆大的泪水滴落在脚边，接着又是两滴，然后肩膀重重地抽动了一下。小章感到发憷，不知所措，如果这是在审讯室，他可以正气长存，可这是在一个女人的家里，吸着房间里浓郁的女性气味，面对一个穿着宽大睡袍突然抽泣的女性，他产生了强烈的逃跑欲望。

正在他踌躇着该不该马上拔腿的时候，王笑笑突然抬起头来，泪眼汪汪地看着他说："章警官，我不是凶手，你们不要浪费时间了，但我真的想知道谁是凶手，我恨不得吃了她。"

"为什么？"小章又后悔自己的话了，这句简直就是废话。

"本来我可以和国荣正式结婚了，可是他却被人杀了，我足足等了十年啊，为什么？我就要等到这一天了啊。"

小章迅速消化着她的这句话，进入了侦查逻辑思维的他终于找回了作为刑警的状态，他有点恨自己今天意识迷糊。"你的意思是，周国荣向你表示过他要离婚?"这个问题是小章的消化成果,如果答案肯定的话,可能会变成案情的转折点,王笑笑的动机变小了,郑小燕的动机加大了,虽然已经证实郑小燕不具备作案时间,可谁又能保证她不是雇凶呢?

王笑笑摇摇头:"国荣是永远不会做出承诺的,这是他的性格,他只说做完了的事情,从不说还未做成功的事情,不过,我能强烈感觉到,他和郑小燕终于走到头了,请相信我,我跟了他十年,没有人比我更了解他,我也从来没有那么强烈感觉到希望的即将出现。"

"能说说你的感觉依据么?"

"你看到了吧,墙上的这些照片,不是我拍的,是国荣拍的,这就是依据。"

章雨问:"你不是说他从不上你这里来吗?为什么照片会在你这里,他交给你的?为什么要拍这些照片?又为什么要交给你保管?"小章一连串的问题表现出了他此刻的思维之活跃,活跃的思维提升了他的状态,状态提升又活跃了他的思维。

"他没有交给我,是我到他办公室找到的。"

"什么时候?"

"前几天,国荣死后第二天,我去他办公室,还遇到了你们的傅警官。"

小章想起来了,傅强是说过有这么回事,"你还找到了什么?他办公室的物品可都被警方暂时封存,任何人是不可以擅自取动。"

"我去的时候,还没有人来封存,我是在他桌子下捡到的。"王笑笑似乎不愿过多解释,她的心又开始隐隐作痛起来,这几天,都是这个症状,常常绞痛。

"他为什么要跟踪偷拍自己妻子的照片呢?"小章又重新走到墙边看照片。

王笑笑没有回答,她的目光落到了电脑台上,那里有一本书,书下面压着十几张照片,照片没有叠整齐,露出了一大块。她若无其事地站起来,走过去,迅速将照片完全塞进书底下,然后装做整理桌子,动了动其他东西,又回到沙发边坐下。

小章正全神贯注于墙上照片,根本没有留意王笑笑的动作,一边看,一

CHAPTER SIX 谁在泄秘？

边又重新问了一遍："他为什么要拍这些呢？"

王笑笑终于回答他，口气冷且硬："国荣觉得郑小燕可能有外遇了，所以跟踪她。"

"这就是你认为周国荣要离婚娶你的证据么？"小章有些不太相信，谁会跟踪妻子的外遇直到妻子在床上睡着之后呢？如果非要给出一个解释，那就是周国荣认为梦中外遇也是不允许的。

小章突然伸手从墙上扯下几张照片，他认为自己有这个权利，所以也没有事先征询，只是用通知的口气说："我要拿走几张作为调查资料。"

王笑笑没有拒绝，也来不及了。

"王小姐，我可以看看你的电脑么？"小章突然问道。

王笑笑紧张起来："有必要吗？"

"可能有必要。"小章笑着说。

"这个应该需要搜查证的吧？"

"查看是在我们的职责范围的，它不是搜查。"小章狡辩，他认为王笑笑不会真正了解警察办案程序，是可以唬得住的。果然，王笑笑无奈地走到电脑边，将桌上的图书等杂物挪开，让出空间给他。

小章背着她坐下来，启动电脑，王笑笑赶紧将图书下边夹着的照片迅速塞到了沙发座垫下，刚收藏好转过身来，发现小章正看着她，吓得手抖了一下，书本掉到了地上，小章抢先一步捡起来看，是一本通俗小说，他有些失望，不是汽车方面的书，便还给她，回头去检查电脑。

小章告别的时候，王笑笑送到门口，小章见她似乎欲言又止，问："你还有什么事吗？"

"这话是要我来问你吧。"王笑笑说。

"今天到此为止，也许我还会来打扰你。"

"不客气，你尽管来，你们有随时打扰良家小女子的权力。"

小章为之语塞，讪讪离去。

王笑笑返身锁上门，又从沙发垫下找出那叠照片，她不是看照片，而是从照片中间翻出夹在里面的一张名片，和名片一起的还有一张长途汽车票根。

她想了许久也不明白周国荣为什么会将这张名片夹在这堆照片里,他是一个讲究整齐的人,名片肯定放在名片盒里,就像他办公桌上的笔一样,用完肯定回归笔架,在周国荣看来,这和皮鞋沾尘不擦,头发风乱不梳一样属于失礼行为。

王笑笑突然觉得,莫非名片上的人与这堆照片有某些联系么?难道照片后面还有更大的真相内幕么?她甚至不敢往下想了,即使她讨厌郑小燕,但也不认为郑小燕是一个多么复杂的人,只不过是个懵懂无知的蠢女人而已。

如果真的有更大的内幕呢?

王笑笑胸前狂跳,她觉得自己不应该错过好戏,她抓起电话,按着名片上的号码挂过去。

"你好,刘玉山先生吗?我是周国荣的秘书,很不幸,我想通知你,国荣前日已经离世了……"

很多年以后,王笑笑只要回忆起这段日子,她觉得自己最幸运和最正确的事情就是勇敢地拨了这个电话。

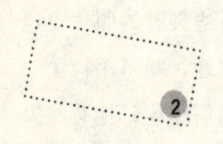

2

罗贞一动不动的姿势已经保持很久了,李元亨有些担心她,几次过去抱她的肩膀安慰几句,她都如木头般毫无反应。

早上看到报纸之后,她就放下咬到一半的面包,捧着报纸在沙发上坐下来,反复看了几遍,然后就是这个样子了。

李元亨不放心,推迟了上班,一直坐在她对面,耐心等待着她恢复过来。报纸上的那条新闻他刚刚也看了,虽然上面说的事情他早已知情,也考虑过告诉罗贞,只是一直没有找到合适的机会和措辞。都说语言需要艺术,事实上更需要的是时机,有时候梦呓犹若天籁,有时情话仿如骨鲠。

也不知道过了多久,李元亨差点就要开始梦游的时候,罗贞发出了一声长长的叹息。

"你醒来啦,"李元亨弹了起来,急急走过去坐在扶手上,一手抱着她的肩膀,关注地问:"你没事吧。"

"元亨,这太可怕了,简直是——"罗贞找不出形容词,只好又再感叹一下:"太可怕了。"

"没什么的,只不过我们一直不知道而已,每个人都有自己的故事和隐私嘛。"

罗贞眼巴巴地盯着他,说:"你呢?会不会突然有一天别人告诉我,你也有一个故事,一直都瞒着我?"

"当然不会,"李元亨站起来,踏前一步,"怎么会呢?我的故事就是你啊。"说这话的时候,他不敢看罗贞的脸。

"可是这真的太可怕了,十年啊,我们都没看出来,我真是笨,十年前,那不正好是笑笑认识周医生的时候么,他们竟然就在一起了,我一点儿都没看出来,唉。"罗贞不停地摇头叹气。

李元亨捡起报纸,他想一会儿到了公司一定要打电话给刘子强,问问到底是谁把周国荣保险受益人改为王笑笑的事情捅给媒体的。

"罗贞,你别想太多了,王笑笑也没有错,毕竟她认识周国荣在先,并不算抢朋友老公,这事情应该怪周国荣,他太无耻了。"李元亨踩起死人来一点都不留情。倒是罗贞客观一些,说:"元亨,你也别这么说,当时周医生向小燕求婚的时候,我就觉得有些不妥,他怎么会突然就求婚呢?他真的爱小燕吗?现在看来,周医生当时会不会有什么难言之隐?"

"罗贞,你太善良了,男人追求多妻是天性,哪有什么难言之隐啊,再说谁会逼周国荣娶老婆的事啊。"李元亨安慰她,在这事情上,他并不希望自己傻乎乎的老婆自作聪明地插一手,最好是只当事情没发生过,抹一下,恢复如初。

"所有男人都是这样的么?"罗贞倒不傻,追着李元亨的话头问他。

李元亨笑了,说:"对,所有男人都梦想多妻,但并不是所有男人都会去行动,比如你爸就不会吧,我也不会,就算我和你爸都有过这样的想法,也只是无聊时想想罢了。"

"我爸没你的坏心眼多，"罗贞嗔怪道，"你以后不准再发无聊之想了。"
"遵命，老婆大人，见了周医生这件事，我更不敢了。"
"为什么？"
"多妻的人不长命嘛，呵呵。"
"元亨，你积点嘴德，好歹周医生也是朋友，不要刻薄。"罗贞皱着眉训示他。

刘子强信誓旦旦地保证，消息一定不是从他的事务所内部泄露出去的，因为遗嘱的内容在事务所里也只有他知道，再加上他们事务所有职业守则，从来也没有发生过此类事件。最后刘子强不无担心地提醒他，除了律师事务所以外，还是有几个人知道遗嘱内容的，并且，报纸只披露了有关王笑笑的事情，其他遗嘱内容一个字也没有提到，这说明泄露者目的很明确，要搞臭王笑笑，那么，谁最恨王笑笑呢？

李元亨马上听明白了，嫌疑人是郑小燕。

他马上给郑小燕挂电话过去。

"小燕，你看了今天的报纸么？"李元亨尽量语气平静地开始话题。

"没有，怎么了？"郑小燕回答，语气非常自然，李元亨听不出有装聋作哑的感觉。

"哦，没什么，只是有一则关于周国荣遗嘱的新闻，不知是谁将保险受益人为王笑笑的事情泄露出去了，报纸对周国荣和王笑笑的关系大肆渲染了一番，这些记者非常可恶。"

"你认为是我泄露出去的吧。"郑小燕语气非常平静，丝毫不对这个消息感到意外，这又让李元亨有些疑惑起来。

"当然没有，我怎么会误会你呢？"李元亨装出轻松的口气说。

"呵呵，为什么是误会呢？就算是我说出去的，也很正常，难道这不是事实么？既然是事实，她又何必怕大众知道呢？她还想立个牌坊吗？"

"那，那么，"李元亨突然结巴起来，"那么真的是你泄露出去的？"

"我只是说，不管是谁泄露出去的，也没有什么好奇怪的，因为它本来就是事实，又不是造谣。"

CHAPTER SIX 谁在泄秘？

"那你泄露了吗？"李元亨仍不死心，他不相信郑小燕会用这种方法来报复。

"我说不是我，你相信么？"郑小燕说完这句就把电话挂了，她突然觉得李元亨也很可恶，在这个问题上竟然来责问她，难道想要求她去帮忙维护王笑笑么？

李元亨很无趣地挂了电话，他想要不要给王笑笑去电安慰一下，现在的她一定很孤独，这事情曝光了，也相当于将她在交际圈里执行了死刑，一个挂了狐狸精牌子的女人是不会再被交际圈女士们欢迎的，因为这些太太们生活中唯一的本职工作就是严防老公出轨，更别说发现圈子里竟然混进了狐狸精了。

犹豫了一会儿，他还是没有打电话给王笑笑，因为他想到，此时的王笑笑一定处于最低谷，她也不希望外人来安慰，这时候的安慰更像是幸灾乐祸者的好奇打探，更重要的是，如果安慰不当，激起她的反击之心，说不定会对郑小燕不利，撕破了脸皮的女人发起狠来后果是不可估量的。

这时候，妻子罗贞给他打来电话："元亨，我想晚上叫笑笑来家里吃饭，你说行么？"

"为什么？你想安慰她吗？"李元亨问。

"是的，我觉得她现在肯定很可怜，除了我，不会再有人想安慰她了。"

"我觉得不好。"

"为什么？"

"你想想，这种时候，是不是应该让她安静独处，你越是安慰她，她越是想起伤心事情，岂不是更糟糕？"

罗贞想了想，觉得有道理，就说："那好吧，听你的，过一段时间再说吧。对了，元亨，我刚才想了很久，你觉得这事情会不会是小燕和媒体说的，她要报复笑笑，笑笑给她的伤害是很大的。"

"我觉得不会，首先小燕也希望维护自己丈夫的名誉，并且这事情即使让笑笑出丑，但小燕自己也没有面子，双方都没有好处。"

"那到底是谁这么缺德呢？"

"总之是有小人啦，罗贞，你别老想这事了，过一段时间这件事情自然就会被人淡忘,现在的人健忘着呢。"

放下罗贞的电话后,李元亨也纳闷了,到底是谁泄露了遗嘱的内容呢?

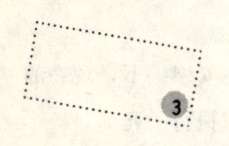

3

郑小燕慵懒地蜷缩在巨大的沙发里,曲起的膝盖上放着报纸,她把那篇新闻反复看了几遍,标题写得非常煽情——《名流医生风流债》。

读了几遍,她看出来了,报道里有八成是记者的猜测和渲染,猜测来源归根结底不过是一条,周国荣生前一周修改了保险受益人,然后记者就根据此条展开联想描绘,这位记者笔力相当老到,短短几百字,说得有板有眼,既不过于展开,也不挂一漏万,整篇的语气显得可信度相当高,不幸的是,此记者的推测与事实完全吻合,难怪任何知情人一见之下,便自乱阵脚,忘记去仔细推敲。就如武侠里再完美强大的布阵难免有一死穴,明明对方只是糊里糊涂误打误撞冲向死穴命门而来,自己人因此而自乱了阵脚。

郑小燕中文系毕业,婚前曾有一小段的杂志社工作经历,对媒体的编撰手法有些了解,所以她看出了苗头,于是给刘子强律师挂电话过去:"刘律师,我想委托你调查一下,今天的新闻消息来源估计是保险公司内部人员,如果确实,我要状告报社诽谤周国荣的名誉。"

刘子强愕然,说:"这不是诽谤啊,你也知道,报上说的可是事实。"

郑小燕平静地解释:"即使是事实,他的依据也只不过是修改保险一项,其他所谓的事实都是记者的想象力罢了,所以我让你先去调查,如果消息提供来源果然是出自保险公司内部人员,那么,这个诽谤罪就赢定了。"

刘子强明白过来,高兴地说:"行,我亲自去报社交涉一下,先逼出消息来源。"放下电话他顿觉自惭不如,原来善于读报,竟也可以给律师开拓生意啊。

郑小燕刚想上楼去洗个澡,门铃响了,来人让她有些意外,是她曾经的

CHAPTER SIX 谁在泄秘？

心理治疗师，丈夫的朋友杨梅医生。

"小燕，好久不见，没打扰你休息吧。"杨梅笑容可掬，如春风送暖。

"杨老师啊，请进吧。"郑小燕将她迎进屋来。

"朵朵上学了吗？"杨梅有敏锐的嗅觉和直感，这也是职业训练出来的，她一进来就感觉到屋内过于整洁，这与家中有个六岁小孩不相符。

"前天我将小孩送到姑妈家暂住一段时间，"郑小燕淡淡地解释，"你也知道，国荣刚去，事情多，还要筹备下周的追思会，小孩照顾不过来，所以……"

杨梅点头表示理解，一脸关切地拉着郑小燕的手问："小燕，我和周医生也是好朋友，你要有什么需要帮忙的地方，尽管开口。"

郑小燕轻轻松开手，微笑着摇摇头，"谢谢你，其实追思会的事情都有殡葬公司代理，也没什么可忙的，你要喝什么？"

"开水就好了，我这身材喝什么都不合适。"杨梅有意想调节一下气氛，自嘲式地说。

两人对坐下来，郑小燕近半年没有去见她，想不出她的拜访用意，也许只是周国荣死了，礼貌性地探望。杨梅很认真地看着她的脸，就像中医"望闻问切"里的"望"。

"小燕，你身体最近怎么样？感觉还好么？"

郑小燕点点头，"还可以吧，头也不痛了，所以一直觉得没问题就没去找你复诊。"

"不过我看你脸色好像也不太好。"

"可能是这两天国荣的事情搞得睡眠不好，调整一下应该没事的。"郑小燕心里有些抗拒治疗，她害怕自己的心理真的出了毛病，虽然她知道自己的病一直就没有好过。

"小燕，我这次来看你，第一是为周医生的事情，我想看看有什么需要我帮忙的地方，第二是关于你的治疗问题。"

"我？"小燕有些惊讶，这事情应该是病人找医生，哪有医生主动找病人。

"是的，你看看这个。"杨梅掏出一封信，递给她。

郑小燕认出了那正是丈夫的笔迹。

杨梅说："我上个月就收到这封信了，周医生向我大概介绍了你的现状，希望我在合适的时间里考虑继续为你治疗，他认为你还没有完全康复，随时有复发的可能。"

郑小燕放下信纸，很无奈地叹息了一声，周国荣离开仅仅几天的时间里，她已经深刻感受到他的无处不在，以前她觉得自己与丈夫是咫尺天涯，彼此住在一起，却仿佛是永不相交的平行线，现在终于明白了，自己并不是一条直线，而是一个小圆点，周国荣是包围圆点的那个大圆圈，不管从哪个方向冲击，最终都会撞到圆圈而回到起点。

"我想等国荣的追思会结束后，再去找你好吗？"郑小燕提议。

"小燕，"杨梅靠近她坐了坐，有些关切又有些命令的口气说，"你现在情感上正经受较大的震荡，心理波动强烈，这是一个重新调整你心理的最佳时机，比如大家都跑错了跑道，就不容易换位回来，如果大家乱挤到一堆了，反而容易进行重新分配，回到各自的跑道上去，你明白这个意思么？"

小燕点点头，问："你是说，我们要马上就开始？可是我不一定有时间去你的办公室啊。"

杨梅拍拍她的手背，一副成竹在胸的表情说："这个我考虑到了，因为你现在情况特殊，所以，我特意做了一个治疗方案，治疗地点就在你家，每天傍晚我会过来，你看怎么样？"

郑小燕想想觉得不好拒绝，便点点头表示同意。杨梅马上站起来告辞，似乎生怕再坐下去她就会变卦似的，"小燕，那我先回去了，你要注意休息，让自己的情绪尽量平和。"

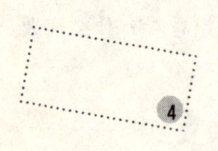

4

报社主编柳芳子接待了刘子强。柳芳子从事媒体行业十多年，名誉侵权

CHAPTER SIX 谁在泄秘?

的法律问题与律师交涉的经验比刘子强丰富。她将刘子强迎进办公室,关上门,拉下窗帘,首先营造出一个密室暗谋的气氛,这是一种暗示性的气氛,也是作为媒体行业特有的一种无奈。要想提高发行量,就必须要费尽心机挖掘独家新闻,而往往能真正提高发行量的新闻总是会涉及到个别人的隐私利益,这个时候,媒体的做法是以发行量为第一目标,出了纠纷再想办法兜出一个双方满意的局面,往往还可能制造出另一出热点新闻来。这类事情经历多了,柳芳子自然也就经验丰富。

"刘律师,你在电话里提到《名流医生风流债》的报道失实,要代表当事人交涉是么?"柳芳子开门见山,毫不拖泥带水,典型的媒体辣手的风格。

"是的,我当事人周太太认为,报道有捏造夸张之嫌,对她本人和辞世的丈夫造成了名誉侵犯以及精神损伤,委托我向贵社提出交涉,希望贵社能给出一个说法,并要求贵社就消息来源提供确切的交待。"刘子强词斟句酌,不卑不亢。

柳芳子沉吟一下,手里的笔头无意识地敲打着桌面,她在权衡着事情的利弊,从刘子强的话里,她听出对方是有备而来,并且已经猜测出了她们的消息来源,于是她决定开诚布公,只有这样才能让对方相信自己的诚意而愿意商讨最佳解决方案,将负面影响降到最低。

"刘律师,我也不瞒你,我们的消息来源是保险公司的一位职员,他曾经负责接待周医生进行保单修改,而我们的报道的确有记者臆想成分,这也是我们的监管不严所致,这一点我首先代表个人向你的当事人道歉,但是,如果我们将此事进一步扩大化,反而对你的当事人损伤更大,我觉得既然事情发生了,就本着双方后续最大利益为出发点,商量一个符合双方利益的解决方案出来。"

刘子强点点头,这话是他希望听到的,同时心里对郑小燕的佩服又增加了三分。

"柳主编是个爽快人,那么我也会尽力促成此事的圆满解决,请问,贵方对解决方案有什么好的建议么?"他要保住自己的底线,将难题直接扔回给对方。

柳芳子微笑道:"有刘律师这句话我就放心了,其实这样的事情在我们媒体界可以说是常事，媒体就是一个永远站在悬崖上呐喊的行业，如果不呐喊，就会随时掉下去，而呐喊了，更有可能被人推下去……"柳芳子看似诉苦，事实上她是在使缓兵之计，脑子里快速思忖着一个解决方案出来。

"很形象，很有道理，呵呵，各行都有难处，那么柳主编有什么好的提议呢？"刘子强一眼看穿了她拖延的把戏，步步紧逼。

柳芳子退无可退，把心一横，说："刘律师，通常这类事情的解决办法有两种，高调道歉，金钱赔偿，你觉得哪一种比较符合你的当事人的利益呢？"

柳芳子这话也是一种转守为攻，高调道歉明显与当事人的诉求有悖，因为事情闹大，知道的人更多，岂不是对当事人损伤更深？尤其这种男女绯闻，只能越描越黑。如果金钱赔偿，那反而好办了，只不过是数额的问题，媒体行业还有自己的一套计算方法，版面单价乘以发行数量来评估影响力，事实上这是一种看似科学，实质毫无根据的计算方法，因为它原本是广告业务的定价方式。如果对方狮子大开口，那么，柳芳子可以拖延，可以拒绝，真闹上法庭，说不定还刺激了发行量上升。

刘子强事先也预料到了对方会提出的这两个方案，他不过是要等待对方亲口确认，这才符合程序。"好，我已经了解了贵社的立场和诚意，那么我还需要与当事人沟通后才能答复。"

"理解，那么等你的消息。"柳芳子站起来送客。

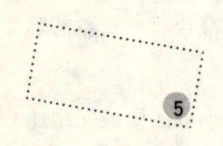

5

王笑笑在报社楼下徘徊了有二十几分钟，她早上看到报纸后，整个人都仿佛被人一巴掌扫进了冰窟窿里，手脚冰凉，胸闷气堵，真如泡在冰面底下的海水里，冰凉刺骨，想透出水面呼气都难，有坚硬的冰块死死压在头顶。

如果说周国荣的死给了她一棍子，让她瘫痪，那么这篇报道等于是给她

| CHAPTER SIX | 谁在泄秘？

脖子上再补了一刀，彻底让她堕入万劫不复之地。从此之后，她已经没有办法再回到原先的生活圈和交际圈了。报道中赫然标着她的姓名，在她看来，这不是一篇新闻，而是一份讣告。

"郑——小——燕——，"她咬牙切齿地反复念着这个名字，她已经不再抱任何幻想，郑小燕在周国荣死后，彻底要与她撕破脸皮，甚至置丈夫的身后名誉于不顾，这个女人已经彻底疯狂了。

王笑笑从沙发垫下掏出那叠照片来，一张张挑选着，这是她最有力的反击武器，既然你对我不仁，那么我也无所顾虑了，事实上她也不再有退路，唯一能做的就是反击，这已经不是两败俱伤的概念，而完全是临死拉垫背。

如果不是她早一步进了周国荣的办公室，她也根本看不到，也想不到郑小燕原来还有比她更丑陋的一面。王笑笑觉得是周国荣在冥冥中庇佑着她，赋予了她反击的力量和武器，所以让她得到这些照片。

突然传来巨大的敲门声，接着是表妹王瑛在外面着急地叫嚷："表姐表姐，快开门，开门。"

王笑笑犹豫了一下，藏好照片，打开了门，王瑛一头撞了进来。

"你干吗？冒冒失失的。"王笑笑问。

王瑛定住了神，一脸关切问："表姐，你看报纸了没有？"

"看了。"王笑笑冷冷地说。

"那是真的吗？"

"是真的。"

"啊——"王瑛尖叫一声，"表姐，你真牛。"

???——这是王笑笑脑子里突然出现的三个问号。

王瑛显得很兴奋，"表姐，你竟然瞒过了所有人，而且还是周医生，那么伟大有才的男人，太牛了，表姐，我为你骄傲。"

"你胡说什么？"王笑笑糊涂了，这是她这几天听到的最奇怪的言论，虽然出自这个疯丫头之口没什么奇怪的，但是目前对她一面倒的消极情绪倒是一个很好的调剂。

"表姐，你想想啊，人的一生很短暂是不是？"王瑛歪头晃脑，故作深沉，"而一个女人的一生更短暂，结婚后几乎就不用谈人生了，而在有限的生命里，曾经与伟大的男人浪漫过，这是多么有意义的事情啊。"王瑛双手托腮，作仰慕状。

王笑笑又好气又好笑地望着一脸陶醉的表妹，心里也怀疑起来，也许她的话是对的呢？

"王瑛，你不用上学么？"

"上学？学校能学到这么有教育意义的事情么？我终于明白了，我最好的老师其实就在身边，就是我的表姐啊。"

"去你的，小孩子懂个屁，我都要伤心死了。"王笑笑幽幽地说，找到沙发坐了下来。

"明白，"王瑛很理解地挤过来坐，"心爱的人死了，是很伤心的事情，可是，你要往好的方面去想啊。"

"什么好的方面？"

"你想想，如果这么伟大的男人与你到老，仿佛很幸福，可是人老了，就会变丑，你们都要互相看着对方慢慢变老变丑，这事情可就不浪漫了，现在起码周医生最美好的一面永远留在了你的心中，而他带走的，也是你人生中最美丽的时刻，或者，下辈子你们因为太思念对方，又走到了一起，这这这，太浪漫了。"王瑛口沫横飞，手舞足蹈，竟然把王笑笑逗乐了。

"好啦，我要回学校了，其实呢，我过来的本意是担心表姐看了报纸受不了刺激，那些记者乱写，损害了你的形象，我怕你想不开。"王瑛很认真地说。听了这话王笑笑心里一酸，这是出事以来听到第一句让她感动的话，她的眼泪收不住夺眶而出，紧紧抱住表妹，哽咽着说："谢谢你，丫头，你表姐没事的，什么风浪委屈没受过啊。"

王瑛也跟着流泪，她刚才那番奇谈怪论是一路上绞尽脑汁想出来开解表姐的，她真的害怕表姐会想不开，因为王笑笑总是将心事收藏得密密实实，谁也挖不出来，她很担心。

王瑛走后，王笑笑也开始冷静下来，现在她已经被逼到了这一步，未来的生活还要继续，如何才能摆脱这种困境呢？保险金要一年后才能拿到，否则她可以远走高飞，离开这个伤心的城市，随便换一个新环境，她便可以重拾心情，重新生活。

CHAPTER SIX | 谁在泄秘？

她的目光又注视到了那叠照片上，这些是章雨没有看到过的，本来她并不想让其他人再看到这些照片，因为，如果它的曝光，会伤害到她的另一个好朋友，而这个好朋友是真正的无辜者，她那么善良，对身边的每一个人都非常信任和友好，而身边的每一个人都在有意无意伤害她，欺骗她。如果她一直不知情，她会认为自己是幸福的，这也很好，而一旦让她知道了真相，她也许会崩溃，这多么残忍。

王笑笑叹息一声将照片放下，如果自己就这样强吞下这颗苦果，那么，接下来的一年时间里，她将无法走出这个房门，因为她无处可去。得到所有人的同情的将是郑小燕，她会按照她的预定轨迹去生活，她终于获得了自由，可以去追求她的幸福，她从来就比自己幸福，七年前突然夺走了周国荣，像一块巨石般重重压在自己的头顶上，让她夜不能寐，总是在揪心的疼痛里醒来。

最令她无比嫉妒和不解的是，郑小燕在所有人的眼睛里，是一个温柔善良无可挑剔的妻子，虽然在她看来，她只是一个无知且愚蠢透顶的女人。

为了证实她的无知愚蠢，王笑笑曾经干了一件更加愚蠢的事情。她为此破天荒地挨了周国荣的一耳光，那件事情，一直是盘桓在她心底的痛。

一年多以前，她和周国荣的幽会总是在他的办公室里，那段时间，他们不再上酒店，周国荣再没有像以前一样，开好了房间，给她发一条甜蜜的短信——"亲爱的，我在××酒店××房间期盼着女王驾临。"

王笑笑等待着，等不了就在临下班的时候到他诊所，郑小燕是从不到他诊所来的，所以周国荣并不拒绝她。那段光阴也很美好，她觉得只要能被拥进他的怀抱，在哪里都有同样的美好。

不过，离开了他的怀抱，美好就会飘渺起来，像肥皂泡一般令人不放心，随时会破裂，会消失。她感觉到自己的忍耐已经到了极限，忍不住了，她说出了积压了七年的问题："国荣，你说，这辈子，我有机会做你的新娘么？"

周国荣深情地看着她，眼睛里慢慢涌起些令人悸动的忧伤，他没有回答，只是用手轻轻抚过她的脸。

当她再一次提问时，周国荣终于告诉她："我没有理由与小燕离婚。"

她明白了，他需要的是一个理由。

她要制造出一个最好的理由给他，帮他解决难题。那一天，本来天气很好，她在到达诊所门口的时候，将手机换上了新电话卡，给郑小燕发了一条短信——"请在一小时后到周国荣诊所，这关系到你的幸福。"

然后她关了机，微笑着走了进去。这时候，天空突然响起一声炸雷，不多久，大雨开始瓢泼。这场雨整整肆虐了一晚上。

刘子强心满意足地走出报社大楼时，如果他有心留意一下，会看到街道对面站着一位熟悉的人。他心里装着收获的喜悦，所以对一切都视而不见。然而对面的王笑笑却真切地看到了满面春风的他。一切都明白了，刘子强受郑小燕委托，将遗嘱内容透露给了报社，目的就是让她在这个城市里无法再立足。王笑笑终于斩断了最后一丝犹豫，毅然踏进报社大门，她相信，自己包里挑选出来的十张照片会是一个更震撼的新闻，并且她可以预感到这个新闻会引起的效果，舆论哗然，所有谴责矛头将指向李元亨与郑小燕，而她，将因此获得同情，彻底扭转民意所向，毁灭的大棒从她踏入报社开始，就已经注定要挥向郑小燕的头上去。

第七集
CHAPTER SEVEN
节外生枝的失窃

1

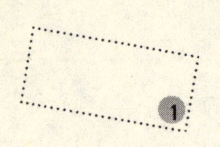

　　傅强陪同郑小燕回到周国荣诊所，他亲手撕去封条，只有几天时间，里面竟然就散发出陈腐的味道来。这是一幢独立的小楼，后面连着一排相同式样的小楼，这种高尚社区里，屋子都不高，独立成院，有独立的车库，独立的小径通向正门。沿街的小楼为商业用途，诊所、便利店、咖啡厅等等。

　　周国荣的遗物主要集中在他办公室里，里面也多半是一些医学书籍和奖状奖杯。有一具医用人体骨架孤零零挂在一角。郑小燕望着陈列整齐的办公室，她感到陌生，太久没有光临过这里了，她不愿意来，上一次站在这门口是一年之前，那一次发生的事情她至今不愿意去回想，那是她一生最惨痛的一夜。

　　"周太太，一会儿我们的人会过来收集对调查有帮助的资料线索，你需要在场，之后我们就会对这里解封，到时你可以自由处理这里的一切了。"傅强在她身后说。

　　这时候，一阵嘈杂，几个警员鱼贯而入，傅强和郑小燕侧身站在一旁，小章也进来了，他戴着白手套，首先朝周国荣大班椅后面的书架走去。刚见他停下脚步就听到他叫了起来，"傅队，你过来看看。"

　　傅强走过去，小章指着书架最底层的两格柜子门说："看这里，被人撬开了。"

　　傅强蹲了下来，果然，原来上锁的柜门被撬得掀开了一块木屑，他示意小章将柜门打开，里面空空如也。

　　郑小燕也好奇地走过来，在后面皱着眉头看着。

　　"有人偷偷进来过？"小章看着傅强说。

　　"嗯，"傅强点头，"这几天都没有人在，我们忽略了，认为这里没有有价值的线索，只取了病人资料，看来，这柜子里锁住的东西一定藏着什么秘密。"

　　"他是怎么进来的呢？"郑小燕突然说，她很奇怪，大门明明是锁上的啊。

　　"如果一个贼要进来，有很多方法的。"傅强回答，又转向小章说："你去检查一下门窗和后院，看看有没有什么发现。"

CHAPTER SEVEN 节外生枝的失窃

"是。"小章转身出去。

"周太太，看来这里最有价值的东西已经不见了，我们还不知道究竟是什么，它和谁有关系，看来，我们还要继续封锁这里，你暂时还不能接手。"傅强面带歉意地说。

"没关系，我现在也不知道怎么处理它们。"郑小燕一脸茫然。

"那好吧，我们先送你回去，"傅强刚想吩咐警员，但转念一想说："这样吧，我送你。"

汽车缓缓上路，郑小燕静静地坐着，一言不发。

傅强突然问她："周医生平时有什么业余爱好？"

郑小燕想了想说："要说业余时间，他就是看书，要么就是在写论文。"

"论文？"傅强奇怪地问："他还在进修吗？"

"不是，他说，他在进行什么研究，有心得的时候就记下来，偶尔也往国外的医学杂志投稿。"

"有发表过？"傅强有些兴奋，他感觉这个话题也许与刚刚的失窃案有关。

郑小燕却摇摇头，"不清楚，我从不过问他工作上的事情。"

"那么，他有没有经常与谁讨论研究上的事情呢？"

郑小燕还是摇头，说："有时候看他在写英文信件，还让我帮他寄出去，说是寄给国外导师和同学的。"

"通信频繁吗？"

"不是太频繁，一两个月一次吧。"郑小燕说。

傅强点点头，不再问什么。他觉得这可能是一个思路，或许周国荣在学术上与对手发生了摩擦，又或者有人瞄上了他的研究成果，总之，他一直在考虑，他们的侦查范围仅在两个女人身上转，有些狭窄，像周国荣这样的社会人物，应该有更复杂的关系。

汽车到达郑小燕家，傅强看到门口站了一个人，这个人他认识，是心理治疗师杨梅。郑小燕知道他们见过面，主动对傅强说："那是我丈夫的朋友，杨老师，她经常过来探望我。"郑小燕不愿意让别人知道自己有心理疾病需要治疗，所以介绍完赶紧下车离去，并没有邀请傅强进屋坐一坐的意思。

傅强看着郑小燕走过去，这时电话响了，是小章打来的，"傅队，你现在能回诊所一趟吗？"

"怎么？有发现吗？"

"是的，我想你最好过来看一看。"

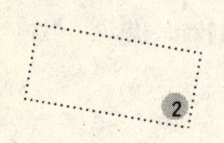

2

小章将傅强带到后院，指着铁篱笆说，"窃贼是从这里翻过来的，然后扯开后门的窗纱，伸手将门从里面打开，然后进的屋。"

"有什么证据？"傅强问。

"当然，你过来看看，"小章将傅强带到铁篱笆前，"我开始就推测窃贼只能从这里进来，然后将每一根铁花都检查了一遍，然后在这里找到了这个。"小章指着铁花上的一根尖角，上面挂着不易察觉的一小块碎片，只有指甲大小，因为勾到了尖角上，所以稳稳地留在那里。

"这只能说明窃贼的线路，却不能告诉我们窃贼啊？"傅强说。

小章笑了，打趣道："根据我们学院派的方法，它会送到检验科检验。"

傅强反击说："实战派也会这么做，只不过检验科告诉你的事情我现在就可以告诉你，它来自一条绒线裤子，只要是人类，谁都有可能穿这种质地的衣服。"

"呵呵，"小章表情神秘地将碎布夹出来，举到傅强的眼睛面前，启发小学生似的问："实战派领袖，你不觉得这东西有点眼熟么？"

傅强立马醒悟过来，看着小章，说："莫非是她？"

"嗯，"小章点点头，"有可能，有很大可能，我们是不是应该转而推理一下她是凶手的可能性呢？"

"纸上谈兵还太早，先想想怎么去摸个底吧。"傅强用教训的口吻说他，刚才被这小子抢了个聪明令他心里既高兴又不服。

"哦，"小章讨了个没趣，小声嘟囔着，"老资格都爱这样子，和我姐夫

CHAPTER SEVEN 节外生枝的失窃

一个样。"

"什么?"傅强正好听见了,大声问:"谁是你姐夫?"

"李岗啊。"小章说。

"靠,原来是这样,"傅强恍然大悟,咚咚咚使劲拍拍脑门说,"难怪他老想把你塞给我,我怎么就没想起来,他老婆也姓章啊,对了,你姐不是和他离婚了么?"

小章说:"是离了,但还住一起,嘿嘿。"

"为什么啊?"

"我哪知道,你看他跟我姐他俩啥时长大过啊,一对儿活宝,当初我姐死活不让他做警察,说危险,怕小孩没长大就没了爹,后来警察干上了,也没事了,不知为什么,吵一架就离婚,第二天还真办了手续,过了没一月,我姐愣又搬了回去,这可有意思了,放着法定夫妻不做,愣要搞成非法同居。"

"哈哈哈……"傅强听得有趣,笑完突然话题一转,"你到我这儿来,是你的意思还是你姐夫的意思?或者就是你姐的意思?"

小章有些不好意思,挠着头说:"他们也觉得我可以干刑警。"

"难道你姐就不怕你有危险?这说明什么?丈夫比弟弟亲?"傅强有意挖苦他。

小章想了想,很认真地说:"有可能,嫁鸡随鸡嘛,有新鸡忘旧鸡,也是人之常情不是?"

傅强冷不丁再转话题:"小章,上次那个摔倒的女人的问题有答案了吗?"

"有了,"小章脑子也转得很快,"我还是觉得她肯定爱上我了,如果不爱我,举止就不会反常,一个人之所以举止反常,一定是心里有鬼。"

"那你觉得王笑笑爱不爱周国荣?在周国荣死后,她的举动有没有反常的地方?"傅强终于绕到了正题。

"我还没看出来,说真的,傅队,据我对她的接触和观察,就直觉来说,我认为她是凶手的可能性不大,你知道,侦查员很多时候对事情的判断最初往往就是依赖直觉,警校的老师也是这么说的。"

"还是学院派的口气,你老师说得没错,但是拥有正确直觉的侦查员是依靠长期的实战经验,而不是一个毛头小子的第六感觉。"傅强总算找到了一个破绽，狠狠给对方一记重击。

"好好，你说得对，再优秀的学院派也需要老经验的实战前辈指引，"小章讨好地说，趁机又说："傅队，我觉得我们需要修正一下侦查方向，我有两个新的推理，有兴趣指导一下么？"

"说吧。"

"从今天的意外发现看来，周国荣可能收藏有对某些人不利的证物，或者说是把柄，因此被人灭口，从他的人际范围来看，最大可能是病患资料方面的秘密，对医生来说，病人的资料是需要保密的，这是职业操守，甚至我可以做一个大胆的设想，由于他的病人都是富翁，其中某一位也许快死了，子女们要争产，或者竞争对手要吞并，这一切都必须等他死了才有可能，他老是半死不活，大家心里没底，于是想得到资料来了解，而周国荣并不合作，结果被人杀了，或者周国荣被收买，偷偷运用慢性毒药将某个老头身体搞垮，事情成功了，对方灭口，并且偷回资料毁灭证据。"

傅强说："不过，这样调查范围太大了，我们应该要有一个切入口啊。"

"我想先从他这一年来的所有病人资料入手，看看哪些病人在这一年内死掉了，死亡原因，以及死者家庭背景去调查，或许有些眉目出来。"

"小章，"傅强仍有些不太确定地问，"你觉得这个方向的可能性有多大？"

"挺大的，如果周国荣曾经被收买过，并且干了坏事，他是能预感到自己有可能被灭口的，所以他的遗嘱里面详尽的后事交待就很合理，这也是他不敢求助警察甚至朋友的原因，他不能暴露自己，这是自作自受。"

"我是问你，周国荣有可能做出这样的事情么？"

"假如诱惑够大的话，有什么不可能的呢？也许一百万对他没有诱惑，但五百万，一千万呢？"小章看起来很有把握，他在王笑笑那里受到挫折之后，便潜心为此案打出一个新的突破口来，他对自己的新推理非常自信，更主要的是，他非常希望这个案子最终是在他手里得到侦破，那么，他就有机会成为一名真正的刑警了。

傅强看着他信心百倍的样子，突然醒悟过来，"你是不是已经着手调查了，并且有眉目了？"

小章不好意思地笑了，承认说："是的，昨天晚上我回局里看了一晚上

CHAPTER SEVEN | 节外生枝的失窃

周国荣的病人资料,其中有一个病人引起了我的注意,很巧吧,可疑的正好是一位,在我看来这可不是巧合,只是证明与我的推测暗合了。"

"说说看。"

"这位病人是三个月前死亡的,死亡原因是心肌梗塞,心脏病史只有九年,突然就死掉,其他病例中有大量超过十年、二十年病史的人都还活得好好的,像这种有钱人,知道自己身上的毛病,还请了私人保健医生,应该会特别注意,不至于突发死亡,除非是人为的,能够清楚了解病人病症,并且可以做到让死亡原因无可疑的人,还能有谁呢?"小章面带得意,看着眉头紧锁的傅强。

"小章,你好像是从哪里天降灵感,或者是神灵托梦吧,之前看病患资料时,没见你看出可疑来,怎么昨晚就突然灵光一现呢?"傅强对小章的行为产生疑惑。

"其实哪有什么灵光,"小章腼腆起来,"我们接触完杨梅后,我习惯性查看她的资料,看到了一个似曾相识的名字,想了很久,昨晚在回家的路上突然想起来了,他就在周国荣的病患资料里。"

傅强不得不承认,小章很聪明,而且很勤奋,真的是块刑警的料,李岗并不完全是为小舅子说好话。

他仔细思索着小章的分析,觉得这个案子拉开来,果然很不简单,每个人活着的时候,都有可能做出不为人知的事情,正如这位周国荣,看似生活交际简单,其实深入调查起来,却并不简单,他的每一条交际线路,都有可能引发杀身之祸,虽然最终化为行动的只能是其中一条,但这就够了,生命也就一次嘛。

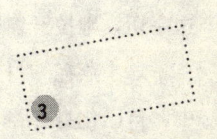

3

杨梅让郑小燕躺下来。她带来了一套监测仪器,有许多红红绿绿的线,每一根都连着一个胶贴,她将胶贴在郑小燕的身上多处部位贴上,然后开动仪器。主机上有四个监测屏,上面波动着蓝色的曲线,当然,这个只有她才看得懂,郑小燕只能任其摆布。

弄好了这一切,杨梅在她旁边的椅子上坐下来,手里握着一个连着主机的控制盒,微笑地望着她,"小燕,现在我开始提问,你可以不用回答,你想到什么就说什么,说累了想睡就睡,你要忘记这些仪器的存在,尽量放松自己,好么?"

郑小燕看着她,微微点了一下头,这种治疗以前也做过几次,其实她很享受这个治疗过程,每一次都能令她睡得非常踏实和安宁,之后进入的是一种真正的睡眠。

"小燕,现在请你闭上眼睛,你将会感到身体慢慢变得暖和起来……"杨梅轻轻转动控制盒上的旋钮——"你现在置身于一个温暖的水池子里,你可以自由地呼吸,空气湿润,有青草的芳香……你耳边非常非常的安静,这时候你从水池里出来……阳光照在你身上,你惬意极了,脚步也轻快起来……现在你开始感觉到身体太热了……要出汗,多想喝一杯冰凉的水啊……你越来越热,你想脱掉身上的衣服……可是你发现有好多双眼睛在盯着你,你吓坏了……"

杨梅突然停了下来,把手指放到控制盒的一个红色按钮上面,犹豫了一下,看了看处于迷梦边缘挣扎的郑小燕,她脸色潮红,额头有汗珠滚落下来,终于,杨梅咬咬牙,按下了按钮。仪器上一个监测屏上的波线强烈地跳动了一下,郑小燕的身子也跟着猛地弹动,喉咙里发出一声闷哼,然后就进入了昏睡中,脑袋侧歪在一边,嘴角还抽动了两下,有一丝白沫渗出来。

杨梅一动不动地观察着她的动静,迅速在纸上记录着监测屏上的数据,接着她从包里掏出一部DV,支好三角架,镜头正对着郑小燕的全身,做完这一切,她拉开窗帘,推开窗子,点上一根烟,缓缓抽着,静静等待着。

郑小燕在一身燥热的感觉中昏昏睡去,她仿佛来到了一个陌生的莲花池中,自己化身那翻滚的锦鲤,无数条精滑之鱼在她身边挤压。她想呼喊挣脱,却又无能为力。忽然,她看到自己跳了起来,眼前分明站着丈夫周国荣,他微笑着伸出手,拉着她往那楼下走去,从那墙上摘下挂钟,塞到她怀

CHAPTER SEVEN 节外生枝的失窃

里，之后竟扔下她，转身消失。她紧紧抱着挂钟，生怕它丢失……

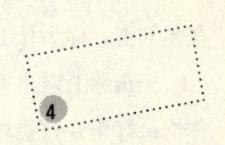

4

杨梅从郑小燕的家里推门出来，她的动作悲伤轻盈，虽然她的体形和手里的大箱子并不轻盈。

小章说："她果然在这里。"傅强乐了，指指路边一辆黑色轿车说："那就是她的车，我下午在这里见到她的。"

傅强与章雨迎了上去，"需要帮忙么？杨老师。"

杨梅吓了一跳，看清是这两位时，不禁拍着胸口说："吓死我了，三更半夜的，你们在这里干吗？"

傅强看看腕表，说："现在已经是凌晨两点半，我们可以知道你在干什么吗？"

杨梅吃惊地看着傅强，问："难道小燕没有和你说吗？今天下午你送她回来时，见到我的。"

"可是现在距离下午有八个小时了。"

杨梅有些生气，重重地将手里的箱子放在地上，小章的眼睛也没离开这个箱子，他充满好奇。杨梅以咄咄逼人的眼神看着傅强问："傅警官，莫非你认为我从这里出来显得偷偷摸摸么？"

傅强还是很客气，"杨老师，其实我们只是有些好奇，你提着这个箱子在这个时间出来，是为什么？"

杨梅重重叹了口气，又好气又好笑地说："要不，我先给你们看一下箱子里的东西？为了报答你们深夜的守护。"

"行。"小章抢先回答，他实在是太好奇了。

杨梅蹲下来，打开箱子，一套镶嵌整齐的仪器呈现他们眼前，杨梅介绍说："这是一套监测脑电波及血液频率的仪器，我用它来测量郑小燕在高潜时间内的身体活动状况。"

傅强点点头，让她合上箱子，面带歉意地说："杨老师，其实我们路过这里，刚好见到有动静，然后就见到你出来了，呵呵，不好意思，不过我还是想知道，你为什么会在这时候从她家出来？"

杨梅脸上露出些愠意，说："我在恢复对郑小燕的治疗，她现在睡着了，你们最好不要打扰她，但明天可以尽管去调查。"说完杨梅也不管他们，自己吃力地提起大箱子往车边走去，小章想帮忙，手刚伸出去就被她一把打开，"我自己来。"

傅强看着她，心有所悟，看着她提起箱子一把扔上车尾箱，打开车门，朝他们做了个告别手势，驱车离去。

"这个老女人。"小章嘟囔了一句。

傅强突然自言自语地说了一句："她其实并不吃力。"

"你说什么？"小章诧异地问。

"我说她很有力量。"

5

罗贞彻底被激怒了，她将自己关在房间里大喊大叫，李元亨低声下气地趴在门外，不时敲着门，喊着："罗贞，你先开开门，你听我解释。"

狂怒之极的罗贞怎么能听得见他这么胆怯微弱的叫声，李元亨拼命想让自己冷静下来，他明白这个时候需要给罗贞一些时间发泄掉突然爆发出来的狂怨极怒。人的胸腔容量毕竟是有限的，被一种情绪涨满的时候，就塞不进其他的信息，必须要等待涨满的情绪释放出一些空间来。

他下楼去捡起地上的报纸，有一整版刊登了六张他与郑小燕并肩而行的照片，标题醒目刺眼——《酒业快婿接手名流遗孀》，"接手"二字，简洁轻盈，令人遐想翩跹，而又透着极其龌龊与情色，在"快婿"与"遗孀"之间

CHAPTER SEVEN | 节外生枝的失窃

恰到好处地轻轻一点，便把二人关系之暧昧风流表达得淋漓尽致。

李元亨完全可以理解罗贞的愤怒与狂暴，只是他现在要搞清楚的是，罗贞的愤怒狂暴到底是针对他还是针对报纸的无耻标题，如果是针对他，那么事情比较棘手，他的对应方法一定要准确有效，一剑封喉，这种事情的解释和扭转的机会只能一次，还必须要及时，才显得可信。哪个女人会愿意慢慢等丈夫找到一个合理的解释来哄骗自己呢？

摆在他面前的选择是：如果他不能将罗贞一剑封喉，就会被罗家一剑封喉。不，罗家对他，根本无须出剑，他突然找到了自己一直百思不得其解的答案，为什么自己总是有一种如履薄冰的胆颤，为什么他总是无法坦然面对任何突发变故，为什么在得知周国荣遗嘱里有自己时惊恐万状。这些年，自己就像是一只惊弓之鸟，答案就在这里。罗家对于他，根本无须出剑，自己只不过是一只餐桌上垂死的苍蝇，哀哀等待着最后的抹布。

李元亨听着从卧室里传来摔砸的声音，他既惶惶又悲伤。如果迟早要面对的事情，他该如何去面对？

他还有机会吗？

摔砸的声音消失了，屋子里只剩下一片死寂。突然，卧室门开，罗贞披头散发如同行尸走肉般出来，一步一步走到李元亨面前，每一步踩在地上，都像巨锤般砸着李元亨脆弱紧绷的心房。

罗贞面无表情地盯着他，嘴巴动了动："元亨，你要向我爸解释吗？"

李元亨站起来，去扶罗贞的肩膀，她一动不动，身体僵硬如盔甲。她只想从李元亨的眼睛里找出点能让她感觉到熟悉的影子来，这个男人太陌生了，她好像从来没有认识过他。他仿佛是刚刚从天而降的妖怪。

"罗贞。"李元亨摇摇她的肩膀，关切呵护地轻轻叫了她一声。

罗贞毫无反应，眼睛里的光芒正在慢慢褪去。

"你跟我来。"李元亨拉起罗贞的手，带她到书房。罗贞看着他在书柜里翻出一个黄色文件袋来。

"这个本来要给你看的，不过这几天忙起来就忘了，我以为这只是件小事，你看看吧。"他递给她的是周国荣遗嘱的复印件，上面盖了刘子强律师事务所的章。

罗贞接过来，一遍遍地看着这份文件，开始只是机械地看，后来慢慢找回了思维，又认真看了一遍，隐隐感觉到了这份文件的奇特之处，她抬起头迷惑地看着李元亨。

李元亨在心里重重地松了一口气，他太了解罗贞了，从她的眼睛里，他知道这匹烈马终于被他抓住了缰绳。

"罗贞，这就是周医生的遗嘱，我也很奇怪，为什么会扯上我，后来刘律师向我解释，他说你爸向周医生推荐了我，认为我可以帮他管理好这份投资，等他的女儿成年后能够得到经济保障，你看到报上的照片，我不知道是谁出于什么目的跟踪我和小燕，当然这些照片都是真的，只不过都是在这两天拍的，因为我接受了遗嘱的委托，小燕又是你的好朋友，她要处理周医生的遗产，需要我帮忙……"

罗贞静静地听着，她已经平复下来，他的每一个字她都听明白了。

"我觉得既然自己接受了委托，这是对我的信任，又是你爸的推荐，那么我对小燕的帮助是天经地义的，我甚至当成了义务，这两天我陪小燕看了几处地产，她还想购买酒店股份，我也带她去实地考察，我担心她不懂投资，会被骗，我所做的这些事情，其实根本微不足道，我甚至没想起来要跟你说一声，就好像……"李元亨一脸的无奈和痛心，"就好像我上班顺路买了一双袜子般不足为道……罗贞，我真的没想到竟然有人借此事来炒作，来污蔑小燕，尤其是这些无良报商，他们怎么可以这样，我无所谓，可人家小燕刚刚痛失丈夫啊……"

李元亨越说越气，恨不得现在就将那个该死的偷拍人碎尸万段，甚至气愤得身体都颤抖起来，他要扶住桌子才能站稳，罗贞急忙上前紧紧抱住他，呜咽着说："元亨，我错怪你们了，都是你不好，你为什么不早点和我说遗嘱的事情啊，你这个笨蛋，什么事都自己做了，不要我分担，你看看，现在委屈也你自己受了吧……"

李元亨心里一热，紧紧抱着怀里的妻子，这一刻，他非常感动。

第八集
CHAPTER EIGHT
心理医生的烦恼

1

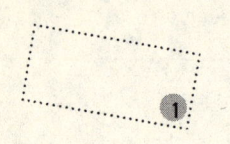

刘子强怒气冲冲地闯进柳芳子的办公室，柳芳子笑容满面地接待了他。

和上次不同，这次柳芳子没有关上门，也没有放下窗帘。

"柳主编，这算怎么回事呢？"刘子强将报纸重重摔在她面前。

柳芳子看都没看，标题是她亲自写的，连版面照片都是她亲自挑选的，她再熟悉不过了。

"刘律师，你何必动气，报纸天天都需要新闻，我们可就是吃这碗饭的。"

"柳芳子，昨天我们可是协商得好好的，你一边说准备道歉赔偿，一边又继续对我的当事人侵权损伤，这就是你们的诚意么？"刘子强鼻子重重地哼了一声，非常的不客气。

不过柳芳子今天心情不错，早上配送站的报告和她预想的一样，加印的五万份一早上也被抢光了。

面对兴师问罪的刘子强，她也早有准备，她心里对自己有个贬义却准确的评价——有恃无恐。

"刘律师，你别忘了，我们昨天协商的是昨天的新闻，与今天的新闻完全没有关系，我承认，昨天那一则新闻的确有协商的必要，但是，今天这则新闻我们可是一个字都没说，你看看，全是照片，我们只是提供了照片，并没有造谣惑众，对你当事人是不是损伤，那是读者的判断，与我们报社无关。"

柳芳子一番话有理有据，软中带刺，刘子强后悔自己有些冲动了，没有深思熟虑，这是他职业生涯以来的第一次失误，他觉得回去有必要好好做一下深刻检讨，同样的错误绝不允许再犯了。

"柳主编，我只想问你一句，昨天我们的协商在你认为，它还有效么？"

柳芳子当然听出了他话里的威胁成分，也不示弱，说："当然有效，如果就昨天的新闻而言。虽然，从今天看来，昨天的新闻也不算捏造，因为新闻报道里的第一女主角王笑笑已经亲口向我们承认了事情的真实性，既然不是假新闻，那就是如实报道了，所以，我们的协商可能需要调整一下，我们

CHAPTER EIGHT | 心理医生的烦恼

不准备公开道歉,但会接受象征性的赔偿,这也是给刘律师面子,不让你白跑两趟,呵呵。"

刘子强听了冷笑两声,他看着一脸得意之色的柳芳子,心想,如果不给她点颜色瞧瞧,自己这块律师牌子算被她砸了。"柳主编,你果然是个明白人,懂得将昨天与今天的新闻区别看待,那么,我就告诉你,我们也是这么区别的,现在,我正式通知贵社,我代表当事人将对贵社提出两项诉讼:第一项是,状告贵社在消息来源不具备的情况下,捏造虚假新闻造成对我当事人的侵权和伤害,这是针对昨天的新闻,贵社到时可能需要请到你的保险公司内线出庭,让所有人认识一下你们的线人操作新闻模式;第二项诉讼是针对今天的新闻,仅仅根据表面照片,标有'接手'这样的误导性语言,混淆公众视听,进一步对我当事人造成极大的精神伤害,此两起诉讼我会一并提交法庭,并且将邀请多家媒体对诉讼进行追踪报道。最后我想重申一下,鉴于我当事人受到贵社的反复伤害,我们坚决不接受庭外和解。"

刘子强一口气说完,站起来,准备离去。

柳芳子越听越不对味,不禁阵阵发凉,冷汗沁出,这场官司一打起来,不管输赢,报社都会名誉扫地,退一步讲,那个保险公司的线人可是她万万不能提供出来的,因为对方肯定会一口否认,那么报社就成了彻头彻尾的假新闻的始作俑者,失去公信力,对报社是致命打击。

"刘律师,请留步,我们……我们这不是还在协商中么?"她赶紧站起来喊住刘子强。

刘子强傲然看着她,心里不禁得意:讲到法律手段,你柳芳子还太嫩了。

"怎么,柳主编还有好建议?"

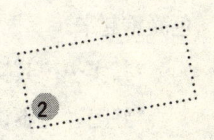

罗贞一大早接到刘妈打来的电话,刘妈是父亲家里的管家,她说:"你

爸让你中午过来吃饭。"，罗贞问："有什么事吗？"刘妈说："不清楚，不过交待只让你一个人过来。"

罗贞其实也猜到了大概，这几天李元亨的事情闹得满城风雨，父亲可能有什么疑问要亲自问她，想想也是应该的，出了这么些事情，还没有去向父亲解释过，老人家肯定会担心。

罗贞没等中午，早饭也没吃，梳洗一下就开车过去了。

罗仁礼虽然退休在家，腰疼的老毛病也不时复发一下，但是忙了一辈子，总不容易闲下来。他养了两只大丹狗，种了一院子的花，花房是自己动手搭的，最近还计划在后院弄个木器房，早年他曾经学过木匠，临老了，突然记起还有这个手艺，兴趣颇浓。

罗贞到的时候，他把她带到后院里来，指着那一堆圆木，微笑着说："贞贞，你猜爸爸想做什么？"

"我当然知道，你不就是惦记着做木匠么，妈在世的时候给我讲笑话，第一句总是，你爸那时候啊，是个木匠……哈哈。"

提起亡妻，罗仁礼眼睛迷茫起来，最近老爱回忆往事，想得多了，有时候半夜感觉妻子回来了，还在厨房忙活，他都听得见妻子走来走去的脚步声。"可惜啊，你妈到死也没见到你出嫁。"

"爸，你这些木头准备打什么家具出来啊？"罗贞马上将父亲要飘远的思绪拉回来。

"你想要什么？给你打个柜子怎么样？可惜你也嫁了，不能做嫁妆了，要么，留着给孙女做嫁妆？"罗老头笑眯眯地看着她。

罗贞扁扁嘴，她就知道父亲会来这一手，总催她生小孩，"爸，要不我先给你抱养一个，不然我要生出了孙子，你的嫁妆又送不出去了。"

"呵呵，贞贞啊，你说说，是你不想生，还是小李不让生呢？"罗老头脸色凝重起来。

"其实……其实我们都没提过这个话题，我们还小嘛，老爸。"

"好吧，先不讲这个了，我们进去。"罗老头带着罗贞进屋，"到我书房来吧，爸有事想和你说说。"

罗仁礼的书房古香古色，极具唐宋古韵，他的收藏多是字画和家具，家具以明清为主，字画则多是唐宋，罗贞平时也极少进入这里，罗老头只要在书房待着，谁也不敢来打扰他。

"坐吧，你会冲茶么？"罗仁礼在茶桌前坐下来。

"你这一套太繁杂，我搞不来。"罗贞老实说。

罗老头笑了，亲自动手烧水，暖壶，加茶，冲沏，一边说："泡茶这事情，关键在于泡，泡好一壶茶，首先要讲水温，冲沏要讲力道和水柱切口，茶的气韵才不会散泄……你看我冲起来并不难，其实，这里面每一个步骤都暗藏玄机，你看我提壶注水，能看出来特别之处么？"

"看不出来。"罗贞老实说。

"我这水柱不是直接往茶叶上淋下去，你看……水柱是奔壶壁呈四十五度角切入，这样才能恰到好处地将茶叶翻滚起来，让茶叶之香味气韵在壶内形成一个圆满之场，假如气散味泄，一壶好茶就毁了。"罗老头颇有心得地自演自叹。

罗贞听得云山雾罩，说："反正我喝起来都是一个味。"

"贞贞啊，茶道与人道其实是一样的，茶道追求圆满之场，为人之道不也讲究功德圆满么？"罗仁礼将精心冲好的一杯茶用送茶柄给罗贞递过来，罗贞听父亲讲得这般玄妙，她端着茶杯，自嘲道："爸，听你讲完，我都不敢喝这茶了，好像一口要把五千年文化喝下去似的。"

"哈哈哈……"罗仁礼爽朗笑起，说："如果你能喝出五百年历史来，我就算功德圆满了。"

三杯过后，罗仁礼走到书桌前，取了几张剪报过来，对罗贞说："这段时间，你们小俩口成明星啦，呵呵。"

罗贞就知道父亲是为这事来的，绕了这么半天，老头终于憋不住了。

"爸，你也都看到了，过程就这样，无端端成了媒体恶炒的工具，真是可恶。"罗贞一脸气恼。

罗仁礼安慰她说："爸爸当然也不是糊涂人，这几天我一直在静观其变，对于元亨，我自认观察了五年，也不至于如此走眼，年轻人中，他算是佼佼者，有能力，人聪明，事业心重，虽然行事略显浮躁，但还年轻嘛，历练历练自然就成熟圆滑了。"

"爸，你知道就好。"罗贞心里有些酸酸的，这事情让她如同经历一场战争洗礼，心有余悸，假如没有元亨的那份解释，她觉得自己一定会战死沙场的。

罗老头沉吟半晌，他了解自己的女儿，温室成长，天性敦厚，肚子里没一根弯肠子。他当年对罗贞自己选择的李元亨一直观察了足足三年才终于放心交出女儿，不过，他也相信人会变，尤其在环境的巨大反差之下，思想不可能不发生转变。所以，他相信李元亨一定有变化，只不过是朝哪个方向而已。在公司业务上，他早已看到了发生在李元亨身上的变化，公司已经不是他罗仁礼时代的人情味管理了，偶尔回去开董事会，他见到的是忙碌的身影，紧张的气氛，业务报表是详细复杂的数据分析，他甚至看不懂，但是他能看懂财务报表的稳步增长数据，甩手的三年里，罗氏酒业规模扩大三倍，收购了两个葡萄园和一家酿造厂，董事们对李元亨赞赏有加，当然，成倍的分红是最好的证明。

但是，罗仁礼总感觉公司气氛中缺了点什么，每一张面对他的职员笑脸总是太过于拘谨和职业化，仿佛有一根绷紧的弦将职员们拴得死死的，他隐隐担心，假如有一天断裂了，就像捆扎在一起的那些木头被解开，不小心便会压扁你的脚。

罗仁礼抽出两份剪报来，说："贞贞，那些绯闻八卦我就不看不听了，有两件事情我想听听你的看法。"

"爸，你说吧。"

罗仁礼抽出一张说："元亨搞的那个新品牌……偷红葡萄酒，呵呵，竟然拿了个十大品牌奖啊，这是好事，也是元亨的眼光和能力最好的体现，可你觉得公司这么发展下去，元亨能把控得住么？"

"爸，这个发展是元亨一手搞起来的，怎么会把控不住呢，现在公司里的人简直当他是偶像，业绩好，收入高，这一年里，我们只招人，还没有一个跳槽的。"

"我就是担心这个，"老头正色道，"任何事物的发展总是有个规律的，不可能永远往上，一路狂奔也得有个喘气的时候嘛。元亨年轻气盛，步子迈得太快，我怕有一天到需要停下来喘气的时候，他会感到挫折，迷失方向。

更坏的结局可能是摊子铺得太大，突然有一摊停下来，全盘皆落索，那时候，他还能把住舵么？"

罗贞听得心惊肉跳，父亲的话句句在理，她不禁担忧地问："那应该怎么办呢？要不你找元亨好好说说吧，让他凡事注意点节奏就好了。"

罗仁礼摇摇头，"这个时候他正在冲锋顺势，不能给他迎头一拍，他的势强，我现在拍他也没用。"

"那怎么办？"罗贞更担心了。

老头说："我的想法啊，是要给他身后安放一个缓冲器，有一天他往下掉的时候，有个安全的承托。"

"什么缓冲器？快给我说说。"罗贞既好奇又着急。

"你啊，你就是那个缓冲器，呵呵，现在你不会明白的，你只要答应爸爸一件事就行了。"

"什么事？"

"爸爸将对公司的股权安排做出调整，爸爸老啦，看着公司蒸蒸日上也高兴，想趁机一退到底，不再担任董事长了，所以，到时不管爸爸怎么安排，你也不要多问，元亨有什么不理解的地方，你也不用解释，只要按爸爸说的去做就行了。"

"爸，那你会怎么做呢？"罗贞非常好奇，忍不住就问了。

"呵呵，我会给年轻人更大的空间，这是一个机会，当然，我也会让公司更稳固，更平衡，你别问啦，听爸爸的就是了。"

"爸，我听你的。"罗贞见父亲表情严肃，知道老头的话是深思熟虑过的，也就说明是不可更改的。

老头满意地颔首微笑，又抽出另一张剪报，说："贞贞，你昨天发表在报上的声明，我反复看了几遍，我想亲口问你，这是你写的，还是元亨让你写的？"

罗贞红着脸说："我写的，元亨都是报纸出来才知道的，我没告诉他，是想让他惊喜，让他知道，我是坚决站在他身边的。"

"那么说，你报上讲的都是真话啦？"罗老头眯着眼，难掩对这个天性淳朴的女儿的担心。虽然他知道，作为父亲，对女儿的担心是一辈子也消失不了的，不管孩子再大，翅膀再硬，总会有一丝放不下的情结。

"爸，你总当我小孩子。我说的当然是真心话，难道我还能说谎去骗人么？再说，你也看到了，报纸都公开道歉，承认他们对消息来源没有查实，并且愿意给小燕支付赔偿金呢。"

"那就好，这也奇怪了，"罗老头笑着说，"这个周国荣怎么就那么看好元亨，将一大笔投资交给他托管，这可不是一般的信任啊，他们交往很深吗？好像也没听他说过啊。"

"爸，元亨说，周医生是信任你呢，他觉得你看中的女婿肯定错不了。"罗贞既实话实说又带着吹捧老头的口气说。

"哈哈哈，"老头听了果然很满意，颇有些自得，"周国荣他倒是挺会省事的，借我的考察成果为他所用啊，呵呵。"

"那是，您老人家眼睛多毒啊，连你都舍得将女儿托付的人，他还不放心交托那点钱么？"

"好了，你也别送高帽子了，元亨当初我要是考察不过，不让你嫁，你肯么？"老子笑嘻嘻逗她。

"这说明父女眼光相同，一脉相承嘛，爸，你也别太担心我们了，我长大啦。"

3

杨梅拼命喝着咖啡，连续几个晚上的守候让她精疲力竭，却一无所获，她搞不懂自己什么地方弄错了，对郑小燕的治疗方法完全是按照周国荣画出的指示图操作，她反复看了周国荣拍摄的画面参照对比，完全没有丝毫差错。

应该出现的情景是这样的，郑小燕连着仪器入睡后，杨梅会启动弱频电击，持续刺激郑小燕的神经交叉点，一小时后，郑小燕会有梦游情形出现，她此时的行为便是她心理潜伏意识的象征性体现。

CHAPTER EIGHT | 心理医生的烦恼

可是，这几个晚上，郑小燕都没有动静，完全与一般人无异。理论上来说，睡眠中受到弱频电击之下毫无反应的人，她的心理是平和正常的，要不就是心如死灰。总不会是心理异常之人。在杨梅使用的这套理论架构下，能毫无反应的，只在八岁以下或七十五岁以上人群中比较普遍，中间年龄的人几乎都会做出强弱不同的反应，这真是应了一句谚语："没有不怕鬼敲门的人。"

可是，郑小燕就没有反应，唯一的解释似乎就是"心如死灰"？还是她的心境突然升华？

杨梅决定弄个明白，她想与郑小燕深谈一次，这种谈话她一般不愿意进行，因为太残酷，会面临很多突发性的意外反应，需要对方很高的信任度，或者自己对现场变化高度的应变掌握能力。在学科上，这种奇特的谈话称之为"心灵之镐"，这是西方十七世纪异教徒的发明，顾名思义，就是用死神手里那把镐子将对方的心灵深处挖掘出来。异端邪教的传教士用这把镐头将信徒们从里到外挖得通通透透，无所遁形。

"心灵之镐"的挖掘行动定在今晚，它并不是面对面端着咖啡的交谈，它更像是一种仪式，它需要先将对方进行物理催眠，就是药物催眠。人工催眠这活儿稳定性和火候不易拿捏，她没有十足的把握，虽然人工催眠的效果会更好。通过药物催眠，郑小燕进入了浅浅的睡眠阶段。下一步，她要让郑小燕的身体进入一种亢奋状态，最直接有效的办法就是挑起她身体里本能的情欲。

杨梅调暗了灯光，睡眠中的人对灯光的感应是一直存在的，亮光下，人的睡眠无法达到黑暗环境的睡眠深度。之后她轻轻褪下了郑小燕的睡衣及内衣。

杨梅身为女人与心理学家，对女人身体的情欲挑逗反应的触觉过程是非常了解和专业的。她知道这过程要缓慢，要自上而下。

作为女人，她有点嫉妒郑小燕近乎完美的曲线和柔软的质感，但她现在是一名心理治疗师，心无旁骛。她先将双手搓热，然后轻轻覆在郑小燕的脸上，再顺着脖子绕到耳后，两边食指轻轻在地她耳轮后来回捻动，然后滑到胸前……

杨梅很认真地感觉着郑小燕身体温度的变化，以及心跳速率的变化，鉴于职业道德，她不能触碰郑小燕的下体，而且，被触碰过下体的郑小燕醒来后会有所察觉，她不能冒这个险。

　　杨梅轻轻地用手掌心在郑小燕胸部来回摩挲，她已经看到郑小燕的乳头变得硬挺，呼吸也不再平稳，时急时缓，体温在上升，心跳也变得强烈急促。

　　突然，一阵刺耳的门铃声响起，吓了杨梅一跳，她停住了动作。

　　铃声持续不断地响着，似乎来人非常着急，并且知道里面肯定有人。杨梅懊恼地直起身来，拉过床单给郑小燕盖上，走出去开门，她非常惊讶地看到，来者竟然是两位警官——傅强与章雨。

　　"两位警官，有事么？"杨梅问。

　　"周太太呢？"

　　"她正在里面接受治疗，不能被打扰。"杨梅没好气地说。

　　"我们只想见她一面。"章雨固执地要进去。

　　"现在我是她的主治医生，并且治疗不能中断，如果你们愿意，可以在这里等待。"杨梅口气很冷冰。

　　"要多久？"

　　"五个小时。"

　　"为什么要这么久？"傅强感到奇怪。

　　"因为她睡着了，是被药物催眠治疗。"杨梅耐着性子，她看出来了，如果不讲清楚，这两个莽撞汉子是不会罢休的。

　　"既然是催眠治疗，那我们旁观也没关系吧。"小章说。

　　"不行。"杨梅一口拒绝，毫无商量的余地。

　　"为什么？"

　　"没有为什么，治疗需要，这不是治感冒，是治疗心理疾病，稍有偏差可能会对病人造成永久性神经损害，后果很严重。"杨梅说的也不全是吓唬人的话，事实上的确存在这样的风险。

　　"行，"傅强找不出更好的理由，只好说："那我们就等吧。"

　　"什么事？"突然一个声音从杨梅身后传来，三个人同时被吓了一跳，望过去，只见郑小燕披着睡衣站在楼梯口。

　　"小燕，你怎么起来了？"杨梅大惑。

　　"刚才被门铃声吵醒了吧，听到楼下有声音，就下来了。"

CHAPTER EIGHT 心理医生的烦恼

杨梅盯着郑小燕的脸,她实在想不明白,她应该要睡上五个小时才对,物理催眠她有过许多临床经验,从来没出过差错,发生在郑小燕身上的事情简直太奇怪了。

"周太太,抱歉这么晚来打扰你,请问你是在接受治疗吗?"傅强很礼貌地问。

"是的,杨老师是我的治疗师,请问你们有什么事吗?"郑小燕轻轻走过来,傅强看到她脸色苍白,神态疲倦。

"哦,也没什么事,我们就是想告诉你一声,明天白天我们会到你家来寻找周医生可能留在家里的一些资料,这对我们调查诊所失窃案可能有帮助。"傅强看了一眼旁边的杨梅,杨梅根本没有听到他的话,只是怔怔地看着郑小燕,她百思不得其解。

"哦,这样的事情打个电话来就可以了,何必亲自上门呢,何况这么晚了。"

"周太太不了解,干我们这一行的,根本没有时间观念,任何时间都是上班时间。"小章说。

这句杨梅听到了,她立马反驳讥讽道:"可是群众有时间观念,百姓有作息时间,政府有赋予你们随时打扰的权利么?"

傅强歉意地笑笑,说:"抱歉打扰,明天再拜访。"说完拉着小章离开。事实上他们并没有走远,只不过是回到了车里,他们今晚是冲着杨梅来的,见杨梅进入后久久不出来,一会儿二楼灯竟然暗了,他们觉得有些不对劲,于是上演了深夜打扰的戏。至于明天来不来查找资料是傅强临时瞎编,他知道有用的东西已经被偷走了,周国荣也不会把那些东西放在家里。

送走警察,杨梅拉着郑小燕就坐在厅里,今晚的"心灵之镐"是彻底失败了,她无心再留连,便说:"小燕,今天先暂停吧,我们再约个时间治疗,之前的弱电治疗已经完成了一个疗程,需要看一段时间的效果,所以,这几天我就先不上来了,如果你有什么异常感觉,要及时打电话给我,好吗?"

郑小燕点点头,"嗯,我知道。"

杨梅还有些不放心,轻轻地将郑小燕的手放在自己手心里,关切地说:"小燕,周医生已经走了,你要振作一些,我会尽我的全力帮助你,你也要配合我作治疗,如果不能把你治好,我怎么对得起师兄啊。"说完眼角竟有些湿润，她用手背擦了擦，起身告辞。

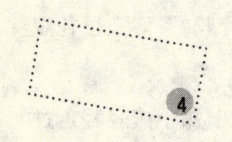

4

目送杨梅的车离去，傅强侧头问小章："需要跟踪么？"

小章摇摇头，"没必要，并且这几天都不必了。"

"为什么？"

"我们打草惊蛇了。"小章有些懊恼。

"你真的觉得杨梅会对郑小燕不利？"

"只是猜测。"小章掏出笔记本，上面记录了密密麻麻的字，傅强好奇地伸过头去看。

"看不懂哦，写的什么论文呢？学院派。"

小章苦笑一下，翻开几页，上面画着一些歪歪扭扭的线条，小章敲着本子说："这是我们的推理图，你看，最上面的是张忠轩，他已经死了，就是我说的那位心肌梗塞，他有两个儿子，左边叫张文近，是大儿子，前年死于车祸；右边的叫张文远，目前忠轩建筑的总经理，继承的是父业。张文近是杨梅的丈夫，瞧这名字起的，远的活得长，近的就果然死得近啊。"

傅强饶有兴致地看看，也不说话。

小章继续分析："中间竖下来的线指着周国荣，我认为张忠轩的死亡与周国荣肯定有关系，这些年，张忠轩接触的医生只有他一个，而他跟杨梅关系密切，曾是校友，我打印过周国荣这半年的电话单，与杨梅的通话超过五十次，也就是说，平均三天通一次话，比我和我妈通话都频繁。"

傅强不时点着头，小章做的工作很细而且很到位，在一个阶段内频繁沟通，这的确是一个很大的推理依据，他相信这几天里，小章的工作量和工作成效一定比较高，"小章，你也不要绕来绕去了，就把这几天你的调查工作情况详细汇报一下吧。"

CHAPTER EIGHT 心理医生的烦恼

"昨天我去接触了张文远。"小章直接切入主题说。

小章并没有事先预约,就跟上次对王笑笑的突然袭击一样,他也是在张文远刚到公司的时候,就直接找上办公室。警察学校里的犯罪心理学课程就曾经强调过证人拜访的技巧,最主要一条是要让接触的对方处于紧张、突然、思维无序的状态下,得到真实资料的几率会更高。尤其是针对一些重要的证人或者嫌疑人。根据前辈的经验,任何人在描述回忆场景时,肯定会带着潜在的自我保护倾向,因此,没有人是客观的,绝对的真话是不存在的。

"我知道周医生的死讯,"张文远知道对方的身份和来意之后,显得非常平静,"只不过,我与周医生并不熟悉,我想没有什么可以帮到你们的,很抱歉。"

张文远显得不太合作,他的情绪也明显不高涨,小章估计他要么还没有从父亲过世的悲痛中恢复过来,要么就是患有失眠症,浮肿的眼袋说明长期睡眠不足。

"张先生,如果你不介意的话,我想问你一些关于你的事情。"

张文远有些诧异,"难道周医生的死与我有关?"

小章不置可否,他突然觉得卖弄个关子也许会收到奇效,于是含笑说:"目前我们也不知道与谁有关,呵呵,你可以给我介绍一下你的家人吗?"

张文远非常纳闷,但是看到小章认真的神情,并且对方是以警察的身份拜访,还是因为谋杀案件调查而来,再怎么说,也不能不合作,于是态度缓和起来,说:"我父亲叫张忠轩,他创建了这家忠轩建筑公司,他几个月前刚刚过世,"说到这里,张文远脸色沉了一下,"说起来,我们家也挺不幸,本来我还有一个哥哥,叫张文近,前几年车祸也过世了。"

小章突然打断,问:"你哥有孩子么?"

"没有,我嫂子是个工作狂,一直在拖,结果……"

"那么你呢?"

"我倒是结婚早,有一男一女,都上小学了。"

"请继续。"小章在本子上记录着。

张文远想了想,说:"基本情况就这样,现在我接手了公司,子承父业。"

小章放下笔,翻到另一页,那是他上来之前作的几条重点问题,他看了张文远一眼,问:"那么,谈谈你父亲过世后留下的遗嘱内容吧。"

张文远愣了一下，脸上的肌肉似乎突然发紧，这句话仿佛触痛了他某一块未愈的伤疤。

"这，与周医生的案子有关系么？"

小章点点头，却不太肯定地说："不一定儿，但也不排除。"他这话虽然温柔，但实质上无法拒绝。

张文远有些无奈，考虑了好一会儿，脸上慢慢呈现出自嘲似的浅笑，说："可以这么说，我们家族已经对忠轩建筑失去了控制权，因为，我父亲并没有立下遗嘱。"

"为什么？你不是总经理么？它是你父亲的公司，现在不是由你控制吗？"

张文远摇摇头，脸色悲愤，"我只是其中的一个大股东而已，我父亲生前有六成的控股权，但因为没有立下遗嘱，而我哥哥倒是早早立有遗嘱，他的所有财产包括死后版税等未来收入都归我嫂子，我只能和嫂子共同继承，因此，我只占有三成股份。"

"我不明白，你父亲为什么不立下遗嘱呢？他有这么大的家业，应该会早早立下遗嘱。"小章想起了周国荣的遗嘱。

"我父亲是突发死亡，他还没来得及想遗嘱的事吧。"张文远叹息一声。

小章默默注视着他，说不上来是同情还是可叹。他低头看了一下记录的问题，突然提问："假如，你父亲会立遗嘱的话，你觉得他会怎样分配财产？"

张文远吃惊地看着小章，说："这个我也不好猜测，不过，凭我的感觉，我父亲是准备在这一年内让我接班的，在他过世之前，我已经升任到施工总监，你想，我哥哥已不在了，我接班是理所当然的，那么，我父亲既然要让我接班，怎么可能不让我拥有对公司的绝对控股权呢？我觉得我父亲不立遗嘱很正常，他根本没有想过会有今天的局面，如果我顺利接班，遗嘱也没有立的必要，你说是不是？"张文远说到后来有些神情激动，脸色涨红。

小章不打算缓和气氛，趁热打铁道："你是不是觉得让杨梅分去一半财产并不是你父亲的意思？"

"当然，再说她又没有孩子，而我有两个小孩，家族只会赡养她，而不是分割财产给她。"

"杨梅与你父亲关系怎么样？"

CHAPTER EIGHT 心理医生的烦恼

"一般，她与我哥之前一直住在国外，回来第二年我哥就出了车祸，她没有和我们一起住，只是春节会来礼节性探望，清明一起扫墓罢了。"

"这么说，你父亲如果立遗嘱的话，她不可能占有那么多份额，是吗？"小章一刻也不放松，问题连续抛出。

"是的，她只是我们名义上的家人，如果她再嫁，就基本上与我们家断绝关系了。"

"你父亲没有立遗嘱的事情有多少人知道？"

"都知道，我父亲爱嚷嚷，曾经有律师提醒过他，他说八十岁再立，回来还和我们开玩笑。"

小章突然停下话题，似乎有所提示地看着张文远，嘴角泛起满意的微笑，基本上张文远说的话和他的推理相差不远。

张文远在这突然停顿下来的气氛中沉默咀嚼了一会儿，似有所悟，说："你不是来调查我的，是来调查我嫂子杨梅的，是不是？她是周医生的朋友，周医生正是她介绍给我父亲的。"

小章没有回答此问题，他需要得到的都有了，至于推测猜疑的事情没有必要与他交流。

听完小章的讲述，傅强却并不满意，他提醒道："小章，你的推理的确有一定的道理，不过，你有没有想过，杨梅与王笑笑实质上是一样的。"

"一样？为什么？"

傅强笑了："因为她们都只是停留在你的推理中，她们可能没有证据证明清白，可是你也没有证据证明她们有罪。"

"证据永远存在于正确的判断方向。"小章说。

"这话是谁说的？"傅强问。

"警校的导师。"

"呵呵，学院味道。"

"傅队，明天咱们去拜访一下杨梅，如何？"小章没理会他的调侃，转而问道。

"必要性？"

"今天我们打草惊蛇了，明天就去探探虚实。"小章说。

"小章，你凭什么认为杨梅会对郑小燕不利呢？"

"傅队，记得我们第一次见到杨梅时，她说郑小燕有半年没复诊了，为什么在周国荣死后却主动上门为她治疗呢？就算郑小燕因为丈夫之死，旧病复发，那杨梅又如何得知的呢？"

"你认为是什么原因呢？"

小章还是无奈地摇头："我说不上来，只是感觉杨梅接触郑小燕是别有所图的，不仅仅是治疗这么简单。"

"从哪里来的感觉呢？"傅强紧追不舍，他想挫挫年轻人的锐气，小章与他当年极像，锋芒过露，性格急躁，自己当年可为这个吃过大亏。

小章竟然信心十足地回答："从她的眼神，我觉得郑小燕对于她来说，好像是一件奇珍异宝，她想控制或者毁灭郑小燕。"

"这么说来，心理医师杨梅本身可能就患有心理疾病了？"傅强紧锁眉头问，因为他也有似曾的感觉，对于杨梅这个女人。

"有可能，人不能自医，这话可是杨梅自己说过的。"小章说。

"小章，我们调查的方向还是周国荣之死，就算你对于杨梅的推论是成立的，我们从何入手调查周国荣之死呢？"傅强提醒他。

"首先我们要知道周国荣诊所被盗的到底是什么，那么就要先查出窃贼到底是谁。"

"可是现在我们对此几乎一无所知。"

"但我们有嫌疑人，如果能证实杨梅就是潜入周国荣诊所的人，一切就会迎刃而解了。"

"你会怎么查？"

"呵呵，傅队，明天也许就会有突破了，暂时保密。"

"什么？"傅强大为不满，"你要对你的专案组队长保密案情？"

"那么，你还在跟踪王笑笑吗？"傅强想起来又问。

"昨天我上她家，遇见她表妹，说王笑笑去外地散心几天，后天回来。"

"你竟然跟丢了她？"傅强很不满。

"她不是逃跑，放心啦，傅队，她肯定会回来的，我看了她家，衣服都没收拾过。"

第九集
CHAPTER NINE

李元亨的闷棍

①

　　李元亨这段时间几乎推掉了所有应酬，下了班便在家。他是个永远不会无所事事的人，在家中的时间里他基本待在书房，因为前几天他看着那一面墙的书架，发现上面的书有九成都没有读过。书非借不能读也，买来的，就会忘记读。再上个纲上个线，这就是典型的"到手的不值钱"心态。

　　晚饭后一会儿，罗贞披着睡袍进来，神情落落寡欢。李元亨关切询问，她说："元亨，我感觉周医生出事后，小燕和笑笑都不理我了。"

　　"怎么会呢？她们正处于是非漩涡，可能心情不好，事情过去了，会恢复过来的。"李元亨宽慰她。

　　"我就是想着她们心情不会好，所以才想开解她们，可是，小燕在电话里好像不愿意和我多说两句，笑笑根本就不接我电话，我打了一晚上了。"罗贞很无奈地说。

　　"呵呵，罗贞，这很正常啊，将心比心，你心情最低落的时候，你愿意被人打扰么？"

　　"真是这样吗，元亨？"

　　"当然，放心吧，过了这个阶段就好了，再困难，人总归是要走出来的。"李元亨扶着妻子回卧室，劝她早睡。

　　罗贞顺从地躺下来，却有些为难地看着李元亨。

　　"还有什么郁闷的事？"李元亨看她表情怪怪的，就问。

　　"元亨，才刚吃完饭，这么早我怎么睡得着嘛。"

　　"哦……哈哈……那你起来看电视吧。"李元亨乐了。

　　"元亨。"罗贞躺着没动，轻轻唤了一声，伸手勾住了他的脖子，眼里泛起迷离之光。

　　李元亨用手指点了一下她的鼻尖，笑着说："你想干吗？"

　　"我想给你生个女儿。"罗贞从里到外洋溢着幸福感觉，其实幸福的感觉是可以具体描述的，罗贞觉得现在身上那种麻麻痒痒，心里充实安静就是幸

CHAPTER NINE 李元亨的闷棍

福的感觉。

"为什么不是儿子？"李元亨笑着问。

"至少要有一个女儿，不然我爸打的家具送不出去。"

"呵呵，你爸已经开始打家具了么？"李元亨刚说完，罗贞突然勾着他脖子的手用劲一拉，李元亨措手不及倒了下去，正好对上嘴，两人顺势紧紧抱着翻滚一圈。

有一种情调需要酝酿，但它远远不如意外生成来得浓冽汹涌。酝酿之情会让你小心翼翼，意外而来却能达到忘我之境。瑟瑟和鸣远不如排山倒海之深刻……

他们甚至没有来得及脱去上衣，便在黑暗中忘情索求，罗贞觉得自己犹如一片广袤的田野，在初春的烈日下迅速解冻，泥土里响起一片春芽破土的撕吼，苍灰连延的千里大地瞬间迸发出无数耀眼的春意，时而燕子低飞掠过，蜻蜓点水，忽又东风卷土，钱塘潮起……她看见了，有一轮红日在山凹跳出，巨大的红光笼罩了她眼前的世界。

她的眼角滴下了晶莹剔透的泪珠。

喷薄之后的李元亨拥着妻子，他终于在这张床上找回了少年意气的感觉。这是一种重返青春的喜悦，他觉得，如果一直以来都是这样，那该多好。

罗贞细细体味着那片红光的慢慢消散，她茫然发散地看着天花板，幽声说："元亨，如果这次能给我们带来一个女儿，肯定是最漂亮的。"

"呵呵，为什么？"

"因为我从来没有这么愉悦过，我们的感觉会影响孩子的长相的。"罗贞说得很认真。

"谁告诉你的？"

"书上写的，还说，时间也很重要，傍晚是最好的，因为处于黑白之交，也就是阴阳之交的时间，精子着床，孕育出的孩子先天就会更健康。"

"哈，书上还说什么？"

"嗯……我想想，还有很多，我记不太清了。"

"罗贞，你最近就在看这类书？"

"是啊，你不觉得很有道理么？"罗贞翻过身来趴在他胸前。

"那么,"李元亨笑着说,"书上有没有说刚吃完饭不宜激烈运动,会伤胃气?哈哈哈……"

罗贞扁扁嘴,"你现在胃在生气么?反正我觉得这一次很棒,各方面都符合书上说的,如果生出孩子来,肯定又漂亮又健康。"

李元亨隐隐听到书房里的手机在响,他问:"是我的手机在响么?"

罗贞也侧耳听了一下,说:"是,你去听电话吧,我要洗个澡。"

李元亨翻身下床,快步走到书房接电话,他看到来电显示时,竟吃了一惊,是王笑笑找他。

"你好,笑笑吗?有什么事?"李元亨语气平缓地问。

王笑笑似乎犹豫了一下,说:"我找你有事。"口气冰冷。

"说吧,什么事?"李元亨觉得有些奇怪。

"你能出来见我一面么?"王笑笑口气依然硬邦邦的。

"现在么?"

"是的,为你着想,最好别告诉罗贞,我在百利商场门口等你。"说完,电话就挂断了。李元亨还没反应过来,怔怔地望着电话发了好一阵的呆。

罗贞洗澡出来的时候,他刚换好衣服,罗贞问:"你要出去?"

"是的,公司加班的同事来电,有一批货出了点手续问题,我要过去签字才能换货。"他这个理由非常充分,这是经常遇见的事情,罗贞说:"晚上冷,你多加件衣服。"

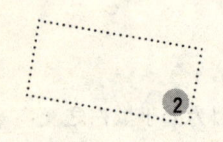

2

百利商场就在李元亨家的两条街外,王笑笑既然来到这里,肯定就是专门为他而来的,可以排除她意外求助的可能。那么,她会有什么事情一定要找他呢?并且还要绕过罗贞。

李元亨带着一路的疑问驱车停在百利商场门口,王笑笑开门进来,面无

134

CHAPTER NINE 李元亨的闷棍

表情，说："开到停车场吧，安静一点，我有事和你说。"

李元亨奇怪地看看她，虽然经过了这段时间的变化，知道她原来一直和周国荣保持关系，其实在李元亨看来，无非为小燕同情一把，并不是多大的事情，每个人都有自己的感情方式，只要发乎于情，都是可以理解的。因此，李元亨并不像其他人看王笑笑的眼光，他也说服了罗贞要理解她。

车子停在了一个泊车位上，这是一个露天停车场，全是车子，看不见人影，非常适合安静的交谈。

李元亨熄了火，首先说："罗贞刚刚还提起你，她想打电话和你聊天，可是你不接。你最近怎么样？"

王笑笑哼了一声，算是对他的回答，虽然没再说话，却给人有满肚子话、心事重重的感觉。李元亨明白了，她遇到了困难，想求助于他，于是鼓励说："笑笑，说吧，有什么事我和罗贞都可以帮你的。"

"李元亨，你好厉害。"王笑笑突然开口了，语气依然冰冷。

李元亨望着她，不明所以。

"我问你，你和郑小燕的事情是真的么？"说这话的时候，王笑笑用犀利的眼光迎着他。

李元亨的心里咯噔一下，有些不悦地反问："你要说什么呢？"

"唉，"王笑笑叹了口气，看得出她心里其实很矛盾，似有莫大难言之痛在逼着她，"元亨，你明白我现在的处境么？"

"慢慢会过去的，我知道你很难。"

"会过去吗？"王笑笑冷冷地说，"没有人会忘记我的，因为我成了她们心目中最大的隐患，呵呵，我已经不可能在这个城市待下去了，一天也不能。"

"那么，你想去哪里？"

"不知道，但我一定会离开，永远不回来。"

"何必呢。"李元亨叹息一声。

"这不是我想的，是被逼的，我天天看着手机在响，每一个名字都是一张幸灾乐祸来讨伐的脸，这种生活我一天也不想过了。"王笑笑的声音在颤抖。

"你想什么时候走？"

"拿到钱的时候。"

"那岂不是还有一年？"李元亨想起那个可恶的遗嘱。

"那笔钱我不想要了，我会找刘律师作一个声明，将保险金转赠国荣的女儿，她才是这笔钱的真正主人，她失去的是父亲，比我更需要获得补偿。"

"那么，你的钱从哪里来？"李元亨奇怪了。

"你会给我的。"王笑笑盯着他说。

李元亨吓了一跳，莫名其妙看着她，"我帮不了你多少的。"

"你不是在帮我，你是要救自己。"王笑笑眼睛里射出一股让李元亨感到不寒而栗的光芒，不祥之感涌了上来。

"你在说什么？笑笑。"

"我在说，你需要自救，"王笑笑从包里掏出一叠照片递给他，说："这是我没有提供给报社的，因为太露骨，报上也不可能登出来，刚才我说你好厉害，因为你竟然能哄住罗贞那个蠢女人，不过，这些照片你无法再解释了吧。"

李元亨的眼睛刚落在第一张照片上，就仿佛脑后挨了一闷棍，随着一张张扫过，他的额头已经冷汗淋淋，这些都是他与郑小燕在酒店阳台、高速公路的汽车上，甚至还有密丛里的偷欢照片，每一张都赤裸相拥，虽然距离较远，但对于熟悉认识的人来说，完全可以辨认出他们来。

李元亨的眼睛里要喷出火来，愤怒地看着王笑笑，"原来报纸上的照片是你提供的，这么说，这一年来，你一直在跟踪偷拍我们？你太卑鄙无耻了，你——"李元亨无法将全部愤怒完全表达出来，急得语塞。

王笑笑不慌不忙，这时候她也不再犹豫矛盾了，反而异常冷静，"元亨，我也是被郑小燕逼的，告诉你吧，这不是我拍的，国荣其实从一开始就知道你和他老婆的事情，照片是他拍的。"

李元亨仿佛末日来临，心脏倏地跌得无影无踪。

王笑笑继续不紧不慢地说："我很奇怪，国荣为什么允许你和郑小燕交往，他生前跟我提起过妻子有外遇，但没有说出是你，我还以为是个机会，他会离婚娶我，结果一直也没有动静，更奇怪的是，他的遗嘱里还把大笔财产都托付于你，当时我是理解的，现在想不明白，元亨，你放心，这照片只有我知道，而我也是在国荣死后才得到这些照片的。"

CHAPTER NINE 李元亨的闷棍

李元亨静静听着，竭力让自己恢复冷静，他知道只有冷静才能解决问题，这些照片绝对是一条索命绳子，并且已经套上了他的脖子，曝光的时刻，就是绳子收紧的时刻，他就必死无疑。

"你想怎么样？笑笑，你要多少钱？"李元亨有气无力地说。

"元亨，我并不想勒索你，其实我们都是一类人，包括郑小燕，我们都在做着不被人知，而又不能欺骗自己感情的事情，所以，我不是要你的钱，我只是要郑小燕的钱，但是只有你能帮我得到这笔钱，所以我只好出此下策，请你原谅。"

李元亨冷笑一声说："你不需要任何人的原谅，那没有用，这十年你一直在伤害小燕，为什么到今天，你还想继续伤害她？"

"元亨，你在责怪我吗？当然，你眼里只有你的郑小燕，你根本没想过，郑小燕又对我伤害有多大，多深！"王笑笑紧咬牙关，她怕自己会吼出来。

"小燕怎么伤害的你？是你在夺走他的丈夫。"

"不，是她抢走了我一生的幸福，如果没有她的出现，七年前与国荣结婚的就是我，我认识国荣整整十年，爱了他十年，可是，我得到了什么？国荣死后，郑小燕还用报纸来搞臭我，我成了人人诛之而后快的狐狸精，她博得了所有人的同情，甚至连你们的那些照片上报，她也能让事情扭转过来，让报社公开道歉，她真的很厉害，我从来都不是她的对手，七年前不是，现在也不是，"王笑笑神情激愤，双手紧紧掐着袋子，"我是不想和她斗下去了，我从一开始就输了，以后也不会赢，所以，我要离开，永远不再回来。"

李元亨听了有些动容，却不知该如何延续这个话题，只能默然。

"元亨，我也不想伤害你，我们无怨无仇，你只要将托管的证券变成现金转给我，我便会将照片和底片都给你，然后远走高飞，再也不会回来了，其实郑小燕也没有损失，一年后，那笔保险金就是她的了。"

"笑笑，其实我无法答应你的，因为我只是托管，如果我将它们全部抛售套现，马上会有人盯上我，这事情一旦曝光出来，我怎么解释？"李元亨说的是实话。

"这个很简单，你只要让郑小燕出来说，是她的主意，钱她收起来了，不就行了吗？"

"可是，你让我怎么和小燕提这件事情，她能接受你的条件么?"

"她接受不接受我可就不管了，要不我干吗要你来帮我，我相信你的口才，女人都会信你的话的。"王笑笑第一次笑了出来。

"她可不是罗贞，"李元亨有些恼火，"小燕不会相信我的任何借口的，她很聪明，一定会猜到你在背后。"

"那就最好，我也要让她明白一次，至少一次，她也有对我无可奈何的时候，放心吧，元亨，如果她真的爱你，她会帮助和配合你的。"王笑笑对自己后面的安慰之词也感到好笑，这像在搞敲诈勒索的事情么?

"你觉得郑小燕爱我吗?"李元亨苦笑道："我们并不像你与周医生那样的。"

"那你们真的是狗男女了，"王笑笑听了非常不屑，"那么，你们现在要面对这样的事情就更加活该，元亨，我无法再退步，你要明白，我很需要这笔钱，马上就要，越快越好，我一天都不想在这个城市待下去了。"

"你还是要给我时间啊。"李元亨哀求。

"三天吧，你要给我答复，否则……我也不吓你了，你看着办，这些照片你留着，去找郑小燕一起欣赏吧，保证她会惊喜的。"王笑笑说完拉开车门离去。

李元亨透过玻璃，看着她一扭一扭的屁股仿佛在向他无声地嘲笑着，他突然闪过一个可怕的念头，假如现在踩一下油门，向她冲过去，狠狠地冲过去……

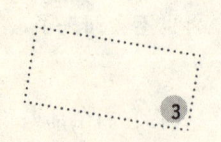

3

杨梅将车稳稳地停在车库里，提着电脑包下了车，跳上台阶，快步向她的研究室而去。她注册的不是心理治疗诊所，而是心理研究中心。

刚到大堂，就看到傅强和章雨从大堂沙发站起迎上来。杨梅冷冷地看着

CHAPTER NINE 李元亨的闷棍

他们俩，没好气地说："怎么又是你们，到处都是你们的影子啊。"

傅强笑了，一脸歉意地说："杨老师，今天我们是来向你道歉的。"

"道歉？不敢当，如果没有其他事情，我要回研究室去了。"

"真的是道歉，我们一直在对郑小燕实施监视保护，所以昨晚不小心得罪了你，回去一晚上睡不好，今天一大早就来道歉来了，希望你能原谅。"傅强笑嘻嘻地说。

小章心里暗笑，傅强平时总板着一张脸，关键时刻还是个好演员。

"好吧，我接受，那么，请回吧，如果还睡不着，我可以给你们开安眠药。"杨梅脸上舒缓开来。

"说起安眠药，我还有一个疑问，"傅强趁机就说，"昨晚好像听你讲郑小燕接受药物催眠治疗，要五个小时才能醒来，为什么她那么快就出现了呢？"

杨梅盯着他，心里反应过来了，他们哪是来道歉的啊，根本还是为调查而来，于是说："走吧，到我办公室去说，这里站着可会累着二位大侦探。"

杨梅领他们到办公室，然后出去向员工交待事情，傅强这时候说："小章，一会儿由你提问，我听着，这条线是你跟的，比我了解。"

小章点头同意，这时候，杨梅回来了。

"昨晚回来后，我想了很久，后来明白了，"杨梅没有啰唆，直奔主题，"郑小燕之所以醒来，是因为药量不够，她对我使用的催眠药物有一定的耐药性，也就是抗体。"

"为什么她会有这个耐药性呢？"小章问。

"因为她长期使用该药物。"

"这种药物很普遍吗？"

"不，只是精神科医生才会用到，我知道你们要问什么，其实是周医生一直在对她使用这药物。"

对于杨梅的话，傅强和小章不是很理解，小章问她："你是说，周医生也在治疗他妻子？"

杨梅摇摇头，站起来踱了一会儿步子，似在沉思什么，二人耐心地等待着，傅强预感到这种踱步结束后，会有一些爆炸性的内幕曝出来。

果然，杨梅仿佛下了坚定的决心，重新坐了下来，看着他们说："你们在对郑小燕实施监视保护，是不是认为周医生的死与她有关？那么，我可以告诉你们，这不关郑小燕的事情，你们可以转移一下调查方向了，别再白费力气。"

小章想解释，傅强用脚踢了他一下，抢着说："杨老师的依据是什么？"

杨梅笑了，说："我是从事心理学的，我了解我的病人，郑小燕不会杀人，尤其不会杀周国荣。"

"这在法律上可算不上证据。"傅强说。

"那就是你们的事情了，但是，我绝对比你们更了解郑小燕。"

"那么，可以说说你对郑小燕的了解么？"傅强又抢着小章的话说。

杨梅沉吟一下说："心理学的根本是研究人的行为过失，比如你们二位到一个凶杀现场，凶手是不会留下名片让你们去找他的，但是他肯定会有什么蛛丝马迹留下，只要他在这个现场出现过，就一定会有，如果被你们成功找到，那也可以说这是他的过失。"

"你是指每个人都有过失吗？"小章终于抢回了台词。

"是的，这就是心理学的最基本理论，这么说吧，我给你们简单举例解释，其实心理学并不复杂的，"杨梅说，"你们是否曾碰到过口误、笔误，这样的事情？"

两人不约而同点头。

"这就是行为过失，是无意识的，或者说是潜意识的表现。人的心理分为两部分，一部分是无意识的，也就是潜意识，是心灵的真实部分，它是隐性的；另一部分是有意识的，是显性，有意识的部分指挥你的日常行为，但是无意识的部分总会在突然的时候蹦出来一下，最明显的例子就是做梦，梦也分两部分，你能记住的是有意识的梦，大部分潜意识体现的梦是在你醒来后就忘记的，并不是你想忘记它，而是你有意识的心灵部分不愿意去回忆起它，这是基础理论，需要慢慢体会，我现在主要和你们讲一下郑小燕的部分。

"心理疾病有四个阶段，也就是说，行为过失可分为四层，记住哦，行为过失就是心理疾病，从这一点来说，你们都患有心理疾病，所有人都有心理疾病，只不过是层次不同，需要治疗的程度也不同，你们还不需要接受我

CHAPTER NINE | 李元亨的闷棍

的治疗。

"最低一层的表现形式就是刚才说到的口误、笔误等等，严重一些的还有健忘症，比如握着钥匙找钥匙，但这都是最低一层。

"往上一层是臆想，有些人会常常觉得某某不喜欢他，或者谁想害他，这种想法挥之不去，搞得自己寝食不安，神经衰弱。年轻人群就常有这种现象，比如秋香无意中笑了三下，唐伯虎就自作多情地觉得天降良缘，这在青春期是非常普遍的暗恋现象，但随着青春期过去，一般会自然而愈，如果成年后还常常臆想，那就是病态了。

"再往上一层，便是用臆想出来的事情反复暗示自己，作为自己行为的指导，会主动地、有意识地按照自己的心理暗示去行动，郑小燕就属于这一层，到达这层是非常危险的，因为假如暗示行为是暴力的话，她可能就会去杀人，并且毫无负罪感，很多连环杀手的心理状态正是在这一层上。"

"最高一层呢？"小章听得津津有味，见她停下来，忍不住脱口问道。

"呵呵，再高一层的人也不会来找我治疗了，那些人需要你们去帮我抓回来研究。"杨梅笑着说。

傅强想的是另一点，他问："郑小燕得到的心理暗示是什么？"

"她是个非常不幸的女人，傅警官。"杨梅没有正面回答他，而是突然说了一句奇怪的话。

"如何不幸？"

"是她的丈夫亲自促使了她的过失行为。"

"你是指上次说的偷窃习惯么？"章雨问。

"那只是其中一种暗示，事实上，你们知道么，报纸上说的那些事情是真的，并且周国荣非常清楚所有事情。"

"你是指郑小燕与李元亨有染的事？"小章惊讶地说。

"没错。"杨梅点点头。

傅强与小章对视了一眼，他们都非常意外。

"这些是周国荣和你说的吗？"

"是的，我和周医生一直在合作一篇论文，名字叫《无意识本源》。我们都认为，任何人的无意识状态里，都有无秩序本源存在，举例描述就是，所有人的真实心灵都是藐视规则的，暴力、盗窃、强奸等犯罪都是潜意识的心灵暗示所指引的行为过失，他们的显意识无法压制潜意识的时候，便产生了犯罪行为，也就是我们所说的意志薄弱。"

"偷情算吗？"小章突然问。

"当然，这不就是意志薄弱嘛。"杨梅笑了。

"你是说，郑小燕是被周国荣引发了这种潜意识，可是周国荣与王笑笑也很意志薄弱啊。"傅强的问题。

杨梅说："你们可能不了解，在周医生看来，他与王笑笑并非在偷情，因为他真正爱的人是王笑笑，他们有十年的感情，而与郑小燕的感情才能算偷情，至少是在对自己偷情。"

"对自己偷情？什么意思？"小章不理解。

杨梅耐心解释说："与不产生爱情的对方从事爱情的行为，便是偷情，如果你不爱你的妻子，而你还与她继续生活、亲热，这便违反了自己的感情，因此，对于你自己的感情来说，你在偷情。一般人误解为偷偷摸摸发生关系便是偷情，这是错误的，这叫偷欢，无情可言。"

突然，杨梅很严肃地注视着他们说："如果机会和风险合适，你们一样会尝试偷情，或者偷欢。偷，是存在于人类心灵深处最真实的原始欲望，每个人在潜意识的心灵深处最真实的欲望都是一样的，只不过每个人的机会不同，显意识里反应出来的行为才有差别。"

"明白了，周国荣尊重自己的潜意识，在与妻子偷情，与情人偷欢，对不对？"小章恍然大悟般点头说。

"可以这么理解，"杨梅没理会他话里的调侃之意，继续说，"七年前，我和周医生都认为郑小燕是一个足以推翻我们论点的人，我曾经认为，她的潜意识里不可能违反秩序。"

"为什么？"

"那时周医生还没有和郑小燕结婚，但他们认识，周医生就对我说，要介绍我认识一个女孩，说这个女孩有些怪，她回答任何问题的时候，都不假思索，对于听到的话，也都认为是理所当然的，不分真假，我觉得这不过是幼稚和不成熟的表现，无非是她更加幼稚和不成熟罢了，但周医生不同意我

CHAPTER NINE | 李元亨的闷棍

的观点,他认为郑小燕身上有让他分析不出来的东西,她对暗示性语言没有反应,她不哭,这个生理特征在心理学方面是非常重要的分析依据,一个人的感情波动幅度能说明许多问题。"

"不哭?这个周医生是怎么知道的?"小章大惑不解。

"很简单,制造相应的环境就行了,比如看一场感人的电影,或者挨一顿揍,呵呵。"

小章有些不好意思,竟然问了个低级问题。

"那是什么原因令她不哭呢?"傅强问。

杨梅摇摇头,说:"我也不清楚,周医生可能就是为了搞清楚原因,两个月后干脆娶回家研究,呵呵。"

"那时候你知道王笑笑的存在吗?"

"当然知道,周医生原本是想娶她的。"

傅强捕捉到一个差点漏掉的信息,追问:"那么,周医生只是追求了郑小燕两个月就结婚了?他是怎么认识郑小燕的,你知道么?"

杨梅想了想说:"大概了解一些,周医生是罗氏酒业的罗仁礼的保健医生,因此熟悉他家人,王笑笑与郑小燕都是罗仁礼女儿罗贞的朋友,可能是这个关系认识的,但是周医生会娶郑小燕我一点都不意外,因为周医生对郑家有恩,又对郑小燕非常感兴趣。"

"能解释一下这个有恩吗?"

"郑小燕的父亲那年是晚期脑癌,在周医生的帮助和推荐下,到北京医治了一段时间,费用都是周医生支付的,郑小燕因此对他非常感激。"杨梅解释得简洁清楚,小章见话题打开,非要打破砂锅问到底,"杨老师,郑小燕一直不知道周国荣与王笑笑的三年感情么?"

杨梅笑了:"呵呵,我与周医生也只是学术朋友,至于感情上的事情,我也知之甚少。"

杨梅今天透露出来的消息让两人太多意外,虽然之前也都有些模糊的推测,但是一旦被证实,还是感觉意外。

傅强觉得今天谈话差不多了,于是说:"谢谢你提供的资料,今天长了不少见识啊,原来我也有心理疾病,并且在第二层,呵呵,我就常常臆想这个是凶手，那个是飞贼。"

"那么，随时欢迎你到我这儿挂号。"杨梅说。

两人走到门口，小章突然回身问："杨老师，你今天没穿那件浅绿衣服啊，不是说那个颜色与病人见面有帮助么？"

"呵呵，"杨梅笑了，"对病人有帮助的颜色可不止一个，我这身明黄色也有相同效果，同样的还有米白色、紫蓝色，你有兴趣我可以借书给你研究研究。"

"呵呵，这么深的学问，我怕是研究不来。"

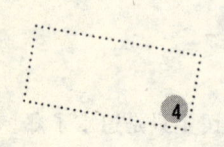

4

同一时间里，刑警小三与老刘正在烈日下奔波，虽然这些都是刑警们常干的事，但是这次尤其令小三干得不甘心，"老刘，你说傅队怎么就那么宠着借调的小子，一个小交警，竟然也指挥起咱们来了，让我们在这烈日下跑来跑去的。"

老刘是个厚道人，他笑着安慰小三，"别埋怨了，既然小交警都能被借调来，肯定有点实力嘛，看他一天到晚闹得挺欢，傅队一向眼光不差，我觉得章雨肯定有点过人之处。"

"你说，他会不会是傅队的亲戚？"小三凑过来问。

老刘不满地瞪了他一眼说："别瞎说，你听说过傅队有弟弟或小舅子么？傅队也不是那样的人，他看实力的，就你小子只会耍贫八卦，也就是跑跑腿的料。"

小三听了不乐意，却又要装出好打不平的样子说："老刘，我是没啥料，只配跑跑腿，可是你资格老，人厚道，怎么也让你来跑腿啊。"

"好啦好啦，让我跑腿是要我看着你，怕你小子偷懒。"

他们这两天的任务是把这一带的洗衣店跑遍，寻找一件极有可能进入洗

CHAPTER NINE 李元亨的闷棍

衣店的衣服,老刘手里有一张照片,只要进入洗衣店,首先让店员辨认照片。要命的是,这一带可能是住的懒人多,洗衣店竟然多如牛毛,把小三气得够呛,"老刘,有钱送衣服到洗衣店的人,没钱给自家买台洗衣机么?"

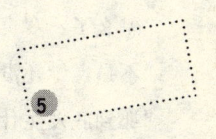

⑤

李元亨没有将车直接停在郑小燕家门口,而是停在一条街外的公共停车场,然后徒步走过去。

郑小燕的门虚掩着,这是为他开的。李元亨心情复杂,既喜且忧,小燕对他过来的目的与自己上门的目的截然相反,浪漫与残酷,像两条交缠的丝线织出了一张网,紧紧裹着现在的李元亨。

屋内灯光昏暗,电视屏幕闪烁着,郑小燕独自蜷缩在沙发一角。

李元亨站在门口,摸了摸裤兜里的照片,可怜巴巴地望着郑小燕,一时不知如何是好。

"元亨,坐过来。"郑小燕招呼他,声音透着熟悉的娇柔和媚意。李元亨踽踽走过去,挨着她坐下来,伸手要去抱她,哪知郑小燕轻轻用手将他挡开,笑着说:"你不是说来探望我么?水果也没带,花也没有,上来就动手动脚,这算什么探望啊?"

李元亨哪有心思开玩笑,吁了口气,仰靠在沙发背上,一言不发。

"元亨,你喝什么?"郑小燕站起来,问。

"红酒。"

"没有,"郑小燕摇头说,"我家里只有茶和水,没有二月春色应偷红。"

"那就水吧。"

"小燕,你一直没找过我,"李元亨喝了一口水说,"你最近还好吗?"

郑小燕微微一笑,说:"还好,你不是也没找过我么?都是罗贞来安慰我。"

"她是个好人。"李元亨这话说得很无奈,这些年他第一次这么评价罗贞，但是他可能就要永远地失去她了。

"你也是个好人啊，元亨，别想太多了，好好对罗贞。"这是郑小燕的实话，接到李元亨的电话后，她就想到了这句，与他那些浪漫云雨，竟恍如隔世般遥远而不真实。

"太迟了。"李元亨痛苦地垂下了头。

"怎么了？罗贞都知道了么？"郑小燕吃惊地问。

"不是，她还没有，但是快了。"李元亨都不敢看郑小燕的脸。

"那到底发生什么事了？你很不对劲啊。"

李元亨从口袋里掏出那叠照片，递了过去。

"这——这是谁干的？"郑小燕尖叫起来，她的反应与他预料中的一模一样。

"王笑笑。"李元亨有气无力地说。

"是她？她一直都在跟踪我们吗？这个婊子，难道，她现在又要来害你，害罗贞么？"郑小燕急急地问道。

"不，她要害的是你。"李元亨将他与王笑笑见面的经过大致说了一遍。郑小燕听完瘫软在沙发上，一言不发。

"小燕，你放心，我不会让她再伤害你的。"李元亨看着脸色苍白的她说。

"你想怎么办？"

"我想杀了她，目前这件事情只有她知道，如果她死了，也不会有人怀疑上我的，你只要到时给自己找一个不在场的证明就行了。"李元亨这话构思半天了，他不能在郑小燕面前表现得像一个懦夫。

"不，"郑小燕吓得站起来，紧紧拉着他的手臂，仿佛一松开，李元亨就会跳起来，举刀狂奔去杀人似的，她紧张地说："元亨，你可千万别干傻事，杀人是要偿命的，到时咱俩的事一样大白天下，你还白白送了命，多不值得，我们再想想办法。"

"还能有什么办法呢？王笑笑已经到了这个地步，她咬上了我们，又有这样的把柄在手，怎么会放过我们？"

"王笑笑，她已经抢了我一半的丈夫，又分了三百万，还不称心么？为什么还要苦苦相逼，一次又一次……"郑小燕浑身发抖，如果王笑笑在场，估计她也会挥刀砍去。

"她的性子太急，想马上离开这城市，她等不及一年时间了，想用保险金换那笔证券资产……"李元亨在旁边小心翼翼地提醒着她。

"哼，元亨，你太天真了，那笔证券现在市值多少钱啊，不过两百万吧，她为了不等一年，竟然肯损失一百万么？女人的心思你是不会明白的，她这么做，不单是为了钱，而是冲着我来的，她要彻底毁灭我。"

"她还能怎么毁了你？"李元亨不解。

"她拿了证券的钱，如果她不去律师事务所签转让保险金合约，我们能奈何得了她么？"

"那我们让她先签约？"

"她凭什么答应你？现在是她手里有证据，我们拿什么与她谈判？"

李元亨无语了，这个倒是他没想到的，看来还是女人了解女人的心。郑小燕提出的担忧是不无道理的，如果真出现那种结果，他还有何颜面见郑小燕。

可是，如果不冒这个险，他又有何颜面见罗贞？

两人陷入了长久的沉默，各怀心思，除了恨不得生吞活剥了王笑笑这点相同以外。

李元亨在地上坐下来，郑小燕也紧挨着他的背，两人背靠背坐着。

"对不起，元亨，是我连累了你和罗贞，我现在倒也无所谓，反正是寡妇一个，别人爱怎么说就怎么说去吧。"郑小燕良久幽幽地说。

"小燕，这不关你的事，是我引诱你的，还记得吗？是我推你下水的。"

"是我自己跳下去的吧，你有推我么？"

"我记得你犹犹豫豫，我就推了一把。"

"可能是我正准备跳，你就来推我，反正我是下了水了。"

"小燕，你还记得我们的每一次么？"

"有些记得。"

"印象最深的是哪一次？"

"哈哈，当然是你老婆在隔壁那次。"

"你太坏了，以后不许你这样了。"

"我们还有以后吗？"郑小燕的话如佛前油灯，闪了闪又暗淡下去。

"元亨。"

"嗯？"

"其实这照片里的每一次我都记得清清楚楚的，你看。这张里我满身都粘了花呢，你上哪搞了这么多花啊，我一直都没搞清楚。"郑小燕捡起地上散落的照片，一张张回味着，这时候她想，还要感激王笑笑，为她一生中最美好的时光留存了记忆。

李元亨也被打开了回忆的大门，说："还记得有一次我包下了整个电影院，我们一边看电影，一边做爱，银幕上人来人往，他们好像在看着我们，在取笑我们，后来，那个女主角要自杀，站在楼顶上，我那个时候好像是自己要跳下去一样，整个人都飞了起来。"

"我不记得银幕上的人了，就听见一直都很吵，很多人在说话，在吵架，只有我们俩在黑暗中静静地缠绵，那种感觉真好，仿佛全世界都与我们没有相干，只剩下我们俩。"

李元亨露出向往的微笑，仿佛回忆的事情就发生在刚才。"小燕，我们其实还剩下几次约会的机会呢？"

"十五次。"

"我们要完成这个合约么？"

"我不知道，元亨，这些天我都在想，我要不要找你，与你在一起的时间是那么美，让我怎么也忘不了，可是，我却有点记不清你的模样了，真的，我很想回忆起来，却越想越淡。"

李元亨叹息一声，"这不怪你，你经历太多了，也许过一段时间，会好起来的，你记起我的模样来的时候，一定要找我，好吗？"

郑小燕没有回答，她在想，还能记起来么？她知道自己可能已经回不到从前了，在那段时间里，她常常做噩梦，梦见自己从很高很高的地方摔了下来，几乎每天，除非她那天见过李元亨，否则晚上就一定会有噩梦，所以她依恋上李元亨，可是，这段时间，自从周国荣死后，她一次噩梦都没有做过。

"元亨，你知道第一次的时候，为什么我会跳下去吗？"

CHAPTER NINE 李元亨的闷棍

"为什么?"

"因为你是罗贞的丈夫。"

李元亨吃了一惊,转过身来看着她,"就是因为这个?"

郑小燕叹了口气,"我想是的。"

"不可能。"李元亨不敢相信,这对他可是个重大的打击。

"元亨,你听我说一件事好吗?"

李元亨望着她。

"有一天,那时候还没和你在一起,我突然收到一条不知名的短信,让我一小时后去国荣的诊所,我不知道发生什么事了,短信还说关系到我未来的幸福,于是我也没有给国荣打电话,就去了。

"我匆匆赶到周国荣诊所,突然,天色变了,下起了倾盆大雨,我匆匆跑上诊所台阶,刚敲第一下门,发现门是开着的,于是我走了进去。

"护士们早已下班,走廊里黑灯瞎火,我直接往国荣办公室走过去,刚到门口,就听到里面有女人的尖叫呻吟声,非常夸张,仿佛故意要宣示她的痛快淋漓。

"我的脑子霎时一片空白,这种声音我知道意味着什么。这是我无法接受的现实,我最信任的男人此刻正在一门之隔的地方背叛我。

"我不知道应不应该推门去撞破这一切,我感觉一切都无意义了,想转身离去,突然又一声叫喊响起——'国荣,国荣……'这个声音非常熟悉,我停下了脚步,想不起来是谁的声音,但是一定认识这个声音和声音的主人。

"这种好奇心引起的欲望勾起了我更大的怒火,我不顾一切折身回来,一把推开办公室的门。

"我看见了,两具肉体中的一个,我想知道的真相——那个人是王笑笑。

"另外一具浮肿的身体我根本毫无兴趣观赏,我得到了想要的答案,于是转身跑出去,扑入黑夜中的茫茫暴雨中。

"我在马路上狂奔了很久,也不知道跑到了什么地方,累了,看到一个电话亭,于是钻进去避雨。那时候的我头脑是空白的,这个世界最真实的就是身边这场淋漓尽致的大雨。

"我分不清脸上湿淋淋的是眼泪还是雨水,总之,我感到口干,身体要虚脱一般。我摸了摸口袋,手机忘在了车上,但是还有零钱,于是我从电话亭里给罗贞打电话,这时候,我能想得起来的人只有罗贞,除此之外,我再没有一个可以信任的人,或者是值得信任的人。

"电话通了很久,突然响起来罗贞拿起电话的声音:'喂,谁?'

"我冻得有点哆嗦着说:'是我,小燕。'

"罗贞在那头气喘吁吁,听说是我,便放肆地大笑起来说:'你可真会挑时间打来,哎哟——小燕,功课紧张复习中,回头我打给你,拜拜。'她匆匆挂掉了,丢下暴雨中电话亭里的我呆呆看着话筒。

"那一刻,我恨上了罗贞,甚至超过对王笑笑的恨。"

听完郑小燕的细诉,李元亨目瞪口呆,他记得那个电话,当时自己正趴在罗贞身上,由于这个电话,让他兴致全无,后面也就草草了事,罗贞有些不满,也无可奈何,马上抓起电话想找郑小燕控诉一番,手机怎么响也没有人接,再打回刚才的来电,也是无人接听,她以为小燕闹情绪了,也没在意,不过这事情很快就忘得一干二净了,他没有想到,当时的郑小燕竟然经历着这么大的一件事情。

"对不起,小燕。"李元亨伸手将她紧紧拥入怀里。郑小燕也紧紧抱着他的腰,她想起了那个晚上,身上忽然感到冰冷,仿佛那场大雨又淋了下来。

"你爱我么?"缩在李元亨怀里的郑小燕喃喃地问。

"小燕,你忘了我们当初可约定过,谁要先说出爱的字眼,这个游戏就立即结束。"李元亨半笑半认真地说。

郑小燕将脸抬起来,深深望着他,"元亨,我们还只是一场游戏么?"

李元亨收起笑脸,在她唇上轻吻了一下,说:"不是说人生如戏吗?"

"那什么时候结束游戏呢?"

"那只有等人生结束的时候了,小燕,别想太多了,放心吧,事情总会过去的,我离不开你,抱着你的时候,我就特别舒服和满足,这是真的,我愿意一直抱下去。"李元亨动情地说。

"真的吗?那你就一直抱着我,不可以放手。"

"嗯,我不放手。"李元亨闭上眼睛,尽情感受着从怀里散发出来的那阵熟悉且让他陶醉的女人香,这是郑小燕身上特有的香味。

第十集
CHAPTER TEN
遗嘱里的新思路

1

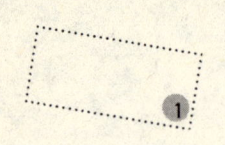

王笑笑在凌晨时分才勉强睡着，好像才刚刚合上眼，就被一阵急促的敲门声吵醒，她从猫眼里见是李元亨，便开了门。

"元亨，你办事真有效率，给我送钱来了吗？"

李元亨冷笑一声，自己找了个椅子坐下，打量着这间凌乱得不成样子的小公寓，不禁又心生怜悯，心想周国荣也真不是东西，这些年根本没有好好照顾到她。相比起郑小燕住独栋小楼，生了孩子享天伦，有保姆照顾生活，而这位被打入黑暗的二夫人却真的是居住在暗无天日之中。

"笑笑，小燕让我问你，假如你并不信守承诺，不签保险转让合约，她有什么保障可言呢？"李元亨不愿废话，直截了当。

王笑笑愣了一下，竟然仰头笑起来，有些得意又可笑地说："真亏你们把这个能当成了个事来讨论，这还不简单么？我们一起当律师的面，先签一份合约，然后让律师保管，而你的证券套现后，也交给律师，由律师交给我就行了，合约的执行也有律师给你们保证，还有什么不放心的么？"

李元亨一脸惭愧，亏他聪明一世，这么简单的逻辑竟然不如女人。本来想着趁此难题来拖延时间，尝试说服王笑笑改变想法，大家落个皆大欢喜，没想到屁股还没坐热就败个落花流水狼狈不堪。

"还有什么问题么？"王笑笑打着呵欠，眯着眼睛看着李元亨，她突然闪过一个坏坏的念头，如果不是有那个烦心事，李元亨会对她这副衣衫不整的样子起色意？这个念头让她非常不自在，她很想知道，除了周国荣之外，在其他男人眼里，她和郑小燕到底谁更有吸引力？

"元亨，你要喝点什么吗？你是第一次上我家来吧。"王笑笑一边问着，却是走到门边将门关上，还特意落了内锁。

李元亨根本没有注意她的举动，他全部精力都在思索着如何找个话题来软化一下她，在李元亨的人生经验里，女人终归心软耳根软，既然来了，何不尝试努力。

CHAPTER TEN 遗嘱里的新思路

"笑笑，其实，你还很年轻，如果你到另外一个地方去，也许是件好事，你这么漂亮，说不定会遇上真正属于你的男人，过上幸福的生活，一年时间也不长，要不我先给你一些钱，你到别的地方住着，一年后回来取你的保险金，你看这样好吗……"李元亨说完抬起头来，没有看到王笑笑，转过脸去看身后，突然眼睛一直，身体竟僵硬起来。

王笑笑就在他身后站着，不知什么时候，睡袍已经落在脚边，赤裸着身子，雪白的肌肤一览无遗，正呆呆地望着他。

"这……笑笑，你这是干什么？"李元亨马上将脸别到一边去。

"你不是说我还很漂亮么？为什么不敢看我？你看啊，元亨，告诉我，我有郑小燕漂亮么？"王笑笑问。

"笑笑，快把衣服穿上。"李元亨几乎是命令道。

"你为什么不敢看我？还是不愿意看我？是不是我很丑，没有郑小燕漂亮，你不想看？是不是？"王笑笑越说越火，非但没有听话穿衣服，竟然一脚迈过来，站到他面前，抓起他的手往自己胸前一按，"你摸啊，我的身子软么？男人会喜欢么？"

李元亨猛地抽出手，看也不再看她，转身往外走，他不知道门被反锁，扯了几下扯不开，手忙脚乱去拔那锁头，好不容易搞开了，夺门落荒而逃，身后传来王笑笑凄厉的笑声。

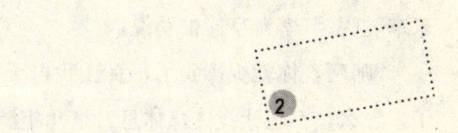

②

李元亨落荒回到公司，气喘未定，就听秘书报告说，董事长来了，在办公室等他。

他匆匆走进罗仁礼办公室，"爸，你怎么过来了？也没先打电话告诉我。"

罗仁礼关切地看着他，问："元亨，你好像脸色不太好，要注意休息哦。"

"我没事,最近葡萄园工人招不够,积压了许多葡萄,快烂掉了,有点急。"李元亨说。

"慢慢来,有些事急也急不得,要学会分摊点压力和权力下去。"罗仁礼谆谆教导。

"爸,你过来还有其他事吧?"李元亨问,罗仁礼一般不是开董事会是极少来公司行走的,除非有些必要的事情。

"就是想和你交换点看法,我有一个设想。"罗仁礼不慌不忙地说。

"说吧,爸,其实你也可以打电话让我去家里谈啊,跑来跑去累着您老了。"

"我老了么?呵呵,我还准备做木匠呢。"

"呵呵,罗贞说了,我们正准备想要个小孩呢,罗贞说不要辜负了您老做的嫁妆,呵呵。"

罗仁礼听了既意外又开心,不禁笑得皱纹都多了几条,"呵呵,好啊好啊,我就盼着抱孙女了,要是孙子,我还要教他做木匠活,哈哈。"

李元亨赔着笑脸,等老头兴奋劲缓下来,便言归正传:"爸,你说事吧,有什么吩咐。"

"是这样的,元亨,我呢,这次是决定一退到底了,但临走之前,我还有一件大事想做。"

"爸,你怎么能就退了呢,你还硬朗着,而且,公司的大方向还要你老来掌舵呢。"李元亨连忙劝说。

"呵呵,你就少捧我了,真让我再干下去,我也不想干了,都干了一辈子,怎么,不想让我休息休息,享几年清福么?"

"那倒不是。"李元亨有些讪讪。

"我说的大事啊,是想把这罗氏酒业上市。"罗仁礼道出石破天惊的想法,李元亨也吃了一惊,这是他从没想过的事情。

"我有个老朋友,他是做酒店业的,三年前上的市,现在经营有些下滑,前一段时间与我聊起来,有意让我们收购他,借他的壳将我们的酒业推到股市上去,融一笔钱出来重新打造这家酒店,当然,也要继续扩大酒业经营,

CHAPTER TEN 遗嘱里的新思路

未来将整合这个链条,打造出一个拥有制造业和娱乐业的一体产业,你觉得怎么样啊?"罗仁礼仿佛在谈论一顿早餐般娓娓道来。

李元亨听得热血沸腾,大有摩拳擦掌的劲头,兴奋地说:"太好了,这可是可遇不可求的机会啊,酒店股盘子小,我们有非常大的短期扩张空间,再加上融资渠道的畅通快捷,爸,我有绝对的信心实现您老的宏图大业的。"

"好,"罗仁礼欣慰地点头,"我知道你行的,为了让此次并购顺利,一步到位,我将在谈判之前将个人股份重新分配,你这个总经理实习了这么多年,也应该进董事会了。"

李元亨诚惶诚恐,这可是他多年梦寐以求的一句话啊,虽然只在迟早之间,但是突然到来,还是让他有些惶惶,幸福总是这么突然。

"爸,谢谢你的信任。"李元亨感激涕零,无以言表,只好表心迹。

"嗯,这也是你努力的成果,股东们对你的工作成绩是非常满意的,到时你将兼任两边的总经理,当然,酒店方面你可以聘请专业的助手管理,你只是以控股人的姿态出现,我们会收购对方75%的股份,你将持有其中的25%,是第一大股东,罗贞持有20%,30%为罗氏酒业公司持股。并购之后,让她一个董事长的职挂着,你担任董事总经理……"

李元亨听得有些迷糊,罗老头呱哇了一圈,他隐隐听明白了,未来公司架构里,罗贞是绝对的主人,拥有罗氏酒业中罗仁礼的全部股份和酒店方面的第二股份,李元亨虽然获得了酒店的第一股东身份,但是酒店股份里另外的30%是罗氏酒业的公司持股,所以,罗贞还是第一大股东。

李元亨心里说不出是什么滋味,既喜又凉,喜的是不管怎么说,自己荣升董事之位,步入"资方"行列,凉的是老头子始终对自己这个外人放心不下,这个安排可谓用心良苦,不管是在罗氏酒业还是酒店业,他都无法摆脱罗贞的控制,没有罗贞的支持,他便一事无成,而要获得罗贞支持,方法只有一个,那就是获得罗贞欢心,得到罗贞的信任。

李元亨深深感受到了所谓姜还是老的辣,他知道罗仁礼说完这番话后一直在暗暗打量他的反应,因此他也不能露出任何多疑猜测的苗头。

"爸,一切听你的安排,不管酒业还是酒店业,只要有利于企业发展壮大的事情,我一定会全力以赴的。"

罗仁礼满意地笑了,他煞费苦心的安排其实既可以说是周密,也可以说是多此一举,如果李元亨与罗贞恩爱百年,那么,不管怎么安排,都是他两口子的共同股份,但是如果哪一天李元亨节外生枝,那么,这个安排的威力便足于震慑他,让他自己去削掉那横生出来的枝节。

送走老头子,李元亨感觉疲乏无力,虽然即将荣升董事之列,但"董事"这二字犹如飘浮眼前的肥皂泡,能不能抱进怀里还是未知之数。稍有不慎,可能就不是"董事"这个肥皂泡破裂的问题了,自己还能不能继续这个"劳方总经理"之位也是个问题。

王笑笑这个女人的疯劲看来不输郑小燕,怎么周国荣的女人都有一股骨子里的邪劲?他感到纳闷,偏偏又全让自己惹上了。

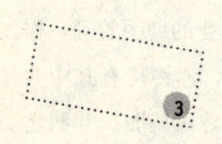

3

艾玛有两天没见傅强了,这天下了班,她也不打电话,直接到公安局刑警大队,整个办公室的人都告诉她,傅强回家了。

"你们少来这一套,他躲在哪?"艾玛气呼呼地说。这帮大男人平时威风凛凛,一脸正气,但是没少合谋蒙骗她。她当然知道傅强几天几夜不回家也是为了办案子,但是总不能豁了命去工作吧,人总得有个作息制度,她是心疼老公。

"嫂子,傅队今天真的回家了,现在案子不多,刚刚我们几个还抽离了小组,协办其他案子去了。"小王说得诚恳可信,艾玛也疑惑了,威胁他说:"小王,我要是回家不见他,马上就回来跟你没完。"

大伙善意地哄笑起来,傅强的藏族老婆是刀子嘴豆腐心,从来也没见她与别人怎么个没完。

艾玛回到家,刚进门,就闻到一股浓香的糊味,她急奔厨房,看到炉子上面的汤煲正在滚滚沸腾,溢出来的汤水流满了炉头,所幸并没有浇灭炉

156

CHAPTER TEN 遗嘱里的新思路

火,否则危险就大了。艾玛箭步冲上关了火,想去揭盖,却烫得跳了起来,忙找了块抹布包着打开盖子,探头一看,里面哪里还有汤水,几块骨头都烘得仿佛烤肉。

"傅强——你给我出来——"艾玛厉声大喊,怒气冲冲出厨房,把整个房子搜了个遍,却不见傅强影子,只见卧室椅子上有一堆发臭的换洗衣服扔在那里。

这时的傅强正在匆匆往龙山顶赶去,今天早早回家本来要给老婆一个惊喜,亲自弄一锅汤,没想到突然接到李岗的电话,在周国荣事故的同一地点,刚刚发生了一起相似事故,汽车刹车系统遭到人为破坏,所幸驾车人员没有往山下冲去,而是发现及时,聪明地选择了撞向山壁,汽车损毁,司机为女性,脑部受伤昏迷,已送往医院,李岗在伤者身上寻找身份证明时,看到有傅强的名片,于是马上通知他。

"伤者确定身份了吗?"傅强赶紧问。

"杨梅,你认识她么?"

"认识,我马上过来。"

傅强也通知了小章马上赶到现场来,他到达的时候,小章竟然比他早了一步,此时正在勘察汽车。

车头已经完全损毁,挡风玻璃没有碎开,只是被从里面的力量撞得裂成波纹状,车内安全气囊弹出,司机座椅也没有严重变形,可以看出,此车的安全系数较高,对车身的保护钢度极强,司机受伤原因是由于冲力使头部撞向挡风玻璃,身体其他地方应该无损。

"目测伤势如何?"傅强问。

"应该问题不大,至多是脑震荡,伤口都没裂开,好在她系了安全带,否则这样的冲力容易造成胸腔撞向方向盘,要断几根肋骨的。"李岗大致描述了一下所见。

小章粗略检查完后,向傅强报告:"傅队,情况与交警同事报告的基本一致,从胎印走向推测,杨梅有五十米的距离给她做出判断,因此她的确做出了最佳判断选择,好在她车速不快,手刹线也断了,估计是她发现刹车失灵时想用手刹制动,用力过猛所致,从最后二十米的胎印痕可以证实这一点，只是有一点很奇怪。"

"说。"

"作案者似乎有所保留，周国荣的车子是四轮制动全部失灵，油箱盖脱落，而杨梅的车子油箱盖没动，并且能有限减速，因为作案者不是直接剪断刹车线，而是破坏刹车碟，令到摩擦力降低，依我的感觉，作案者就是想制造一起车祸。"

"走，马上去医院。"傅强手一挥，小章立即往车边走去。

"等等，"李岗突然拉住傅强，小声问："我舅子怎么样？是个人才吧。"

傅强看看他，一副不明就里的表情问："舅子？谁是你舅子？回头再说。"

警车飞驰在去医院的路上，小章专心致志开着车，突然自言自语地说："杨梅去龙山顶干什么呢？"

"哼，直接原因我就不知道了，但我知道一个间接原因。"傅强突然说。

"什么间接原因？"小章奇怪地问。

"你，章雨，间接促使了杨梅的龙山顶之行。"傅强一字一句强调。

小章大惑不解，见傅强表情并不似玩笑，反而凝重严肃得很，心底却又不服，他想破脑袋也没办法将杨梅上龙山顶与自己联系起来。

"傅队，别兜圈子了，告诉我吧。"小章近乎哀求道，好奇心一上来，性格中的急躁显露无遗。

傅强微微一笑，一副洞察秋毫的样子说："小章同志，别怪我老说你们学院派怎么样怎么样，我教教你怎么透彻地调查一条线索吧，呵呵。"

"快说快说，急死我了，傅队。"

"急什么呢？"傅强漫不经心地说，"说你毛躁吧，你也不会承认，你姐夫既然将你交到我手上，我当然要好好观察你，你知道么，每当你有一个新鲜的推理出来，我都会放手让你去调查，可是你每调查一条线索，背后我都要重新跟一遍，补足你的漏洞，哪一天你心血来潮，放弃了这条线索，起码在我这里，我心里有分寸，不会迷失。"

"那……那……我的漏洞在哪？"小章一脸绯红，心里却不服气。

"你调查杨梅时，接触过张文远，是不是？并且你推理里的动机是遗产

CHAPTER TEN | 遗嘱里的新思路

纠纷,是不是?可是你忘了最重要的一条,张忠轩的遗产到底有多少,不可能只有一个公司吧,还有房子呢?股票呢?或者其他地方的产业呢?周国荣还有多份财产呢,何况这么大一个企业家。"

小章紧张得有些缓不过劲来了,傅强的话一针见血,他的确对这个问题忽略了,傅强一提起来,他竟然答不上来,整个人都在羞愧中。

傅强等了等,见他不说话,心里明白说到点子上了,于是趁风点火趁热打铁,借此机会给他上一堂课,再好的铁也需要锤炼方能成钢嘛。

"你和我说完杨梅背后遗产纠纷的事情后,我就去调查了张忠轩的遗产详细资料,你猜我发现了什么?"

"什么?"小章脱口而出。

"龙山顶竟然是张忠轩的产业,现在属于张文远所有。"傅强轻轻一点透。

"啊!?"小章惊讶得合不拢嘴,这么重要的一个线索竟然从他手里这就么忽略了过去,他此时恨得都没有活下去的勇气了。

"所以,我那时候就想,周国荣去龙山顶与这个张文远会不会也有点关系呢?"

"肯定有,"小章大喊,"他也可以成为嫌疑人了。"

傅强吃惊地看他,忍不住放声大笑起来,"哈哈哈,章雨啊章雨,我真服了你了。"

"服我什么?"小章莫名其妙看着狂笑的傅强。

"服你的脑袋瓜子啊,我看不比风扇差,转起来这车里可以不开空调了。"

"傅队,你取笑我,"小章有些不快了,他不过想弥补那个疏忽而已,"我说这话是有道理的,假设周国荣去龙山顶是与张文远会面的话,下山就出事,他张文远能脱得了干系么?"

"可是,在你的推理里,张文远可是受害者啊。"傅强表情夸张地提醒他。

"所以才有嫌疑嘛,张文远是在他父亲的突然死亡这件事情上成为受害者,而周国荣的死他就是受益者了。"

"哦？他得到什么好处了？"傅强继续考验着他。

"泄愤，你想想，他父亲突然死亡，让他失去了一半的家产，这种愤恨可谓痛彻心扉，他能就这么轻易认命吗？他肯定悄悄调查过，并且掌握了某些证据，使他知道了父亲突然死亡的真相，于是展开报复行动。"

"继续说，说全面一点。"傅强鼓励他说。

"他知道了是杨梅与周国荣合谋害死了父亲，但是他没有实质的证据，无法将二人绳之以法，所以用私刑来将他们处死，首先是周国荣，然后是杨梅，今天杨梅有一半机会跟随周国荣而去的，算她命大，两件事结合联想，张文远的嫌疑就更大了。不过，我不明白的是，傅队，你为什么说是我间接促使了杨梅上龙山顶呢？"

傅强乐呵呵地说："你刚才的推理，我前天就推演过了，你想想，假如张文远是凶手的话，你上次去找他问了一大通他父亲遗产的事情，他能不惊慌吗？所谓做贼心虚，他以为我们已经嗅到了他父亲死亡这条线索是调查周国荣案件的关键，这么调查下去，迟早有一天会查到他头上来，而这里面最关键的人物就是杨梅，他是一定要杀杨梅的，杨梅没有儿女，如果意外死亡，失去的财产还能够回来，但是这一年内都不能动手，为什么呢？如果周国荣和杨梅接连死亡的话，我们就更容易联想起来查到他头上了，所以他的计划是耐心地等待，让周国荣的案子消失在人们视线之后，才对杨梅下手，没想到你这一下打草惊了蛇，他乱了阵脚，只好将计划提前，一不做二不休，将杨梅也杀掉，但是又不想用周国荣的手法，因为这样一来目标就会暴露，所以稍微变换手法，处理得干净，来个高枕无忧。"

小章不住地点头叹服，姜果然还是老的辣啊。他由衷敬佩地说："傅队，还是你高，可是，你应该早点提醒我啊。"

"你不是还对我这个队长卖关子隐瞒调查么？我怎么提醒你啊，你都惊完蛇了才告诉我。"傅强狠狠反将了他一军。

"我错了还不行么，傅队，你的批评我全盘接受，晚上就做深刻自我检讨，力求以后全面提高自己，向实战派阵营靠拢。"小章嬉皮笑脸地说。

傅强没理会他，眼下杨梅已经临近了危险，这次侥幸逃过，凶手是不会轻易放手的，这种你死我亡的游戏一定会玩到最后才罢休，他现在想的是如

CHAPTER TEN 遗嘱里的新思路

何用好这个杨梅，逼凶手自动现形，送入罗网。

"傅队，如果凶手是张文远，那么，周国荣一定是事先感觉到了事情有暴露的危险，所以早早安排好了一份遗嘱，并且，他一定与杨梅密切磋商过对策，所以他们之间的通话这么频繁，而杨梅却从来没有向我们提过这一点，为什么呢？她不害怕么？"

"呵呵，她当然不会提，她更害怕我们知道她与周国荣合谋害死张忠轩的事情，她自己罪孽深重，明知道有杀身之祸，也只能寻找自救，怎么可能求助于我们呢？"

"这个女人，可恨可怜，这算不算是可怜之人必有可恨之处呢？"小章感慨道，突然眼睛一眨，望望沉默中的傅强，有些不好意思地说："傅队，你说我老有新鲜的推理，其实这话没错，我还保留了一个完全不同版本的推理没说出来呢，有兴趣多听一回废话么？"

"说吧。"傅强随便应了一下。

"好，那我可说了啊，其实按照我们学院派的课程里所学，有一种叫'回溯推理'的技巧，"小章一边偷看着他的反应，一边继续说，"意思就是从现场往回推，那么，死者通常有两种可能，自杀和他杀，我们一直在推理他杀，甚至没有往自杀方面想过，假如他是自杀呢？自己破坏刹车系统，他可以做得很从容，很有计划，从遗嘱的完善程度，并不是没有可能啊。"

刚想闭目养神的傅强睁开眼睛，问："那你为什么不去这方面查一查呢？"

"嘿嘿，"小章又不好意思起来，"动机太牵强，我想不出周国荣要自杀的原因，就算老婆出轨，情人紧逼，又或者是阴谋事败，总也不至于自杀吧。再说了，张忠轩死亡的直接原因是没有可疑的，并且已经盖棺定论，尸体早就烧了，只要他与杨梅一口否认，证据销毁干净，事实上也不会有什么证据。对一个有心脏病史的人，不必下毒，只要疏忽一下用药剂量，然后静待机会便可以，比如知道他今天要应酬喝酒，前两天的心脏病药换成维生素片，即使尸检也不会出问题。"

"果然是废话。"傅强没好气地说。

说话间，车子开进了医院大门。

先达医院的交通警察将二人引到观察病房，透过玻璃窗看到正静静躺在病床上的杨梅，双目紧闭，神态安详，额头缠了厚厚的洁白的纱布。

"情况怎么样？"傅强问。

"似乎不太乐观，表面伤口只是渗了些血，当时我们都以为不过是轻伤，但送院后伤者一直处于昏迷状态，医生怀疑有内出血，刚送去扫了CT，结果还没有出来。"

傅强想了想，交代说："一旦苏醒，请立即通知我，先不要让任何人探望打扰，只允许医院人员接触，迟一些市局有刑警人员会接替你们。"

交代完，他与小章离去。杨梅如果这么昏迷下去，给了凶手太多重新谋划的机会，对案情进展非常不利，他要回局里召集开会，商讨下一步行动，这次意外，促使了他决定化被动调查为主动出击。

第十一集
CHAPTER ELEVEN
另一种推理的陷阱

1

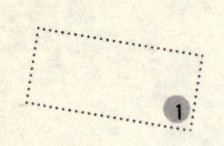

郑小燕去看了一趟女儿。朵朵想跟她回家,她说好,可后来又觉得还有些事情未了,所以拒绝了。这些天她睡得非常好,平静且无梦,这些年,她从来没有像现在这样,欣喜地迎接着每个孤独的夜晚来临。

李元亨中午给她发了一个短信,内容新奇又熟悉——"54,落雁平沙碧波扬"。这种格式她接收过53次,只是这一次相隔得太久,当她看到熟悉的格式出现时,仿佛有一根极细的鱼线将她一下子扯回那遥远的往事。然而这线太脆了,扯一下就断裂,手机上的文字碎成一片一片,飘飘扬扬地满天乱舞开去。

她想了想,给他回了一条消息——"我想回第一次去的地方。"

李元亨在一小时后驱车接到她,汽车上的音乐换成了B. B. KING,郑小燕觉得很有趣,一个老黑人在给他们欢歌送行,忽然又觉得是李元亨的用心良苦,B. B. KING的歌声仿佛让人置身于美洲西部偏远小镇黄昏里的一间酒吧,荒凉陌生,木制老房子内,马灯摇曳,斑驳的人影陆离在黑褐的墙上,一对途经的男女在墙角相对举杯而笑,旁边站着怀抱吉他的老黑人在低吟浅唱,苍凉的歌声将远古非洲大地的星空洒遍在酒吧的每一个角落……

车子稳稳当当停在第一次停车的地方,郑小燕没有等李元亨过来给她开车门,便自己推门下车,登上旁边的木制阶梯,上二楼,经过大厅,穿出后门——还是那个游泳池,依旧波光粼粼,她慢慢走过去,站到最边沿,脚尖悬空在水面上。

李元亨静静站在她身后,注视着她的背影。

"元亨。"郑小燕叫了一声,她知道他就站在身后。

"嗯。"李元亨应了一声走近来。

"你知道我为什么要回这里吗?"

李元亨没有回答,他想过这个问题,也给了自己一个猜测的答案:经历了这些日子,她的生活仿佛被打散又零碎组合,虽然拼凑得不完整,但是她

CHAPTER ELEVEN 另一种推理的陷阱

希望生活中美好的事情回来,对她来说,最美好的莫过于与自己在一起的时光,所以,她想从起点的地方再来一次。

"其实,"郑小燕幽幽地说,"我是想知道,当我再次面临这个池子的时候,我还会不会跳下去。"

李元亨被她的话感染,心里涌起一些劫后重生的悲凉意,柔声说:"跳下去吧,当你再上来的时候,你又是一个完美快乐的你了。"

郑小燕摇摇头,叹息一声,"不,刚才在我第一眼看到这水面时,我就知道,我跳不下去了。"

"为什么?"

"因为,你没有说,下面有等待我去捡的东西。"

"现在说会太迟吗?"

"不是迟早的问题,元亨,是因为我不相信了。"郑小燕转过脸来,深深地望着他,李元亨觉得她的眼睛好深奥,那里面绝对不是哲理,而是鬼气,森森渺渺,毫无生气。

"小燕,"李元亨有些后背发凉,"我——我们进屋吧,或者——你——可以洗桑拿。"

"我们分手吧,如果你需要,我陪你最后一次。"李元亨听着这句话,看着这双眼睛,那里面的最后一丝人气也消失了。

"那么,小燕,我——我们——回去吧。"李元亨垂头丧气,他不是荒野破庙的苦读书生,这种鬼凉之气下,他无法进入状态。

"对不起,元亨。"郑小燕低垂下眼睑,轻轻地说。

"没关系,小燕,也许回到家里,你会好一些,我——我车上还带了一瓶红酒,是今年葡萄园的头酒,只出了六十瓶,我给你带了一瓶……"他想找些话题让自己摆脱出来,尽量地眉飞色舞,可是,他感觉自己更像一个垂死挣扎的露宿者。

汽车又重新回到了海滨高速路上,老黑人还在声嘶力竭地撒播他的非洲星星,而李元亨再也回不去那木屋了,他极其懊丧,为自己丢掉的那句台词。

李元亨绝不会想到,旁边的郑小燕又回到了荒凉西部的那间酒吧里去了,只是她对面没有男人,也没有红酒,她深情地看着老黑人,陶醉且迷离。

郑小燕觉得，她再也走不出这间木屋酒吧了。

李元亨要送她进屋，郑小燕想拒绝，看到他眼睛里的渴望，她心里一软。

李元亨低头默默跟着她的步子，插在裤兜里的手紧紧捏着那张纸，计划中水到渠成的事情如今变得那么艰难。如果他们在海边别墅里颠鸾倒凤之后，他会温柔地将授权书拿出来，告诉她，王笑笑已经在刘子强办公室签完了保险赔偿金的转赠书，而他，也将证券财产全部套现了，一共是两百二十一万，只要她签个授权书，刘子强律师会监督代理转户事宜，从此，所有麻烦事情都解决了，他们的美好人生可以重温，可以继续，只需要一年，还能得到更多的钱。

而现在情况变了，没有什么需要重温和继续的了，一切计划都被打乱，他找不到更合适的机会和措辞来拿出授权书。

"等等，"李元亨突然想起来说，"忘了红酒，我去取。"

郑小燕想说算了，可是他已跑远，动作迅速如猎豹。

李元亨气喘吁吁跑回来时，郑小燕已进了屋，他推开虚掩的门进去，喊了两声没有回应，于是小心关好门，他想小燕是上楼换衣服了，于是他自己去厨房找酒杯冰块。李元亨见冰块不少，找了找竟然找到冰桶，于是将冰块倒入桶内，将酒冰了进去，摆到桌上，两边放好杯子。看了看觉得桌布歪了，于是将刚才摆好的冰桶和杯子挪开，拉正桌布，一会又觉得少了点什么，返回厨房窗台将水果连篮子端出来摆到桌子中央……

不知什么时候，换好大罩袍的郑小燕出现在楼梯口，她默默站着，看着李元亨殷勤地跑出跑进，心里有些酸酸的。

李元亨好容易弄得心满意足时，一抬头，突然看到了楼梯口的郑小燕，局促地搓着手说："咱——喝一杯？"

郑小燕点点头，步下楼来，她没有坐下，而是站在他面前，很认真地看着他，说不清楚是无奈还是不忍，问："元亨，你觉得你爱上过我么？"

李元亨突然有点冲动，想重重地点头，但是他的脖子却变得无比沉重，动也动不了。

"如果现在要你离婚，娶我，你会么？"

CHAPTER ELEVEN 另一种推理的陷阱

李元亨没办法回答，这个郑小燕知道的，可是她觉得不够，她还要追打下去，虽然她已经心软了，李元亨此刻就像一条落水哀鸣的狗，她想溺死他，"如果你敢，那么，你还惧怕王笑笑和那些照片么？如果你不敢，王笑笑和那些照片就是套在你脖子上的死结之索，如果你敢爱我，那些照片是我们最美好的记录，你给我的那几张，我会珍藏起来，即使我完全忘记了你的模样，但是我不会忘记那种美好的感觉，哪怕是偷来的感觉，你明白吗？"

不明白，李元亨怎么会明白，如果他明白，他今天就不会出现在这里，这本来是他不应该面对的质问，但现在他在面对，他脸色煞白，心跳无律，手脚冰凉，他在心里狂呼自问，我爱她吗？爱是什么？爱是死结之索，是的，如果他敢爱，他的心里也拥有了爱，那才是他的死结之索。

"小燕，别再说了。"李元亨绝望地呜咽一声。

"元亨，我会成全你的，为了你，为了罗贞，还为了那些美好的照片，我怎么会不成全你呢？这也是成全我自己。"郑小燕仿佛在自言自语。在李元亨听来，无比羞愧，但他能说什么呢？他的任何语言都苍白无意义。

"那么，元亨，你把授权书给我吧，我会签字的。"最后，郑小燕说。

"你，你知道了？"李元亨惊讶地看着她。

"是的，你中午给我电话的时候，我就已经知道了，是刘律师打了电话给我。"郑小燕平静地说，她毫无表情甚至还有些温情脉脉的脸，在李元亨眼里看来，充满了对他的无比鄙夷和嘲弄。

郑小燕其实是在从海边回来的车上决定签这个授权书的，她觉得，只有签了它，她才可以永远停留在那间陌生荒凉的旅途小酒吧里。

❷

周国荣专案小组的会议刚开始，突然有人进来报告，说一楼报案接待处来了一位投案者，点名要见章雨。

所有人都奇怪地看看章雨，他不过是借调来的小交警，时间不足一月，竟然有投案者点名找他。小章自己都感觉不好意思了，问："他叫什么名字？"

"张文远。"

傅强和小章交换了一下眼神，小章马上说："立刻带到审讯室。"

傅强看了看大家，"会议推后，老刘和小王去医院接管监护杨梅的工作，其他人接着干手头的工作。"

张文远显得神色焕散，头发也比和小章上次见面凌乱了不少，坐在审讯室里，如同斗败的公鸡。

傅强与小章在桌子另一边坐下来，小章很友好地首先发问："张先生，你投什么案呢？"

傅强是第一次见张文远，觉得此人比想象中的形象要好一些，起码浓眉大眼，方脸直鼻，刚阳气十足，看不出一点纨绔子弟之气，也比常见的暴发户要显得贵族多了。

"章警官，我错了，杨梅的汽车是我叫人整的，如果她死了，我愿意伏法。"张文远一副敢作敢当的神情。

"慢慢说，把今天的过程和我们详细说一遍。"小章按下录音，打开本子，有些要点他要随时备忘下来。

张文远重重地唉叹一声，咬咬牙，一边回忆一边道来……

自从小章与他见过面之后，他的心情再没平静下来，如此几天之后，他终于电话联系上杨梅，约见到龙山顶娱乐中心。杨梅很爽快地答应了他，并且也很准时地到达了。

杨梅推开他在龙山顶的办公室时，见到一脸铁青的张文远，其实她并不意外，自从公公死后，不过见了这位小叔几面，每次都是这般脸色。

"文远，你约见我有什么事？"杨梅笑嘻嘻地问。

张文远使劲抽着烟，杨梅的嬉笑表情让他怒火腾升，他不认为那是杨梅的涵养，而是看做胜利者的宽容，并且里面包含了对他这个失败者的嘲笑。

"文远，有话你就直说，我们是一家人，不必总是这么紧张。"杨梅是心

CHAPTER ELEVEN 另一种推理的陷阱

理学家，哪能看不出张文远的心思呢，所以换了个听起来比较诚恳的语气。

"那好，我就直说吧，"张文远将烟头掐熄，站了起来，瞪着杨梅，"我想购买你那三成股份，你开个价吧。"

"文远，你何必心急，你现在有这么多现金么？我不是说过嘛，如果我要出售股权，肯定是卖给你，我不会卖给其他股东的，这对不起爸。"杨梅的确曾经说过这样的话，那是在张忠轩葬礼之后的一次见面中。

"我现在就想买。"张文远瞪着血红的眼睛，咄咄逼人。

"现在我还没有考虑要卖呢。"杨梅也不卑不亢，温柔地反击。

"杨梅，"张文远不再称她为嫂子，直呼其名说，"你不要太过分，这三成股份本来就不应该是你的。"

"没错，它应该是你哥的。"杨梅微笑着说。

"可是我哥他死了。"张文远怒吼。

"但是我还活着，我是你嫂子。"杨梅平静地反击着，显然是有备而来。

"哼，你觉得你还是我嫂子么？你已经不是张家的人了，你随时可以嫁人改姓。"

"文远，我是不是张家人，不是你说了算的，不过我可以答应你，如果我再嫁人的一天，我一定会把股份卖回给你。"

"如果你漫天要价呢？"

"那如果我现在就漫天要价呢？"杨梅不假思索地说。

"这——"张文远语塞了，论口才，他怎么能与心理学专家相比，并且道理本来就不站在他那一边。

"文远，"杨梅不想气氛过于极端，口气马上缓和起来，语重心长地说，"虽然，你哥哥已经去世了，但我毕竟曾经是张家的儿媳妇。如果你真的可以将这个正业经营好，在适当的时候我自然会把股份交给你，但我想现在还不是时候。"

"够了，"张文远粗暴地打断她，这番话在他听来，无疑是世界上最刺耳的污辱，"我行不行，企业毁不毁，也是我张家人的事情，毁的是张家的企业，你操这份心干吗？你把股份给我，拿了你的钱，你爱干嘛干嘛，从此与张家无关。"

张文远的话说得够绝，杨梅却依然能微笑处之，她在来的路上其实早就打定了主意，对于这位小叔子，她只当是自己的一个病人，适当时候需要让病人发泄一下，有利于治疗的进行。

"文远，我该说的都说过了，我只希望你能冷静下来，在这几年里，让自己在一个有约束的环境中锻炼，如果你能在这种环境下表现出色，将爸的企业发展壮大，我还会死抱着这股份不放么？"

"你还要几年？"张文远脸都青了，"我告诉你杨梅，你别得意，警察已经找过我了，知道他们干吗找我吗？"刚说到这里，突然有个不知趣的员工敲门。

"什么事？"张文远大声喝道。

"张总，财务室有个电话找你，是税务局打来的。"服务员小妹在门外战战兢兢地说。

"知道了。"张文远看了一眼杨梅，想说什么，又停住，快步拉开门出去。

接完电话刚走出财务室，见两个保安经过，怒气正在头上的张文远突然头脑发热，叫住他们，吩咐说："去，外面有一辆白色宝马，车牌最后三个字是777的，把它的轮子给我拆了。"

两个保安面面相觑，然后一起立正敬礼，大声说："是。"俩人一脸喜色小跑出去，这可是难得的恭维老板的机会。

回到办公室，杨梅依然坐在原地，神色怡然，张文远从鼻子里哼了一声，心想，一会儿叫你走路下山，这地方可难碰上出租车。想到这里，他竟然为这个小孩式的恶作剧有些得意。

"文远，继续说吧，警察找你干吗了？"杨梅淡淡地问。

张文远光顾着暗喜恶作剧，经她一提醒，才想起来刚才的话题，他冷冷地看着杨梅，讽刺道："怎么，说到警察，你害怕了？"

"害怕？我害怕什么？"杨梅问。

"前几天有个小警察找我，问了许多你的事，他还很关心我爸的遗嘱和财产分配，这提醒了我，会不会是有人发现我爸的死因有可疑，要开始调查了。"张文远想到这才是今天的主要话题，他就是要来威胁杨梅的。

另一种推理的陷阱

"那么,爸的死因有可疑么?"杨梅冷冷地问。

"当然,我从警察的提问里听出了一个信息,让我反应过来了,他妈的,我怎么一直就没反应过来呢?"张文远极其愤怒。

"你反应过来什么了?"

"爸的死因啊,如果爸不死,那么,你根本不会有这三成的股份,爸为什么不立遗嘱啊,他就我一个儿子,立个屁啊,爸的本意就是要把财产全都归我的,现在呢?爸在恰当时候死了,你分到了一半,真是恰当啊。"张文远意味深长地看着杨梅。

"你到底想指什么?请把话说明白。"杨梅脸色阴沉下来。

"还用我说明白吗?连警察都想到了,你是爸死亡的最大受益者,所以,你有嫌疑!"

"我有什么嫌疑?"杨梅不再微笑,这种污水后果非常严重,她不能任由它泼过来。

"周国荣是你介绍给爸的,你可以勾结他,让爸在恰当的时间里突然死亡,本来爸身体挺好的,那些慢性病也不会让他这么快就死掉,我不知道你们用了什么手法,但你们的目的达到了,是不是?"张文远觉得自己的推理天衣无缝,眼睛既凌厉又得意地看着她,似乎要用眼神将她的衣服皮肤全部剥开,掏出她的心来检验黑白。

"张文远,我告诉你,如果你认为你说得是对的,那么,你可以去告发我,打多大的官司我都奉陪,你有这个胆量么?"杨梅坐不住了,站起来挑衅地迎战。

"我当然有胆量,呵呵,"看到杨梅站起来,他倒坐了下来,"不过,我没有证据,你的合谋人也死了,告你是没戏了,但是纸包不住火,说不定哪一天你露出了马脚,那可就……"这种欲言又止,相当的令人烦躁。

"那你就等着我露马脚吧,希望你能等到那一天。"杨梅没好气地说并且抓起包要走。

"等等,"张文远喊住她,"杨梅,如果你识趣,今天就把股份转让给我,咱们以后各走各路,我也不再难为你,爸反正人死不能复活,我也不追究了。"

杨梅听得浑身发抖，噔噔几步走到他面前，指着他的鼻子说："你这个王八蛋，如果爸真的是我害死的，他在地下听你对着仇人这么说话，会被你气得活过来的"

杨梅头也不回摔门而去。张文远怔怔地愣着，他没想到自以为毒辣的一招竟然毫不管用，气得鼻子也歪了，跑出露台，本想对着走进停车场的杨梅追骂几句，却不知应该骂些什么，直到看着杨梅发动汽车，一溜烟下山才转过神来。

"保安！保安——"张文远一边大喊一边跑着下楼，刚才那两个保安早就候在大门口，见到老板下来喊着他们，马上上前点头哈腰邀功："张总，你放心，我们拆了她的刹车碟，半路撞死她。"

"什么？谁让你们拆刹车碟的？会死人的，操。"张文远吓了一跳，一脚踢走保安，回到办公室来，心里又气又怕，闷坐着抽烟。后来他想到，假如杨梅真的被撞死了，那股份岂不一分不花转回到他名下？想到这里他掠过一丝喜色，不过一想到人命关天，又隐隐后怕，希望不要出事的好。

待了一会儿，他越发心神不宁起来，一时盼着杨梅车祸死掉，与他哥一样，一会儿又暗暗祈祷不要出事好了，警察查起来汽车被破坏了，毫不费劲就可以找到自己啊。想到这里不禁大汗淋漓。他再也待不住了，开了车下山去，一路上心里忐忑不安，没想到没走多远，就看到前面停着警车和一大堆警察，而撞向一边的车子正是杨梅的那部，他心惊手凉地慢慢随着车流经过时，竟然看到了那位找过他的章警察，心里暗叫，完了完了，车祸的话，应该只有交通警察，怎么刑警也来了，肯定是发现了汽车被破坏的问题。

如此焦虑不安了几个小时，张文远再也受不了心理折磨了，决定投案自首。

傅强与小章听完，小章看着一脸惊惶的张文远说："张先生，告诉你吧，杨梅没有死，只是脑部受了伤，也不严重，刚才医院的同事打了电话来，CT没有显示脑部出血，只是还要留院观察一晚，明天即可出院，曾经一度昏迷可能与惊吓过度有关，不过，你是属于故意伤害罪，假如杨梅要起诉你的话，你是要坐牢的，既然你本意并非造成伤害，也能主动投案，我们可以考虑酌情解决，你可以先回去，但要让那两个保安来报到一下。"

CHAPTER ELEVEN 另一种推理的陷阱

"等等,"傅强叫道,"张先生,我想问你一个问题。"

"请说。"

"按你的说法,你父亲的财产是你与杨梅两人均分的,是不是?"

"是的。"

"那么,为什么龙山顶娱乐中心没有杨梅的一份呢?你爸住的那幢大房子也值几百万吧,是谁的名字呢?"

"警官先生,其实我爸那房子早就转到我儿子名下,是作为我儿子出生的贺礼,我爸除此之外,也没有其他产业了,忠轩建筑是最大一块,龙山顶的确分给了我,但是杨梅也得到了另一份。"

"那一份是什么?"

"黄金。"

"有多少?"

"大概价值30万美金,托存在银行金库里,她要了那份,放弃了娱乐中心。"

"她为什么会选择黄金呢?据我所知,娱乐中心价值一千多万啊。"

"这是她自己主动要求的,可能她并不想沾上娱乐产业,这些理论家表面都很清高的,不过骨子里干啥伤天害理的事情就不得而知了。"

"行,那没事了,"傅强站起来,对小章说,"你去办理张先生的事,我要回家一趟,明天早上我们在医院碰头。"

3

走出公安局大门,晚风迎面一吹,傅强顿觉神清气爽,虽然现在已近深夜,他却是一丝困意也没有。艾玛一晚上都没有打电话过来问罪,肯定还在生气中,这时候,他突然想起,自己走的时候好像没有关掉厨房里的汤,到底关了没有,他怎么想也想不起来了,如果没关的话,汤溢出来浇灭了炉火，煤气泄漏，艾玛回到家里一开灯……

想到这里，傅强激灵了一下，顿时紧张起来，脑子里出现的不再是艾玛凶神恶煞的表情了，而是一个活蹦乱跳的火人儿。

不好，傅强跳上车，干脆将警笛挂出，一路狂奔回家。

当他站在楼下仰望着安静得有些孤寂的大楼时，心里总算落下了大石头，想自己肯定记得关了炉火，他傅强一向谨慎细心的嘛，怎么会忘了关炉火呢。想着想着竟咭咭笑起来，旁边经过的人看他在仰头发笑，以为这栋楼上有什么新鲜事，跟着仰面看了许久，没找到新鲜事，嘟囔了声"神经病"便走了。

他吹着口哨上楼，掏出钥匙，却怎么也拧不开锁，捣鼓了半天，还仔细看清楚了门牌，没错，就是自己家，难道门锁坏了，不对，最大可能是艾玛反锁了，她是故意的。

傅强当然不会砸门，他太了解艾玛了，任你怎么砸也吵不醒她的，因为她根本就没睡着，就算睡着了，刚才自己捣鼓门锁时也吵醒她了。

他在门边就地坐了下来，掏出手机，当然不是给家里打电话，而是一条一条地发信息，信息的内容他早已储存了几十条在"草稿箱"里，只要隔一分钟发一条，发完重头再来，一般不出半小时，门就会自动打开。

傅强总是有办法，虽然每次也就是这个办法，但对付女人嘛，办法不需要多，只要是一次有用的，那就次次都会见效。

这几十条短信的内容虽然大同小异，但形式却如同百花齐放，每一条都文采斐然，核心思想便是要传达两个信息：老婆我爱你，老婆我错了。

半小时后，门上传来啪答一声，便没了动静，傅强得意地站起来，推门进去，里面漆黑黑的，他看到艾玛的身影站在窗前，便走过去，从后面轻轻抱住她。

"去洗澡，臭死了。"艾玛下达命令。

"Yes，sir。"傅强屁颠屁颠地小跑进卫生间。

CHAPTER ELEVEN 另一种推理的陷阱

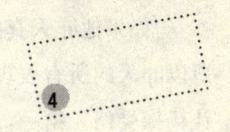

4

第二天一大早，小章便来到了傅强家楼下给他打电话。傅强问他怎么不直接去医院，他说车坏了，顺路经过他家就来搭顺风车。

傅强一脸疑惑地看看他，问："车坏了？你是有什么事要和我说吧。"

小章高兴起来，奉承道："实战派领袖就是不同啊，一眼观天，二眼观心，我就说蒙不了你吧。"

"什么事？"

"姐夫让我把这个给你，"小章从怀里掏出一个文件袋子，递过去，"我的档案。"

"给我干吗？"

"你不是答应我姐夫要帮我办调职么？昨晚我姐夫来我家了，留下了这个。"

"第一，档案不是给我，是交人事科；第二，你姐不是和李岗离婚了么？姐夫姐夫地叫，不怕你姐抽你？"

"哈哈，我妈早上刚通知我一个消息，他们复婚了，前天的事儿。"小章乐呵呵地说。

"真没谱。"傅强将车钥匙扔给小章，打开车门进去。

"小章，你觉得张文远可信么？"傅强问道。

"可信，他干吗骗我们嘛，何况我们马上可以从杨梅那里证实的。"

"我不是指他描述的事情经过，我是指他这个人。"

"你觉得他有什么问题么？"小章说着脑子也活络起来。

"想想，假如他是周国荣案子凶手的话，你会怎么看待他昨天的表现。"傅强出了一个题，这可作为他对小章正式调职前的最后一次考试了。

"假设……嗯……假设他是凶手，那么，他还是不想杀杨梅，这个……没错，对了。"小章仿佛突然捡了个宝，兴奋地拍了一下方向盘。

"什么对了？"

"如果他昨天真的杀死杨梅,他也就真的暴露自己是杀周国荣的凶手了,所以昨天的所有表现,都是他精心设计来给自己洗脱干系的,笨拙而意外地让杨梅受伤。第一,让我们觉得他与周国荣案子毫无关系,第二可以对杨梅敲山震虎,反正杨梅也不敢揭露他,但是,他迟早还是会对杨梅动手的,只不过不是现在,看来我对他的打草惊蛇让他想得太多了,他认为我们在怀疑他,如果他一直不做点什么,我们对他的怀疑就不会解除,慢慢调查下去,总有一天会查出来的,干脆来这么一招,看似冒险,实则表明了他并不会杀人,连杨梅这个直接的仇人都不杀,何况杀周国荣呢,呵呵,我明白了,他选择先杀周国荣,后杀杨梅,这个顺序也是有深意的,如果先杀的是杨梅,我们老早就怀疑到他头上了,这个家伙真是阴险啊。"

"阴险不阴险也还不一定,如果他不是凶手,那么昨天的表现也很正常嘛,我让你推理一下,是说有这样一个可能性,并不是要让你下结论。"傅强对小章最后一次考试的成绩非常满意,他觉得自己没有看走眼,假以时日,小章会是个好刑警。

"傅队,我们对张文远或者杨梅的怀疑,其实都是建立在杨梅与周国荣合谋弄死张忠轩的基础上的。如果他们根本就没有合谋过,张忠轩也确实是突发死亡,那么这些推理岂不都变得毫无根据了吗?"小章思路打开,便如滔滔江水连绵不绝。

傅强赞同小章的话,他正在考虑这个问题,主要是考虑一会儿对杨梅的谈话技巧,与这个女人打了几次交道,除了增长了一些心理学知识,几乎毫无进展,这个绵里藏针的女人非常不简单,有思想有头脑,冷静缜密,身上还有一股春风扑面的气质。

两人下车,快步往医院大门走去,这时,小章的电话响了,他听完马上叫住傅强。

"傅队,有进展了,真是及时啊。"

"什么事?"

"我前两天让小三去杨梅家周边的所有洗衣店调查,刚刚小三来电话,让杨梅前天送去洗涤的衣服里就有那件绿色套装,并且裙子左侧破了一小块,与我们在周国荣诊所后边铁栏上找到的证物吻合,可以证实,杨梅就是

CHAPTER ELEVEN 另一种推理的陷阱

潜入诊所的盗贼。"

傅强皱着眉头想了一会儿，说："今天会有好戏上演了，走吧。"

杨梅头上没再扎绷带，换成了一块四方棉纱贴。她早上起来被告知要等傅强来了之后才可以出院，虽有些不快，却也无可奈何，所以见到傅强的第一句便是："傅队长，可以解除对我的软禁么？"

"杨老师，对不起，对不起，我们并非软禁，而是保护，希望你理解。"傅强赔着笑脸说。

"有区别吗？这是限制人身自由，那么，我现在可以出院了么？"

"当然，随时可以，不过，我想占用你一点时间，询问一些关于昨天车祸的情况。"

"要不，一起上我办公室聊吧，我不能在这里待太久，研究室随时有事情会需要我，并且，我有些东西想让你们看的。"

"没问题，那我们一起走吧，出院手续我已经让同事去办了。"

第十二集
CHAPTER TWELVE
周国荣的秘密

1

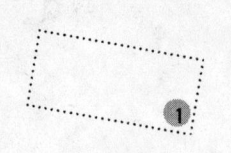

又坐到杨梅宽大别致的办公室里，但每次上来的心情都有所不同，而这次尤其让小章兴奋。

傅强心事重重，小三的调查结果让他反而对自己之前的一些推理不清晰起来，最主要的是，证实了杨梅是潜入诊所之人，但是诊所到底失窃了什么，他们还一无所知。在这么被动的情况下，如果当面提起来，又是面对杨梅这样的人，会不会反而让自己乱了阵脚，显得调查草率，能力不足呢？

杨梅忙碌地上下交待一番，推迟了几个预约，终于回到办公室来，面带歉意地说："不好意思，让你们久等了。"

"没关系，杨老师，那么我们就开始吧。"小章说。

"请问吧。"

"好的，昨天你被送到医院之后，我们对你的汽车做了检查，发现制动系统被人为破坏，导致不能有效刹车，所幸你应急措施正确，避免了更大的事故，那么，请问，你昨天为什么会去龙山顶？与谁接触过？你知道是谁破坏了你的车子吗？"小章按本子上列好的问题一条条提出来。

杨梅低下头思考了一会儿，说："我去龙山顶是应约见张文远，就是我小叔子，我也只和他接触过，至于是谁破坏了我的车子，我没见到，也不清楚。"

小章微笑一下，继续问："你们的谈话内容可以透露么？据说你们曾发生争执，你离开的时候是非常不愉快的，你觉得破坏你车子的人有可能是张文远么？"

"他约见我是想让我将忠轩公司的三成股份转卖给他，我拒绝了，因此不愉快，不过，我和他一直待在一起，他应该没有时间去破坏我的车子。"

杨梅的回答非常得体，滴水不漏，小章倒是不太明白，她好像有意维护张文远。以她的智商应该能想到，这种维护是没用的，他们很容易就能调查出来。但是谈话还是得顺着话头继续下去。

"杨老师，你是否知道，张文远有可能要谋害于你？"

CHAPTER TWELVE 周国荣的秘密

"不知道,为什么呢?"杨梅露出疑惑的表情。

"他觉得如果你死了,股份自然就回到他手上,并且不花一分钱,这个理由充分么?"

"不充分,因为我很了解他,文远虽然性格粗鲁,脾气暴躁,但是人品不差,胆子也小,杀人放火的事,我估计他不敢,再者说,他有心要用这种方法夺得股份的话,何必三番五次提出要购买我手里的股份呢?"杨梅微笑着回答,并且理由十分让人信服。

"那么,我可以告诉你,破坏你汽车的人正是张文远,是他指使保安做的,昨天晚上在你出事三个小时后,他投案自首了,如果你打算控告他,他会获罪入狱。"小章不得不抛出真话。他与杨梅的交锋有些招架不住。

杨梅露出惊讶神色,说:"真是他干的?我估计他是一时在气头上才吩咐保安的吧,如果他真的要我死,不至于用如此拙劣的手段,事后还吓得去自首,这点我不奇怪,我说了他胆子小嘛。"

"那么,你知道他为什么会三番五次要求购买股份遭到你拒绝之后,还再一次找你提出要求么?"

杨梅笑了,笑得很自然,傅强在一旁认真观察也没看出破绽,杨梅笑着说:"他自首的时候没有跟你们说吗?他很有想象力,竟然认为我与周医生合谋害死了我公公,事实上,我公公是死于心肌梗塞的,可是他认为我是受益人,本来不应该得到遗产,由此推断是我与别人合谋害死了我公公。"

"我们还想知道一个你可以拒绝回答的问题,你公公的遗产里,为什么你放弃了更大的一笔,就是龙山顶娱乐中心的股份,而选择了价值大大小于它的黄金呢?"小章看着本子上已经没有问题了,只好拿起这个来问。

杨梅依然微笑着说:"我不会拒绝你们的任何问题,呵呵,这个问题很简单,我坚持持有忠轩建筑的股份,是因为我还不放心完全交给文远,他还不够成熟,等时机成熟,他不找我,我也会将股份给他,而娱乐中心的事业不是张家的主营事业,我对此不感兴趣,我要求黄金是因为我需要一些现金,我计划这一两年移居国外做研究工作,我丈夫已经不在世了,我也不想再留在国内,毕竟我从事的研究工作在国外会有更大的空间。"

傅强在听着他们的一问一答的时候,脑子却一直在琢磨刚才的问题,如何才能在诊所失窃案上找回主动权，如果没有主动权，他宁愿暂时将这个问题押后，不过现在看来不必了，他的脑子里刚刚闪过一个有些冒险的想法，他想从这个问题切入，之后再随机应变吧。

小章心里却是在琢磨另一种可能性，杨梅一再强调张文远不敢杀人，胆子小，会不会正是她心虚的表现，怕因此真的牵出她担心的事情来？她和张文远一样，都不希望有警察介入，最好自己解决。既然话说到了这一步，干脆将假设猜测之类的也扔出去，"杨老师，我觉得既然张文远认定了你和周国荣有可能合谋害死他父亲，会不会因此怀恨在心，要实施对你们的报复行为，首先他制造了车祸杀死周国荣，然后再伺机对你下手？因为周国荣发生车祸的地点与你车祸地点相近，并且手法相似，还都是从龙山顶下来。"

杨梅一怔，深思半天，有点吃惊地看着他们，说："你们怎么会认为周医生的死和文远有关呢？假如他要报复，应该是先找我啊，我才是最大受益人嘛，并且我死了对他还有好处，不是吗？"

傅强这时不再沉默，他觉得是时候转个话题了，决定冒险切入："杨老师，小章说的也不过是我们的一种假设，其实周国荣的案子可能还会更复杂，因为我们发现周国荣诊所在被我们封存的时间里被窃了，我上次听你提过，说周国荣与你一起在合作一篇论文，那么，他应该有大量的研究资料才对，可是我们在后来的检查中，并没有发现这些资料。"

小章吃惊地看了一眼傅强，他很清楚，他们并没有去检查过什么研究资料。

杨梅听出了话外之音，笑着问："傅警官的意思是觉得我潜入诊所盗取了周医生的研究资料吧。"

傅强忙说："你误会了，我只是觉得你应该了解这些研究的东西，或许清楚还有谁对这个感兴趣，说不定与周国荣之死有关系。"

杨梅站了起来，说："在医院的时候，我不是说有东西给你们看吗？请等等。"杨梅走到书柜边，打开下面的柜子，抱出一摞贝塔带子，堆到桌面上，指着它们说："这，就是周医生诊所里失窃的东西，当然我不认为要用到'窃'字，因为这是我们这些年的共同研究的资料，一会儿我给你们看看就明白了。没错，进入诊所的人正是我，当然，我也是情非得已，原因么，

周国荣的秘密

我要慢慢与你们说，你们会听到一个很有趣的故事。"

"愿闻其详。"傅强微笑道。他的冒险成功了，其实这种冒险胜算蛮大，因为当他从小三的调查结果里知道潜入者确定是杨梅后，就联想到杨梅最希望从周医生那里得到的，要么是合谋证据，要么就是学术资料了。如果是合谋证据的话，问与不问结果都一样，她不会承认，如果是学术资料，她就不会隐瞒。

"周医生是一个典型的学术狂热者，他对学术的研究胜于生命，虽然他是学西医的，但是他更热衷于心理学研究，当我们在国内重新碰到的时候，由于我是心理学科毕业的，他便经常找我聊天，谈论心理学领域的难题，后来我们在一个话题上碰撞到了一起，就是那个论题《无意识本源》，他对此非常投入，翻阅了大量书籍，还亲自去监狱接触罪犯，与他们聊天收集第一手材料。

"周医生对学术研究的狂热的真正表现还不是在这里，我之所以用'狂热'来形容他，是因为没有比这个更适合的词了，他可以牺牲一生的幸福来完成他的研究。"

杨梅的最后一句话让傅强和小章非常感兴趣，两个人不约而同地坐直了身子，第一次，这位神秘的周国荣终于要真实地展现在他们面前了。

杨梅继续说："还记得我说过，周医生将小燕娶回家研究么？那不是玩笑话，是真的。有一天，周医生找到我，他告诉我一个决定，让我感到非常的意外和吃惊，我第一反应是表示不支持，因为，那毕竟涉及了三个人的幸福，并且，每个人都会因此改变一生的命运，最主要的是，这种改变带来的只能是伤害。"

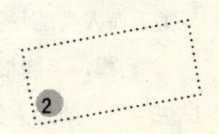

2

周国荣那时是在晚上找到杨梅的，就在杨梅的办公室里，他告诉杨梅一个重大的决定。

"我向郑小燕求婚了，并且，她答应了我。"

杨梅长久地盯着他，"国荣，能告诉我为什么吗？"

周国荣脸上只有喜悦的光彩，这让杨梅非常担心，他感觉到了她的担心，解释说："只需要给我三年的时间，我一定能让我们的论文完善起来。我们将有一个活生生的案例，我会让小燕成功地从显意识里导出潜意识的行为，当然，这还不够，当她导出这种行为之后，我还要治好她，让她的潜意识行为重新从显意识里打回到本来的地方去，这一进一出，我们的论文一定会在国际上引起巨大轰动的。"

看着神采奕奕、激动高昂的周国荣，杨梅坐不住了，她坚决地说："不行，国荣，我不同意你这么做，你这样会毁了你自己，还有郑小燕，并且，还毁了你爱的人王笑笑，你知道她也是爱你的。"

"这个我知道，也许成功的那一天，我会和郑小燕离婚娶笑笑的，我知道她一定会等到那一天的。"对这个问题，周国荣毫不担心。

"国荣，你疯了，你这样是不道德的，你害了两个女人的一辈子啊，我也是女人，我了解婚姻对女人犹如生命。"杨梅的话说得很重，她不愿意看到自己尊敬而有才华的师兄做出这样的事情来。

"杨梅，你错了，如果我们的论文成功，它可以挽救千千万万个行为不当的人，将他们拉回到正常的显意识里来，这才叫道德，任何伟大的事业总是要有一小部分人做出牺牲的。"周国荣极为固执，看来他对这个决定也是有过深思熟虑，甚至连说服杨梅支持他的话都想好了。

杨梅沉默了，她见过很多做出伟大自我牺牲的学者们，她了解这些人的想法，他们有自己坚定的理想和信念，人类正常的情感与牺牲对他们而言，是微不足道的，他们的着眼点更高更广也更远，这种人永远只是少数，也是异类，而人类的每一次进步，从来都有这些异类们的身影在其中。

"杨梅，可能很多人会觉得凡高无情，罗素寡义，苏格拉底薄恩，但是，试想一下，如果人类历史中从来没有出现过他们，这世界会多么苍白，多么迷茫……"周国荣眼神里泛起向往而崇高的光芒，脸上红潮激涌，仿佛他心目中的峰顶就近在眼前，只要他伸出一只手，便可摘下那峰顶树干上的诱人

CHAPTER TWELVE | 周国荣的秘密

的红苹果。

"国荣,"杨梅无可奈何地做最后一丝努力,"如果一定要有人为此牺牲,你何不选择王笑笑呢,毕竟你们深爱对方,这样牺牲的人就少了一个,你,放过郑小燕吧,她们毕竟是普通人,无法理解你的理想和信念,她们的牺牲太无辜。"她几乎是用恳求地语气对他说。

"不行,"周国荣断然拒绝,"王笑笑的性格太极端,在她身上得出来的经验和数据毫无难度和深度,你说她们的牺牲是无辜的,但从另一个角度来说,她们的牺牲又何尝不是伟大而辉煌的呢?你放心,如果我们成功了,历史会记住她们的。"

"错了,"杨梅感到心力交瘁,有气无力地说,"历史永远不会记住配角的牺牲,历史只会记住你的贡献。"

"也会记住你的,杨梅,你也做出了贡献。"周国荣用鼓励的眼光看着她,希望能用自己的激情将她感染并且点燃她的激情。

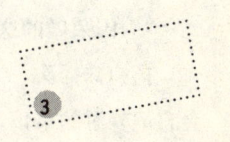

❸

"可怕,可怕。"听完杨梅的叙述,小章第一个反应便是这两个字。

杨梅的工作人员将一套投影设备搬进了办公室,杨梅吩咐她们摆好后,对傅强和小章说:"现在你们看到的,是周医生结婚头三年在郑小燕身上实施的研究过程,这个过程的目的是将郑小燕心灵深处无意识的部分诱发出来,这方面的录像资料很多,但过程是一样的,我只放一个吧。"

画面中郑小燕熟睡在床上,呼吸平稳,周国荣走过去,给她注射了一支小针,杨梅在旁边解释:"这是一支药物催眠针,能够确保郑小燕在五个小时之内完全处于睡眠状态,吵不醒的。"

接着画面上周国荣为郑小燕接上众多连着电线的胶贴,"这是弱频电击,作用是将郑小燕潜意识唤醒,其实我们指的睡眠是指显意识的睡眠,潜意识的睡眠与显意识正好相反，是在清醒的时候睡着的，就是说，潜意识与显意识是在交替休息，我们之所以做梦、梦游，就是因为潜意识在清醒着。"

画面上周国荣做好一切后，在旁边坐下来等着，杨梅说这等待时间长达一小时，她快速过带，直到床上的郑小燕突然坐了起来。

郑小燕明显是在梦游，她起床往门口走去，周国荣走到镜头后，然后镜头就晃动着跟在郑小燕后面。

郑小燕慢慢下楼梯，走到最后一级时，突然摔了一跤，但是她迅速爬了起来。"很奇怪，郑小燕总会在最后一级台阶上摔倒，每次都一样。"杨梅旁白说道。

郑小燕走到厨房，不假思索地拿起一只碗，迅速塞到怀里紧紧抱着，好像担心被人抢走似的，然后往回走，回到床上，倒下睡着。

杨梅按停了带子，回过头来对他们说："那三年都是这样，她梦游时拿的那个碗只是个象征性的动作，尽管每次拿的东西都可能不一样，但拿到东西以后的动作是一样的。她害怕被人抢走，她的潜意识里希望能拥有一些东西。"

"周国荣做的这些，给郑小燕带来了什么样的变化？"傅强问。

杨梅摇摇头，说："前三年是完全没有变化的，郑小燕只要睡醒了，就会忘记梦游的事情，按这种实验的预期，她应该要在白天做一些行为失当的举动，但是，前三年完全没有，她很好地控制了自己的显意识，而她的潜意识在白天依然沉睡，就是说，周医生并没有成功诱发出她潜意识的能量出来。

"你们看到的这种实验，其实是很正常的精神科领域的实验，一般成年人接受这种弱频电击后，都会梦游并做出差不多的举动。"

"你是说，如果长期接受这种实验，会引起在白天的行为失当，就是平常我们说的精神病，是不是？"小章问。

"可以这么说。"杨梅承认。

"周国荣也太不是东西了吧，他在把自己的老婆一步步变成神经病？"小章提出了强烈的抗议，只是可惜抗议对象已听不见了。

杨梅苦笑一下，算是默认。傅强却说："那位没有接受实验的王笑笑，

CHAPTER TWELVE 周国荣的秘密

何曾就没有可能因为他而变成神经病呢?"

杨梅完全预料到了他们的反应,等他们议论完后,说:"周国荣一度很失落,因为他在郑小燕身上的实验是失败的,我们讨论过很多次,始终找不出原因,甚至怀疑我们的方向和理论假设是否正确,如果不正确,那我们的一切努力就白费了,学术研究就是这么残酷,因为是未知的领域,你所做的永远都是假设和实验,如果开始的方向就是错的,那么你研究了一辈子,最终就是失败二字,因此潦倒一生的天才科学家不计其数,毕竟成功总是少数人的专利。"

"那牺牲掉的人岂不白白牺牲?失败二字就毁了她们?"小章非常气愤,继续抗议和质问。

杨梅看着他,当然也不反驳,倒是傅强冷静,说:"杨老师继续说吧。"

"好,"杨梅应道,"之后的几年里,周医生的孩子出生,他又忙于诊所的事情,所以研究一度搁置起来,那段时间我们都很不开心,接着我丈夫又出车祸去世,总之,我们经历了一段很低潮的几年,那段时间里,我劝过周医生,让他彻底放弃论文和研究,与郑小燕离婚娶王笑笑,一直以来王笑笑不离不弃,见不得光,我觉得非常痛心和难过,趁现在郑小燕也还年轻,放她一条生路,可是,周医生很坚持,他对我说,等孩子大一些,他还要继续研究,因为他坚持的方向和理论都是正确的,他觉得可能是方法不对,直到那次意外的出现……"

傅强接过话来:"郑小燕撞破了周国荣与王笑笑的偷情,是不是?"

"没错,"杨梅很赞赏地看了傅强一眼,说:"那次是王笑笑的策划,当时周医生很生气,好像还因此打了王笑笑一耳光,这在以前是从来没有过的,不过后来他发现,这次事情的刺激意外诱发了郑小燕白天潜意识的唤醒,首先是她的潜意识处于亢奋状态,晚上在没有弱频电击的情况下梦游了,周医生察觉之后极为兴奋,于是在白天跟踪郑小燕,发现她开始到超市去偷小物件,以及后来与李元亨的偷欢,并且这些都是在显意识非常清醒的状态下发生的,这正是我们梦寐以求的成果,周医生不动声色地记录着郑小燕的行为失当之表现行为,长达一年之久,他甚至目睹郑小燕偷欢的整个过程,如果你们有兴趣,我这里还有带子。"

"这个，这个就不必看了吧。"小章有些不好意思地说。

杨梅也同意，于是继续说："观察长达一年后，我们研究的第一阶段可以宣告结束了，便要进入第二阶段，将郑小燕的潜意识送回去，让她恢复正常人的行为，让潜意识在白天沉睡，完全由显意识来控制。"

"那么，你们成功了吗？"小章迫不得已地问。

"还没有开始，周医生就死了。"杨梅耸耸肩。

"这么说，你们的研究最终失败了？"小章又问，傅强马上接过来说："不，周国荣死了，杨老师却还在继续。"傅强说完笑眯眯地看着她。

"是的，"杨梅承认得非常爽快，"但是，我能做的并不多，还是周医生做过的那个实验，但是我也是失败的，我发现弱频电击下，郑小燕甚至连梦游都没有，这几乎在成年人身上是不可能的，因为成年人在社会的制度约束下，潜意识与显意识一定带着冲突，没有冲突的除非是幼儿或者重度弱智人士，更奇怪的是，常规的药物催眠对郑小燕也无效，那一次你们也在场，我和你们说需要等待五个小时，结果她却苏醒过来，这些都让我百思不得其解，而不管站在哪一个立场上，我都有责任和义务要将郑小燕治好，我必须要让她回到原来的状态里去，于是，我进行了你们称之为'窃'的行动，那个时候我还无法向你们解释这些，只好出此下策，呵呵，现在人赃并获在这里了。"

傅强也笑了笑，他能理解杨梅说的话，但也能找出话里的潜台词："杨老师，你说那个时候无法向我们解释，那么，为什么现在又可以向我们解释了呢？"

"因为我成功了，当然，这也不是我的功劳，还是周医生的功劳。"

"周国荣不是已经死了么？"小章急忙提醒她。

"对，就是因为他死了，呵呵，我在看完周医生的这些研究资料和笔记后，突然想通了那些疑问，事实上很简单，只是做研究的人都不愿意相信太简单的事情罢了，郑小燕没有被催眠五个小时，是因为她长期接受周医生的药物催眠，身上有了抗体，需要加大剂量才可以，周医生的笔记里提到了这点，那么她不再梦游是怎么回事呢？其实啊，呵呵，是因为她自己治好了自己，并且好得让我意外，她的潜意识被完完全全弱化到了最低限度，她心灵深处的原始的无意识行为不会再干扰到她的显意识了。

CHAPTER TWELVE | 周国荣的秘密

"想到了这点后,我便开始苦思她自然痊愈的原因何在,原理是什么?如果能找到答案,那么,我的论文就完全成功了,周医生的遗愿便可以实现了。"

"那么,你成功了吗?"傅强问。

"成功了,我终于找到了答案,郑小燕的痊愈是因为周医生的死,因为她被诱发的原因是由于亲眼目睹周医生的背叛行为,这个行为投射到她的潜意识里,于是将潜意识唤醒,并反应到显意识行为里去,一旦影响她潜意识投射的人或物体消失后,那种暗示便随之消失,于是潜意识没有再受到暗示,于是自然痊愈,这原理说起来非常的简单,是吧,呵呵。"

杨梅终于将这个来龙去脉全盘托出,她感觉到了身心的轻松,同时有身心轻松之感觉的还有傅强和小章。

"关于我在这个城市里的故事,可能向你们交代的,就这么多了,"杨梅回到自己座位上,眼神柔和迷茫,颇有感慨地说:"昨天经历了那场车祸,侥幸逃生,我突然有了一种豁然开朗的感觉,周医生的执著和牺牲,最终又如何呢?他用自己的生命完成了这篇论文,还以牺牲两个女人终生幸福为代价,却无法亲眼目睹理想的实现之日,感受信念成功的喜悦,而得到了这一切成功的我,也依然没有一丝喜悦之感,昨天晚上躺在医院的床上,我一直在想,假如周医生还活着,看到了成功的这一天,他会喜悦么?回想当初的决定,他会内疚或忏悔么?或者,如果他不死,郑小燕就无法痊愈,而他又最终获得了答案,发现只有自己的死亡才能让论文完成,他会怎么做呢?"

小章突然说:"你不会认为周医生已经获得了答案,然后自杀来完成他的论文吧,如果真的是这样,那这个人就真的太可怕了,可怕到自己生命在他眼里都不值一文的程度,那么别人的牺牲在他看来就更加不值一提了。"

杨梅摇摇头,苦笑一声,说:"我想假设周医生真的先获得了答案,他是有可能通过自杀来完成论文的,但是可惜他至死都没有获得答案。"

"你怎么知道他没有获得答案呢?"

"如果他真是为此自杀,一定会将计划告诉我,不至于让我被迷惑了那么久,差点与成功擦肩而过,毕竟我是他唯一的论文合伙人。"杨梅非常肯定地说。

第十三集
CHAPTER THIRTEEN
被嘲笑的警察

1

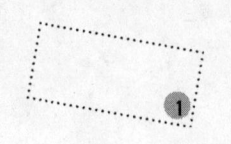

保险代理吕恒隐隐感觉自己又要进入那个可恶的生理周期了，他不明白，为什么男人也会有生理周期，每到月初的这几天，心情会莫名其妙地低落，倒霉事接踵而至，好事情都约好了似的一齐绕开这些日子。

自从进了保险公司后，他就发现了自己身上的这个可怕怪圈，乃至于每到这时候，他就会变得非常迷信和疑神疑鬼，本来努力了一个月的单，如果签约日期正好在这几天，他也会找借口拖延，非要推到七号之后，搞得一些客户莫名其妙，前一段还死缠烂打，磨到签约了，他又拖拖拉拉，十分可疑，于是坚决放弃，转投其他保险公司。而吕恒非但不后悔还会暗暗庆幸，他认为在这几天里，真坐下来也不一定签得成，就算签成了，后面还指不定有什么祸事等着他，总而言之，月初的生意都很可疑，上次给柳芳子提供周国荣遗产消息的事情后来一分没捞到，报社拒绝付款，就是他的疏忽，提供消息那天正好是六号。

桌上的电话响起来时，他正在翘腿修指甲，任他响个不停，旁边同事问他干吗不接电话啊，他懒洋洋地说："响到七号再接吧。"

"神经病，"同事骂了他一声，帮他接起电话："你好，这里是人人保险，请问有什么可以帮到你的吗？"

"你好，"一个弱质女流的声音，"有一位叫周国荣的先生在你那里投了保，我想找这位经手的代理人。"

"周国荣？好的，你请稍等，我帮你查一下。"同事就在电话上噼噼啪啪敲了一阵，周国荣的保单资料调了出来，"你好，让你久等了，代理人代码是32879，我们公司有上千个保险代理人，你只要记住这个代码，到我们总机查一下就知道了。"

"等等，32879不就是我吗？"吕恒突然反应过来。

"请等等，女士，这位代理人现在正好在旁边，你和他通话吧。"

吕恒接过电话，眼睛盯了一眼屏幕，看到周国荣的名字，马上确认了自

CHAPTER THIRTEEN 被嘲笑的警察

己果然进入了那个可怕的生理周期，"你好，请问有什么事能帮到你？"他口气毫无保险代理的职业热情，同事提心吊胆地看着他，如果主管看到他这副表情和语气，少不了要扣两百元。

"请问你贵姓？"

"我姓吕，双口吕，叫我小吕就可以了。"

"小吕，我想咨询你一件事情，假如我有证据让你们减少一个保险赔偿的损失，你们会有与此相关的奖励制度么？"

"当然有，可以按比例拿奖金的。"至少到现在为止，吕恒还没有被激发起足够兴趣。

"假如是三百万的赔偿额度，可以获得多少奖金呢？"

"具体也不太清楚，我反正没拿过这奖金，怎么也有好几万吧，你需要的话我可以帮你问问。"

"不用了，我想送你这笔奖金。"对方突然并且又随意地扔了一个大惊喜过来。

"什么？送我？真的假的？"吕恒还没有完全反应过来，也许潜意识认为这是个玩笑。

"你不用理它是真的还是假的，反正我提供一个电话和人名给你，你去联系此人，后面的事情你会比我更专业了。"

吕恒又望了一眼屏幕上的周国荣资料，眼睛自然落在保金栏上，那一栏上显示出 300 万金额，他问："你说的这个保单是周国荣的么？"

"没错，正是他。"

吕恒突然记起今天可是进入生理周期的首天，莫非本月推迟了？并且用回光返照的形式让他狠赚一笔来度过漫长的低潮周期？不管怎样，在结论之前还是小心求证为好，"女士，你能透露一下我能获得这笔奖金的理由么？"

对方犹豫了一会儿，终于说："周国荣是自杀的。"

"你确定？"吕恒极为吃惊，据他所知，连警察都还没有结案，她怎么会知道呢？但是任何案子总会有一些知情人知道得比警察多，这也是正常的。

"拿出你的纸笔吧，记住这个号码，名字叫刘玉山，电话是……"

"行，我记住了，我们会去调查的。"吕恒眼睛盯着纸上的这两行字说。

"不过，我将奖金送给你，是有个条件的。"对方又说。

"什么条件？"

"当你证实了我说的话之后，请将此事提供给媒体，相信你还能得到另一笔奖金。"

吕恒为之气结，想起这个媒体奖金他就又气又恨，假如这次证据确凿，他一定会连同上次失去的奖金一起要回来。"行，没问题，报纸我有熟人，这事情要是确实，肯定能上头条。"

"那么，祝你好运。"

"谢谢。"

吕恒决定暂时抛开那莫名其妙的怪圈理论，让生理周期见鬼去吧，这可是几万元啊，本来嘛，这都是自己迷信，是捕风捉影的事情，眼前这可是天上掉的馅饼，不捡上帝会生气的，并且，他实在想不出得到这笔奖金会给自己带来什么恶果，无非是钞票突然多起来，脾气会大一些罢了，嘿嘿。

他报了个外出，然后下楼直奔长途车站，出租车上，他才想起来应该先拨个电话预约。

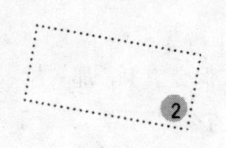

2

王笑笑微笑着放下电话，李元亨通过律师事务所交割的现金会在后天晚上零点到她账上，三天时间，相信足够那个双口吕的保险代理折腾了，以她的预测，今天双口吕就可以见到刘玉山，以他保险调查的身份，涉及到三百万元的巨大金额，还涉嫌保险诈骗，刘医生是不敢有所隐瞒的，一定会知无不言，言无不尽，还会提供足于让双口吕兴奋起来的书面证据。明天，双口吕会坐在报社的办公室，提供让对方兴奋的内幕，或者他们会要求保存复印件等等，后天，这个城市将会掀起一个热烈的新话题，当然，会有两人，也许不止两个人，他们该有多么的震惊，郑小燕明白过来的时候，捧着那张价

CHAPTER THIRTEEN 被嘲笑的警察

值三百万的转赠合约,转眼成了一文不值的废纸,哈哈,那会是什么样的情形呢?

而那个时候,她的钱已经到账。也是收拾行李的时候了,突然她想起来,自己会去哪里呢?一直在想要离开,要离开,可是竟然从来没有想过要去哪里,脑子里从来没有过一个具体的城市名称。

她想,在这个城市里她该做的事情都已经做完,是时候考虑下一站的目的地了。离别在即,她变得伤感起来,在这个城市里生活了几十年,扔在这里的记忆是任何城市也无法替代的,她要洗去的不是城市的环境,而是生活的记忆。她羡慕起国荣来,他已经喝过了孟婆汤了吧,他已经洗掉了记忆,而自己才开始,能不能洗去它,还不知道。

后天将那笔钱都转入她账户后,李元亨会上来取那些照片和底片,她一定会交给他的,自己留着有什么用呢?既然记忆都要洗掉,甚至她都不想带着一件属于这个城市的行李。看着手里的这些照片,郑小燕咬牙闭目陶醉的样子,王笑笑突然怜悯起她来,同是女人,都在周国荣的手里不幸福地活着,她得到了寂寞的名份,而自己呢,得到的是虚无的爱情。

对于周国荣,仿佛这个人像被风吹散的乌云,再也激不起自己心里的一丝涟漪。整整十年的感情,自己一直以为它有多么深刻和永恒,结果只在这短短的时间里,便可以被稀释得如此轻淡飘渺。当她那几天见了刘玉山回来后,她便明白了自己原以为的深刻永恒的爱情,只不过是一笔诈骗而来的保险金,想想也很恰当,这份爱情与诈骗而来的保险金都一样毫无安全感,到头来的结果一样的可笑,不值一文。

世人最推崇和向往的爱情,在这一刻,被贬到了世间最阴暗的角落里,甚至,它都发不出一声委屈的呜咽哀号。

王笑笑半躺在沙发上品尝着由身体至心灵的虚无幻境中,突然一声刺耳的门铃瞬间将她扯回现实中来。

拜访的人竟然是刘子强,更意外的是,他手里捧了一大束的百合,王笑笑奇怪这个时候他怎么会上门,不过从百合花的意境里,她感觉到不会有什么坏消息。

王笑笑要去倒水,刘子强连忙说:"不必了,我来是想请你吃饭的。"

王笑笑再感意外，望着他。

"是这样的，我听说你要离开这里，我想，可能就这几天了吧，怎么说我们也是朋友一场，我想请你吃顿饭。"刘子强解释说。

原来如此，王笑笑心里泛起一丝感动，她原来还是有朋友的，至少有这么一个朋友。"那，你可以到楼下等我么？我要换衣服。"

"行，你慢慢来，我在车上等你，就停在门口。"刘子强高兴地先下楼去。

王笑笑发现刘子强竟然是个细心的人，他早已预订好了地方，临江酒楼三楼雅厅的靠窗之位，可以在用餐的过程中不时凭窗眺望，江面帆影尽收眼底，让人不由自主地产生志向高远、天高海阔之情，难怪前人爱爬名山访古寺，喜登楼阁亭榭，想必也有用感染出来的高远志向来麻痹自己眼下迷茫凄婉之境。

王笑笑感激地说："谢谢你，刘律师，现在还当我是朋友的人可不多。"

"别律师律师地叫了，呵呵，既然还有幸跻身于你不多的朋友中，那就叫我子强吧。"刘子强笑呵呵地说，一边给她斟上飘香扑鼻的菊花绿茶。

王笑笑歪着脑袋想了想，觉得不错，就试着叫了一声，"子强，呵呵，谢谢你。"

"哈哈，你怎么了？今天三番五次谢我，好像我做了多大功德似的，不就一顿饭么，要是这样，以后我天天请你吃饭吧，你可能不知道，作为律师，被人明里暗里骂得多了，感谢的话还真是稀罕物。"

"不对啊，你打赢了官司，人家会感谢你的呀。"

"呵呵，"刘子强笑了，"赢了官司的人会觉得你收费贵了，不值，因为他只见到你不过动动嘴皮子而已，心里还是骂你的。"

王笑笑说："律师倒也不容易做。"

"是的，律师其实名好听，干的却是奴才的话，委托人要你干嘛，你无权过问是非对错，你只能利用你的知识为委托人尽一切努力去规避法律风险，从正面来说，我们促进了法律的完善，因为我们最主要的工作就是寻找法律漏洞，从反面来说，正因为我们能找出法律的漏洞和空白点，让一部分人逃脱了法律制裁，没有受到应得的惩罚，助长了某些人的侥幸心理，所

CHAPTER THIRTEEN 被嘲笑的警察

以，最精通法律的人，并不是维护法纪的人。"刘子强一脸的无奈，摇头轻叹。

王笑笑听得新奇，忍不住附和说："这世界本来就很矛盾嘛，不是说对立促进和谐么？和谐孕育了发展，你们还是有贡献的啊。"

"没错，黑格尔说，存在就是合理的，既然犯罪一直存在，那么它也肯定有合理的地方，呵呵。"

"子强，其实……"王笑笑欲言又止。

"有什么就说吧，没关系的。"

"其实我曾经错怪过你，就是向报社提供了国荣遗产中关于我的事情，我见到你从报社出来，想必是受郑小燕委托吧，但是在这次转赠合约和证券合约中的专业公正态度，我也看出来了，你就是站在律师立场，为委托人办事而已，与你个人是无关的，所以，在这种私人场合，我还是为有你这个朋友而高兴的。"王笑笑说得很真诚，眼睛里闪着友好温暖的光芒。

刘子强听完，禁不住扑哧一声笑了出来，"笑笑，我想你搞错了，我在报纸事件之后，一共去了两趟报社，也的确是受郑小燕之托，但是你错怪郑小燕了，报料的不是她，而她反而促成了报社的道歉声明，在这件事情上，她在保护自己，保护周医生，也在保护你。"

"什么？"王笑笑顿时怔住了，张着嘴巴看着他。

刘子强将事情的始末向她一一道来，完了叹息一声说："你们之间有太多误会，当然，这也是不可避免，也可以理解的，但是周医生人已经不在了，这段恩怨也就应该了结了吧，活着的人毕竟还要继续生活下去。"

王笑笑已经没有用心听他后面的话了，刘子强告诉她的事情真相令她感到羞愧，原来从头至尾，这都不过是她一个人的战争，而郑小燕，从来就没有正式迎战过。在前一刻，她还认为自己是个胜利者，但是现在，她不过是一个跳梁小丑，在唱一台独角戏罢了。

王笑笑这时感觉自己像一只拙劣表演之后仍留在舞台上被众人嘲笑的公鸡，一身华彩羽毛被扯得七零八落。

3

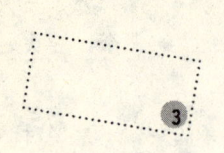

傅强刚刚迈入刑警队办公室的大门，便有人将报纸塞到他手里，"傅队，报纸都帮我们破了案了，我们是不是太丢脸了？"

傅强疑惑地摊开报纸读起来，首先看到的是巨大的标题——《名流医生绝症自杀，真相牵出诈保丑闻》。

报纸上详细讲述了一个惊人的故事，名流医生周国荣得知自己身患绝症，利用友情关系骗得体检证明，成功投下价值三百万的保险，之后精心策划了一起交通事故，提前半年结束自己的生命，为家人朋友骗得了一大笔保险金，还成功令本市警方相信他死于谋杀，致使案件迟迟悬而未决。本市保险业青年调查员孤军作战，胆大心细，最终找出确凿证据，揭露出骗保真相，成功避免了一笔巨额损失，为本市的保险同行树立了更专业、更正规的行业典范……

报道旁边还赫然刊出周国荣真正的体检报告，以及出示报告的医生口录证明文件。

傅强恼火地将报纸狠狠扔到地上，虽然报上没有明写，但全篇几乎都在赤裸裸地嘲笑警方无能，竟不如一个小小的保险员。

傅强脸色铁灰，大声喝令所有人立即开会。

相关人员迅速拉椅子拖凳子，一分钟之内，围着傅强形成了一个会议架式。

"老刘，等一下你去报社一趟，首先向他们提出严厉警告，他们手里的证明文件只能说明周国荣有自杀的可能，并不能就此断定他自杀，这是不负责任的报道，并让他们在明天的报纸上刊登更正启事，对了，还要明确指出，只有公安机关才有权利对一个人的死亡原因下结论，任何媒体不得妄加评论。

"张大勇，你去保险公司，要他们提供消息来源及他们手上那所谓的证明文件，我们要对此展开调查，如果真实性被推翻，他们需要负担法律责

CHAPTER THIRTEEN 被嘲笑的警察

任的。"

"小三,你去将刘子强律师请到局里来,要不,我们过去也行,你和他商定好时间,但一定要在今天。"

一通布置完后,他顿觉胸口的郁气舒缓了一些,口气也随之缓和下来,他扫视一遍众人说:"大家对今天报纸的报道有什么看法?"

"我觉得是真的,虽然还不知道周国荣绝症的具体消息来源,也不知道保险公司是怎么查出来的,但是我感觉他们不敢拿这事开玩笑,更别说弄虚作假了。"张大勇说。

"嗯,我也认同,"老刘发言,"由于保险公司出于自己的利益考虑,他们只针对周国荣是否自杀展开调查,比我们更专一和专注,先我们一步找到证据也是有可能的,并且,我们好像从来没有往这方面推理过,谁会想到他有绝症还能买到保险啊。"

"其他人的意见呢?"傅强看看大家,眼睛落到小章身上。小章犹豫了一下站起来,说:"我来说两句,就感觉来说,我认为报道可信程度相当的大,既然现在被他们抢先了一步,不管周国荣是否自杀,我们都必须要尽快将这条线索摸清楚,如果还是没有能找到他自杀的确凿证据,我们之前的调查一样要继续,要是趁此找到了他自杀的证据呢,那就更好了,结案,大家回家睡觉。"

小章的话引来笑声,小三举手提问,"如果一直找不到自杀证据,结不了案,而保险公司又一次比我们更快找到证据,我们是不是又要丢一次脸啊?"

傅强白了他一眼,说:"放心吧,这种机会不存在了,保险公司不会再为此事花费心思了,他们的目的已经达到。"

小章又站起来说:"傅队,我们既然要开始调查自杀的可能性,那么,我提议马上去他诊所。"

"说说想法。"

"我们回溯推理一下,周国荣如果是自杀,那么,汽车的破坏行为就肯定是他自己干的,这里有一点很说明问题,他不单要死,还是自焚,为什么呢?当然是怕我们对他进行尸体解剖时,发现他的绝症,这样他的所有设计就全泡汤了，那么，他去龙山顶，就不是会见什么人了，只是那个地方适合自杀，摔下去必死无疑，这也能说明为什么弯道上没有刹车胎印，因为他根本就没有想过刹车嘛，加油还来不及呢，而手动刹车的大量摩擦是什么原因呢，大家想想，你架着一辆完全没有脚动刹车的汽车上路，你会怎么办？要我就会开得很慢，需要减速的时候就用低档齿轮加手动刹车来实现，周国荣就是这样慢慢开上龙山顶的。"

"再回溯一下，周国荣会在什么地方对他的汽车进行破坏呢？当然是在他汽车最后一次停泊的地方，而他的诊所有一间独立封闭的车库，这是绝佳的场合，可以慢慢来，没有人打扰，所以，我相信，假设周国荣是自杀的，我们一定能在他诊所的车库里找到蛛丝马迹。"

小章的发言让所有人叹服，这里也包括傅强，也包括一直不服气的小三，老刘频频点头，他觉得自己相信傅队是没错的。

"好，小章，你带上检验人员去检查周国荣的车库，现在散会，下午全部回来碰头。"

第十四集
CHAPTER FOURTEEN
没有选择的李元亨

1

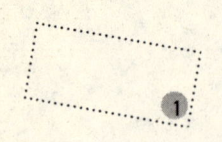

　　这份报道上的消息，对李元亨来说，无异于当头一棒。

　　但他这一回冷静的速度似乎尤其的快，那股热血刚冲到脖子位置却又迅速回流身体。这来来回回的几次媒体爆炸事件最终不是被他安全化解，便是以闹剧收场。这一次，关键是他看到"绝症"二字，这个太具有爆炸性了，但这只是对外人而言。郑小燕是周国荣的妻子，连她都毫不知情的事，真实成分能有多大？若不是保险公司恶意捕风捉影煽动舆论，就是媒体自作主张捏造事实。

　　不过，保险公司有胆量这么做么？这似乎还没有过先例。再往深一想，他又觉得寒意凛凛。

　　那一阵冲动已经过去了。他静下来仔细地反复读了几遍报道，也算看出苗头，由始至终，媒体的语气是在讲述一个故事，并不是那种言之凿凿，理据并用的语调，况且没有一个像样的证明来证实周国荣是自杀，最重要的是，自杀结论并不是警方下的，媒体妄自菲薄草率定论，不过只具有娱乐性，并不具有法律效用。

　　他想应该打个电话安慰一下郑小燕，女人冲动着急起来，很可能节外生枝。

　　郑小燕的电话一直处于接通但无人接听的状态，李元亨心里隐隐泛起不祥之感，这种感觉让他坐立不安，反复掂量再三，他决定亲自过去一趟，这个节骨眼上，可不能再出差错了。晚上，他便要去王笑笑家里取回照片和底片，只要这些东西一到自己手里，之前与郑小燕的一切便从此在这个世界上销声匿迹，踪影全无。

　　董事会已经定了明天召开，到时罗仁礼会正式宣布股改计划，跟着他在文件上面一签下自己的名字，这么多年的努力便终于有了结果，他将永远脱离劳方阶层，正式迈入资方统治者俱乐部的大门。

　　二十年来，他迈过了一个又一个的坎。他是个谨慎小心的人，如果没有

CHAPTER FOURTEEN 没有选择的李元亨

郑小燕的出现，他是无论如何也不会让自己走在危险边缘的，那种一步踩空便粉身碎骨的处境他不愿意发生在自己身上。如果不是因为天意安排让他发现郑小燕是人海中难得的同类人，他根本不可能迈出那一步。而现在一切都过去了，他也再不会与郑小燕并排回到悬崖边沿。眼看他已经退回到了最安全的地带，只要过了今晚，他便可以从悬涯边上退回来，从此便可以高枕无忧。

多少步都走过来了，这最后的一步，他绝对不允许出差错。

李元亨抓起外衣，急匆匆往外走去。刚到门口，罗贞正好推门进来。

"咦？元亨，你要出去？"

"哦，没事，想去一趟银行的，你怎么来了？"

罗贞神秘地眨眨眼睛，嘴角挂着一丝调皮的得意，"你猜猜，提示是我爸和我还有你都渴望的事情。"

"还有什么，不就是个女儿嘛。"李元亨随口答道，这个问题整天被罗贞翻来覆去地说，他只当调侃。

"你太厉害了。"罗贞跳起来一把抱住他的脖子，将身体挂在他身上晃起来。

"不会吧，真的有了？"李元亨问。

"是啊，你看，"她从包里掏出一支测试笔，在他眼前晃了晃，然后指着上面的杠杠说："瞧瞧，早上测的，两道红线。"

"为什么是两道呢？双胞胎吗？"李元亨不懂，皱着眉看了看说。

"哈哈哈，两条线是表示有孕了，一条就是没有，笨蛋。"

"哦，那你还跑出来疯什么，还不赶紧回家躺床上好好安胎。"

"去去去，哪那么快，还早着呢，对了，元亨，我想去逛街，给小孩子买些玩具啦衣服啦，BB床什么的，你有空么？"

"才到什么时候啊就BB床，你不是还有十个月么？着什么急。"

"还有七个月，看着看着就快了啦，你不陪我，现在都找不到人陪我了，"罗贞有些落寞，"也不知道笑笑和小燕她们现在怎么样了。"

一提到郑小燕，李元亨就有些烦躁，他心里着急要去她家，便哄着罗贞说："得，明天陪你逛一天的街，现在你先回去，我还是要去一趟银行，晚点就关门了。"

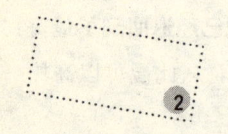

2

刘子强匆匆赶到公安局，傅强引他到小办公室里会谈。
"刘律师，开门见山吧，我想请求你一件事情。"
"请说。"
"我记得周国荣的遗嘱里曾经提过一个保险箱，但是要一年后才可以开启，是不是？"
"没错。"
"我可不可以用公安局的名义要求你提前打开？"
"这个——"刘子强没有料到他会提这个要求，有些措手不及，"请问理由是什么？"
"由于周国荣的案子牵涉面越来越大，并且被媒体多次猜测误导，令警方的侦破行为受到了很多干扰，老实说，是让我们很被动，而我现在有理由认为，周国荣留的这一手，很可能与他的死亡真相有莫大关系，因此，我希望能尽快了解真相，重新树立起警方的威信度。"
在傅强的解释过程中，刘子强争得了时间快速理了一遍自己的思路。他说："傅警官，按照我们的律师操守准则，是不可以私自违反当事人的委托的，尤其是书面委托，它具有法律效力，而我想，周先生之所以留下这个嘱托，自然有他的道理，我们何不严格依照他的嘱托再耐心等待几个月呢？"
"是九个月，不是几个月，你觉得我们能等这么久么？"傅强有些不快。
刘子强还是摇头，"对不起，我想我做不到，这不是我应该做的，也不是我个人能力能做到的，再说，我没有义务将我的行业信誉来配合警方理由不够充分的行动，如果此事宣扬出去，我们律师事务所，包括对整个律师行业的诚信度将是巨大的打击。"

CHAPTER FOURTEEN 没有选择的李元亨

傅强盯着他,想从他的脸上找出些破绽出来,可是,作为一个资深律师,随时板起一副公事公办、严肃认真的脸孔,是他们职业的基本要求,怎么可能有破绽呢?

"刘律师,那么,我以私人的名义,与你一起秘密查看保险箱内容呢?我向你保证,只是了解内容,绝不会泄露我们的行动,也绝不会在正式开箱之前用里面的内容来作为证词证据。"傅强拍着胸脯,表示出巨大的决心。

"呵呵,"刘子强看他那副着急上火的神情,不禁笑了起来,"傅警官,你有所不知,刚才你说以警队的名义,我还有所踌躇,如果以私人的名义,那我绝不考虑,因为这是背离我作为律师的誓言的。"

"你……"傅强黑着脸,问:"刘律师,难道就没有一些周旋的余地么?"

"这个,很难。"刘子强为难地说。

"如果我用刑警队的名义向你们律师公会提出申请呢?"傅强使用最后一招。

"那么,这倒可能是个方法,"刘子强也实话实说,"如果是律师公会接受你的申请,向我正式致函提出要求,那么,我会在律师公会指派代表的陪同下,为你开启保险箱,不过,律师公会可能比我更难对付,行业操守和声誉的重要性他们比我领悟得更深刻。"

刘子强其实非常了解傅强此刻的心情,早上的报纸他也看到了,他的震惊不亚于傅强,因为那份转赠合约刚刚经他的手签字,原件还保留在他的事务所的保险柜里,而王笑笑的钱已经成功交割了,这意味着,报道属实的话,郑小燕已经将自己的九成财产换回了一份不值一文的废纸。

"那好吧,刘律师,感谢你跑了一趟,如果必要,我会去争取的。"傅强无可奈何地站起来送客,自从早上看了报纸后,周国荣的案子已经到了刻不容缓的地步了。他之所以一直有意无意地拖延这个案子的进展,其实是心底有一个暗结,这个暗结不能对人倾诉,却死死扼住了他的后脑。那就是周国荣这份神秘遗嘱的附加部分。他害怕,假如公安机关侦破出来的真相,被一年后开封的神秘内容所推翻,那将是莫大的讽刺,警察的颜面威风将荡然无存。

当然,保险箱里的内容也可能与他的死无关,但是这个险他能去冒么?

当然不能。他任由小章天马行空地推理，一个接一个的嫌疑人登场亮相，无非是尽可能让警方不至于漏掉疏忽之鱼，不管小章如何折腾，他只管配合调查，却从不去主动对嫌疑人进行拘押审讯，也正是出于这种投鼠忌器的暗结。

　　他最希望见到的结果就是，在这种看似抓瞎的调查里，突然捕到一个铁一般的证据，一出手便揪出真相，他不允许有失误，然后再开启保险箱的时候，证明警方的正确。所以，看似松懈的表面，事实上他一直都处于紧张焦虑之中，小章每一次的调查汇报之后，他都要重新整理，甚至重新调查一遍，他相信自己的嗅觉，至今他还没有嗅到真正凶手的味道，所以，他不能出手，他还要等待。

　　今天突然而来的报道将他一下子逼到了死角，这便是他早上暴跳如雷的原因。如果没有这个报道，他是不会冲动到提出要求刘子强提前开启保险箱这样愚蠢的建议的。

　　出去办案的人陆续回来，除了小章仍然在诊所车库里忙碌之外。据回报，这些消息来自一个神秘的女性电话，她提供了一个外地医生的联系方式，正是这个刘姓医生曾经确诊过周国荣患有中晚期肝癌，恶性扩散的情况很严重，他预言周国荣的生命只剩下一年左右。

　　傅强当即决定，立刻驱车去面见这位刘姓医生。

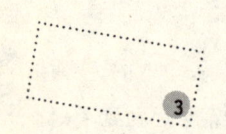

3

　　李元亨没有找到郑小燕，她家门紧锁，侧耳静听，能听到手机仍在屋内，但不管他如何呼喊，也不见有人开门。李元亨觉得很可能郑小燕在屋内出事了，会出什么事情，他不敢想象。想撞开门，尝试了几下，可这门太厚实，只换来肩膀彻痛。

　　这时候，有个邻居似乎听到了这边的动静，特意走出来向他呼喊，"先

CHAPTER FOURTEEN 没有选择的李元亨

生,先生,你是找周太太么?"

"是的,你知道她上哪去了吗?"

"她昨天就出去了,说是看女儿去了,今天没回来。"

原来如此,李元亨累得无力地靠在门框上,虚惊一场。

不过幸运的是,小燕并没有出状况,如果她今天没有看到报纸的话,起码在明天之前不会出状况,他今晚便可以顺利解决所有问题。

李元亨突然想起什么,他给刘子强挂电话过去。

"刘律师,我想委托你一件事情。"

"请说。"

"你帮我到保险公司查证一个报纸上的消息的可靠性。"

"李先生,我今天看了报纸后,因为找不到周太太,便自作主张去电查证过了,保险公司的确得到了一份周国荣先生真实的身体检验报告,那份报告上证实了周国荣先生的病情真实状况,"刘子强讲完觉得不够,又继续解释:"事实上,对于保险公司来说,拥有这个证明就足够了,他们只关心是否可以不需要赔偿,至于周先生的死亡原因,他们不会再继续关心了。"

李元亨茫然地听着,头脑又开始晕眩空白起来,末了喃喃地问:"这么说,保险赔偿金是拿不到了?"

"是的,"刘子强非常肯定地说,"并且,我可以透露一个消息给你,因为我的律师身份,有个吕姓的保险代理员将他与那位给周先生确诊病情的刘玉山刘医生的对话录音给我听了,所以,我知道是谁提供了这个消息给保险公司的,你想知道么?"

刘子强今天心情也非常郁闷,从保险公司了解情况出来,他按时间来推算,王笑笑给保险公司提供消息之后,正好是他上门邀请她吃饭,从头至尾,自己把她当朋友对待,因为作为周国荣的律师,他一直都非常了解发生在周国荣身边这几个人的故事,他当然能理解王笑笑在周国荣出事后的艰难处境。后来发生的一系列转赠、转让合约的事情让他眼花缭乱,百思不解,作为律师,他无权过问,只需要接受委托妥善解决。不过最后看到王笑笑得到了一笔现金,不用再艰难苦撑一年了,并且得知她要离开这个城市,他是欣慰和理解的,这才有了主动请她吃饭作为送别的事情。

现在他才总算明白过来，自己这位出自高等学府，经历了无数曲折案例的聪明人，竟没有看清一个弱质女流。她的手段虽然简单，却出手毒辣准确，一击即中，让人防不胜防，也许，最简单直接的招术才最实用难防，她是早就计划好了每一步棋，甚至在时间拿捏上也恰到好处，不知她用什么办法哄到了郑小燕与她交换遗产，但是要哄住郑小燕似乎也不是太难的事，之后她便毫不犹豫出击，动作干脆利落，钱到手的当天，保险调查也正好完成，然后是媒体配合广而告之，三军齐发，势如倒海，所有对立面的人都在败局已定的时候才得到消息，再无一丝反击机会。

真正的高手原来就一直站在他的同情和理解中狞笑。

4

王笑笑静静地坐在黑暗中，直到敲门声响起，她才去把灯打开，她知道来的一定是李元亨，他早就等不及了，所以一定会准时。

刚打开门，李元亨一头撞了进来，浑身浓重的酒味吓了她一跳。

"元亨，你喝酒了？"王笑笑其实对这个男人并没有恨意恶意或者是好意善意，一直以来她根本也没当他是回事。

"少废话，把照片给我，现在，快……"李元亨暴喝道，眼睛布满血丝，仿佛饿极的困兽。

"你先喝点水吧。"王笑笑转身去给他倒了杯凉开水。不过李元亨并不领情，他抓过水杯，往她兜脸泼过去，王笑笑本能地眼一闭，却不躲，任由凉水迎面淋下。

"王笑笑，你真是狠毒啊，"李元亨眼睛里火焰狂蹿，"你为什么，为什么要这么做？我不是把钱都给你了吗？没错，这是你早就计划好的，是不是？你就是要让小燕一无所有，是不——是？"他胸腔里仿佛积蓄了超负荷的能量，要从这最后一个字里全部释放出去。

CHAPTER FOURTEEN 没有选择的李元亨

王笑笑一言不发，只是站着，慢慢地将眼光转到他的脸上，那眼神里充满的怨恨狠毒，又冰冷得让空气凝固，"没错，是我计划好的，我就是要让郑小燕一无所有，本来，她拥有的一切都应该是我的，那原来就是属于我的。"

王笑笑的话将李元亨仅存的一丝理智也激怒了，他突然挥手狠狠往王笑笑脸上抽去，嘴里嘶吼着："你这个恶毒的巫婆，是你一直在霸占小燕的丈夫，现在还要夺她的财产，你为什么，为什么要把她往死里逼呢？你现在有钱了，你干吗不走？离得远远的，再也不要回来，不要——"

李元亨一巴掌下去的时候，只看到王笑笑的身体向后仰过去，然后扑向地上。当他吼完这一大通话时，他看到王笑笑一动不动地倒在地上，脑袋上方有一滩污黑的浓血漫延开来……

李元亨吓得酒醒了一大半，他踉踉跄跄倒退两步，后背紧紧贴着墙，惊恐万状地盯着趴在地上的王笑笑，嘴里哆哆嗦嗦地呼喊："笑笑……笑……笑笑……，你怎么了，别……别吓我……你怎么了？"

王笑笑如同死人般毫无反应。他慢慢看到了，王笑笑朝地的额头下面有一个四方尖角的金属罐子露出一半，边沿上还闪着白森森的反光。

"我杀了她，我杀了她……"李元亨语无伦次地自言自语，这时候他的酒意被驱赶得无影无踪，所想到的第一个念头便是迅速离开这里，越快越好。

刚到门口，他突然想起今天的目的，对，照片千万不能落到警察手里，那样他就彻底完蛋了。一定要找回照片才能离开。

李元亨返回来，疯狂地在屋内翻找，"到底在哪里，照片……照片，到底在哪里？"他嘴里一边念叨着，一边翻天覆地将屋子几乎掀了个遍，终于看到原来照片一直就在电脑键盘下边压着，他迅速抽出来塞到西服内袋里，"太好了，太好了，这下就没事了……走……没事了，没事了。"李元亨没有也不敢回头再看一眼王笑笑的尸体，拉开大门，正要跑起来，突然意识到这样会引起别人怀疑，于是收起脚步，低垂着脑袋，乘电梯下楼去。

第十五集
CHAPTER FIFTEEN
终结者的最后宣言

1

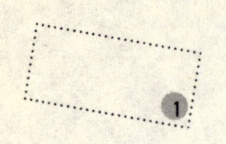

　　王瑛刚走到表姐楼下，就被一个低头急走的男人撞了一下肩膀，哎哟一声，那男人根本当她不存在似的，道歉也没有，几步就跨远去了，王瑛回过头去要开骂，突然觉得背影很熟悉，马上就想起来，那不是李元亨么？

　　"元亨哥，元亨哥。"她大声喊了两句，那男人身子一抖，脚步迟疑了一下，却没有停下来，反而步子迈得更大了。

　　可能是认错人了，王瑛心想，也没在意，转身上楼找表姐去。

　　王瑛正要敲门，发现门并有关死，有一丝灯亮从门缝里渗出来，她伸手去推门，门吱呀一声开了，王瑛将头先伸入，"表姐，表姐……啊——"最后是王瑛尖利得足以将这幢大楼震裂的叫声。

　　她看到表姐王笑笑正倒在血泊中，头部周围已经漫开了一大片血迹，"表姐，表姐，你怎么了？"王瑛不顾一切地跑上前，将王笑笑抱了起来，她看到表姐额头上的血还在汩汩冒出，先是用手下意识地捂住，后来觉得不行，又随便抓起一件椅子上的衣服紧紧捂在伤口上，不让血继续流出来，同时，扯开嗓子大喊："救命啊——快来人啊——"

　　这个公寓楼左邻右舍都住满了人，虽然平时连脸都少见到，但是大家皆是一墙之隔，王瑛一喊，整层楼的房门都开了，从里面一下涌出了好多人跑过来。见此情形，也没人去打听八卦了，报警的，叫救护车的，跑回家取止血纱布的，总之，这层楼的邻居们第一次被全体调动了起来，竟也没有造成混乱，直到救护车到来，邻居们看着王笑笑被护士抬上了担架离去，才摇头叹息各自回家。

　　王瑛一直紧紧地握着表姐的手不放，救护车呼啸着奔驰疾赶，随车护士在进行包括给王笑笑换止血棉等等急救措施，忙得不可开交，王瑛眼里噙着泪花，眼巴巴地望着面如死灰的表姐，嘴里喃喃叫唤着："表姐，你醒醒啊，你到底怎么了，呜呜……表姐……"

CHAPTER FIFTEEN | 终结者的最后宣言

也许是由于王瑛的深情呼唤，在车上，王笑笑竟突然转醒过来，眼睛直直看着王瑛，嘴巴动了动，好像有话要说，王瑛见她醒来，惊喜地大叫："医生护士，表姐醒来了，醒来了！"

王笑笑对她眨着眼睛，王瑛突然反应过来，将脸凑过去问："表姐，你有话要说，是吗？"

王瑛看到她又眨眼皮，便凑了耳朵到她嘴边，王笑笑拼尽力气在她耳边说："是李元亨……，你回去……沙发垫下……照片，你……就明白了。"说完这句话，王笑笑似乎完成了任务，心满意足地闭上眼睛，又昏迷过去。

王瑛一急，以为她死了，顿时呼天抢地起来。

一个护士看了看血压表，伸手去检查了一下她的心律，拍拍王瑛说："行啦行啦，你表姐没死，只是昏迷过去了，我看啊，她死不了的，放心吧。"

"啊？"王瑛一听，立马止住哭声，抬头看看护士，喉咙里呃了一声，抹了一把眼泪，竟然不好意思地扑哧笑了出来，"呵……不会死是吧……那就好……呵。"

救护车开进了医院，护士迅速将王笑笑推进急诊室，王瑛被挡在了门外。此时她坐也不是，站也不是，走来走去，好不容易等出来一个护士，便拉住人家袖子追问情况。那护士听说是家属，便告诉她："你不用等了，现在在做手术，时间估算不了，手术完了还要观察一晚上，你也见不了的，你先回去吧，明天一早带上病人衣服和钱过来办住院手续。"

王瑛无奈，一步三回头地离开医院。出来被晚风一吹，头脑清醒了些，她突然想起表姐刚才在车上的留言，听话里的意思，打伤她的肯定是李元亨，楼下撞到她的那个也必是李元亨无疑了，难怪叫了不应，原来是仓皇逃跑啊。

"沙发垫下，照片。"这句话引起了她的强烈好奇，于是她赶紧拦了一出租车，拼命催促着司机一路狂奔回去。

2

　　李元亨失魂落魄地在另一部车上，也狂奔于这个繁华喧嚣的城市夜空下。从车窗外猎猎涌入的凉风不遗余力地拍打着他的脸，似乎另一个自己在给他一个又一个的耳光，同时在他耳边不停地大声告诉他："你杀人了，你杀人了，你现在已经是个杀人犯了……"

　　是的，现在自己是个不折不扣的杀人犯，刚刚将一个活生生的人置于死地。这种身份的变化是他怎么也意料不到的。他拼命想让自己冷静下来，好好想想这事情到底是怎么就发生了，他为什么会走到现在这一步，不是说过了今晚，他就永远将自己退到了最安全且辉煌的地带了么？不过几个小时，自己不但没有退回去，并且已经从悬崖上失了足，正在轻飘飘地往山谷深处坠落下去。

　　这事情到底是他妈的怎么发生的?!

　　李元亨也不知道在这马路上转了多久，他越是想冷静下来，就越是狂躁不安，整个人感觉不到身体的存在，茫茫然如同被扔在大草原上的一只小孤雁。

　　不知什么时候，他突然看到前面一幢熟悉的楼，竟然转到家门口来了。他将车子停在马路对面，远远望着这幢住了三年的房子，也许这是他最后一次望着它了。三年来，自己好像从来没有这么安静仔细地端详过它，墙身还很干净，每周有工人来清洗，花池里的植物也很整齐，二楼卧室的灯没开，罗贞一定还在一楼看电视或者讲电话，她煲电话粥的功底相当深厚，经常通宵达旦毫无倦意。

　　他涌起一阵冲动，很想现在就走回家去，再抱一次妻子。哦，妻子肚子里还有他的孩子，虽然小不点都还没有成形，但这是小不点最后一次与父亲最近距离的接触了。

　　刚想下车，他又缩回脚来，不行，他绝对不能在罗贞面前被抓走。刚才在王笑笑楼下他看到了王瑛，王瑛一定报了警，并且告诉警察见到自己了，

CHAPTER FIFTEEN 终结者的最后宣言

再说，现场一定全是自己的指纹，说不定现在警察就在这附近藏着，只要他一出现，马上就会扑上来，死死将他按倒在地上，给他戴上冰冷的手铐，下半辈子，他就会与这副手铐形影不离了。

想到这里，李元亨警觉地扫看四周，每一棵树影后面，仿佛都有一个警察在躲着，在等待着他的身影出现在家门口。

李元亨觉得这里不可久留，他连忙启动汽车离开，就在他的车子驶离之时，一辆出租车与他擦肩拐过来，直接停到了他家门前。

出租车上跳下的是王瑛，她匆匆付了钱，便站到铁门外猛按门铃。

罗贞出来开门，见来人竟然是王瑛，惊讶不已，"瑛子，你怎么来了？"

"李元亨在家吗？"王瑛出言不逊，口里不再是元亨哥了。

罗贞也闻到了不和谐的味道，摇摇头说："还没有回来。"

"哼，罗贞姐，我恐怕他今晚不会回来了，不，是不敢回来了。"

"瑛子，你说什么呀？"罗贞觉得她今晚有些无礼又奇怪。

"罗贞姐，我们进去说吧，你可别吓着，我才从医院回来。"王瑛自顾自地走进屋去，从冰箱里找出一瓶可乐先咕咕咕灌下肚去。

罗贞拖着睡袍跟在她后面，迟迟疑疑地问："瑛子，你快说啊，到底出什么事了？"

王瑛好不容易解了渴，缓过劲来，看着罗贞，一字一字极为郑重地说："李元亨差点把我表姐杀了。"

"啊——？？？"罗贞将信将疑地看着她，"为……为什么啊？"

"哼，为什么，你看这个。"王瑛掏出一叠照片递过去塞给罗贞。

罗贞接过来，只是一眼，手便剧烈抖动起来，"这这这，这都是真的么？"

王瑛刚要回答她，突然，罗贞只觉眼前一黑，竟仰面瘫软下去。

王瑛又是掐人中，又是灌凉水，好不容易弄醒罗贞，"贞姐，贞姐，你可别吓我，要不，我们去医院吧。"

罗贞惨笑一声，推开她，挣扎着站起来，"瑛子，你回去吧，我要休息了。"

王瑛担心地看着脸上毫无血色的罗贞，心里直悔刚才不应该这样把照片扔了出来，她本是来找李元亨兴师问罪的，现在却害了罗贞姐。

"你走吧，对了，笑笑怎么样了？"罗贞问。

"还在医院，没死成，我明天要去办住院手续。罗贞姐，要不，今晚我陪你吧，我担心李元亨回来要欺负你。"

"他？"罗贞苦笑，"他欺负我什么？他的性格我了解，他可能都不会再踏入这个家了。"

"罗贞姐，李元亨太可恶了，他他……禽兽不如，小燕姐不是你的朋友么？他竟然……"王瑛越讲越气，她无法理解为什么小燕姐还会受他骗。

"别说了，瑛子，我想上去休息，我很累。"罗贞一手扶着腰，突然那一阵晕倒醒来后，她就感觉腰间有一阵翻滚刺痛，仿佛五脏六腑都往下沉似的。

"我扶你吧。"王瑛看到她额上沁出了冷汗，心里不禁后怕，轻轻扶起她的手肘。

罗贞点点头，先抬脚移动，刚迈出第一步，腰间的隐痛突然爆发，仿佛被一根铁钩子在肚子里凶猛地搅拌拉扯，她厉声大叫一声，腿一软，再一次重重瘫倒在地上。王瑛吓坏了，她看到罗贞双目紧闭，嘴巴张着，好像喘不过气来一般，"罗贞姐，你怎么了？怎么了？我要救护车吧。"

罗贞好像没有听到她的话，双手捂着肚子，小腿这时发生抽搐，拉得她整个身体都在一抽一抽。王瑛这下吓坏了，跑到电话旁赶紧打 120 求救。放下电话回来时，她看到顺着罗贞的大腿根流出了一大滩血。

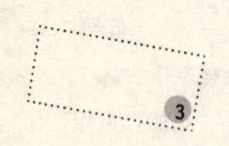

3

深夜，刑警队的办公室灯火通明，整个专案组的人一个都没走，大家各自默然坐着。办公室里沉默得如同死寂。

小三倏地站起来，打破这个沉默："王笑笑受到严重袭击，据王瑛的描

CHAPTER FIFTEEN | 终结者的最后宣言

述，袭击人肯定是李元亨，目前他已失踪，他会上哪儿去呢?"

大家莫名其妙地望着他，所有人现在不就是在想这个问题么，出城的路障和关卡都打过招呼了，因此，他这番话无疑是废话。小三感觉到了，不好意思地抓抓头，坐下来，屁股刚碰到椅子又站起来，大声说："我刚才……刚才想说的不是那个，我是说，李元亨是谋杀未遂，从王笑笑的伤势来看，他是想置她于死地的，我们要马上发通缉令。"

小章站起来，朝小三点点头，示意他坐下，然后看看傅强说："李元亨是跑不掉的，但是王瑛也没有完全看清李元亨的脸，更没有亲眼目睹李元亨的作案过程，这不是一个充足的证据，当然结合他的失踪，嫌疑极大，不过，我们应该等王笑笑苏醒之后，再由她来亲口证实。"

老刘插口说："傅队，小章说的有道理，不过我们也不能放松寻找李元亨，因为他的动机是最大的。他一定知道了透露消息给保险公司的人是王笑笑，并且我觉得他去找王笑笑，本意是取回那些现在到了罗贞手里的照片，这些照片足以毁掉李元亨的所有，应该是他最为看重的。我就不明白，王笑笑既然已经得到了证券套现的钱，也达到了让郑小燕一无所有的目的，为什么还不肯交还照片，那些东西对她还有用处么？事实证明，这样做只能给她带来杀身之祸。"

小三又站起来："我支持老刘的分析，一切等王笑笑苏醒不就明白了嘛。"

傅强问："大勇那边有消息了吗？"

"他十分钟前来电话，说王笑笑已经醒了，但医生让他过半小时，等吊瓶打完了才能去问话。"老刘回答。

"那就再等等，张兰，通缉令起草好了么？"

"好了，傅队，就等王笑笑一确认，你下命令，我马上就可以挂上网去。"女警张兰说。

"嗯，大家放松一下吧，通缉令发出后，今晚有大家忙的了。"傅强挥挥手。

时间点滴流逝，突然响起清脆的正点报时，已是凌晨一点。桌上电话同时响起，老刘抢过去一把抓起来。

"喂，大勇吗？情况怎么样……啊……哦，傅队，大勇让你接电话。"

傅强接过电话，"请说。"

所有人的眼光都聚集到傅强那只握着电话的手上，仿佛那里像传真机般会吐出什么来。

傅强听了一会儿，默默放下电话，看看大家，苦笑一声。

"怎么样？"小三忍不住了。

"王笑笑说，她是自己摔倒的，根本没见过李元亨。"

所有人都吃惊且不相信地等待着傅强说下去，而傅强却没再说话，他的表情已经说明了它的真实性。

"那，通缉令还发么？"小三疑惑地问。

"发个屁。"老刘冲他吼了一句。

这时，办公室门被推开，一名警员进来，并给傅强一叠资料。所有人都明白，这正是他们等到深夜的另一个结果了，于是大家围了上去。

傅强拿起最上面的一张，看了一会儿，递给旁边的小章，长长舒了口气，宣布："周国荣的案子可以结案了，他是自杀的，车库里找到的刀片上的碎屑已检验出与他车上抽动刹车线是同一种物质，刀片上也只有他的指纹。"

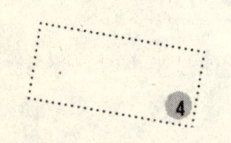

4

九个月后。

银行地下保险库里，刘子强将钥匙轻轻插进锁孔。这一年来，他每天都在等待着这一天的到来，周国荣既然是自杀，那么，他一定有非常出人意料而又精心布置的交待，这里面会是什么呢？

昨天，他与傅强见了一面，他问傅强要不要一起去开启保险箱，傅强想了想，对他说："周国荣这个人，不管他保险箱里放了什么东西，我都不会

218

CHAPTER FIFTEEN | 终结者的最后宣言

再意外了，所以，我没有兴趣。"

刘子强笑了，说："其实我很好奇，我有一种感觉，自从一年前周先生死后，这一年来，发生在他身后的事情，似乎后面总有一根什么线在扯着，你想想，与他的遗嘱牵扯上的每个人，都发生了翻天覆地的变故，李元亨甚至到现在都没有人见过他，假如没有那份遗嘱，事情可能又会是另一个样子。李元亨无法操纵证券，保险单被曝光，王笑笑就一无所有；而李元亨自己也可能没有被牵入而一直置身事外，现在还是罗氏股份的总经理；郑小燕呢，起码过得非常富足。这一年来，她只能依靠诊所屋子的租金生活，那间大房子也卖掉了，我真想不明白，这难道是周国荣愿意看到的结果么？"

傅强听了不住点头，也感叹地说："周国荣的案子其实给了我很大的感触，在调查过程中，我们怀疑的每一个人，事实上都没有被完全排疑，我们对每个嫌疑人的推理都是可以成立的，所以，我甚至认为周国荣非常该死，他身边这么多有动机、有作案时间可以杀他的人，他竟然是死于自杀的，呵呵，这个案子对我影响很大，以后我面对每一个案子时，我都会将面铺得非常广，而收得很小心。"

刘子强看看表，站起来说："傅警官，我还是希望明天能见到你，难道你真的一点兴趣都没有了么？"

"死人的话可信度有多大呢？"傅强反问他："如果明天保险箱里有一封信，说他不是自杀的，而是被他的律师所杀，你说，我们能相信他么？"

刘子强哈哈笑起来，"傅警官，本来我是想给你个惊喜的，现在只好提前说了，我早上接到了李元亨的电话，他明天会到来，他说，他很想知道周国荣还会不会再次提到他。"

正是这个消息打动了傅强。今天，他到场了，旁边站着周太太郑小燕，另一边是李元亨，他失踪了将近一年，变得黝黑削瘦，但今天看得出来特意修整了一番，他知道会见到郑小燕，剪了头发，胡子也刮得干净。

刘子强抱着一个木制方盒子从放保险柜屋子的铁门里迈出来，朝门口站着的三人微微点头，突然一愣，望着他们身后。

三人同时转过头去，王笑笑不知什么时候已经到来，在他们身后一米处静静站着，她穿着一年前出现在遗嘱宣读时的那身黑色长裙，盘起的头发后边插了一支白簪。

刘子强将盒子轻轻放在桌上，找到开关一按，盒盖"啪"一声弹了开来。里面平放着一封信，他取出信封，抽出信纸，看了看在场的人，大家注视着他，表情肃穆。

刘子强将注意力回到信纸上，朗声读起来：

刘律师，你在读这封信时，想必有隔世沧桑之感，一年了，你和正在听你读信的人还记得多少我的样子呢？

经过这一年，我猜想会有如下的三种情况之一出现。

第一种情况是：小燕和朵朵得到我的遗产平静地生活，并且继续平静生活下去，笑笑得到了保险金，在另一个城市生活，元亨将我的证券投资经营得出色，这是一个多么美好的局面；

第二种情况是：小燕和朵朵平静生活，元亨经营我的证券略有盈利，可怜的笑笑呢，因为我的伪造体检表和自杀原因没有得到保险金，生活无依，毕竟我们的人民警察是有能力的，他们肯定能查出我死亡的真相，如果是这种情况，那么，我这个盒子里的一切都归王笑笑继承。

最后一种情况在我今天看来，似乎最不可能出现，但是我认为它最可能是你们今天的现实，那就是，元亨早已不在经营我的证券了，由于某种原因而将此笔遗产交给了王笑笑，我可怜的妻子和女儿因为我的自杀和伪造体检表而失去交换回来的保险金，她们过了一年并不宽松的日子，那么，此盒子里的一切归小燕继承。

其实我最希望第三种情况出现，因为经历过那些风波，笑笑与小燕，还有元亨，你们之间再也不会有恩怨伴随你们的下半生了，金钱虽然可以让你们富足，但是了却恩怨的人生又何尝不幸福呢？

元亨弟，请原谅我将你牵扯进来，因此改变了你的人生，虽然所有选择都是你做出的，但是我想告诉你我此时的真实想法。如果，你与小燕是偷欢，那么，你对不起我；如果你们是偷情，那么，我早已经原谅了你，因为我理解偷情的你。

笑笑，我知道不管哪种情况，你都已经在别处生活，请保重自己。

CHAPTER FIFTEEN | 终结者的最后宣言

小燕，好好抚养我们的孩子。当她问起爸爸的时候，告诉她，爸爸真的爱她，并会永远保佑她，保佑你们母女。

各位，不管你们曾经对我有恨还是有爱，在你们的今天，我都无关紧要了，忘记一个人是很容易的，我很荣幸你们至少记住了我一年时间。

请保重自己。

"读完了，"刘子强折好信放到一边，从盒子里掏出了另一张折叠的纸，小心展了开来，看了一会儿说："这是一份黄金银行托管单，一年前的价值是30万美金，根据周国荣先生的遗信，它将由周太太拥有。"说完将此单递到郑小燕面前，郑小燕一动不动，眼睛死死盯着刘子强手里的托管单，肩膀强烈抽动，豆大的泪珠滚滴而下。突然她蹲下来放声痛哭，仿佛要将这一年的委屈与徬徨全部释放干净，哭声肆意且尽致。

傅强就站在她旁边，却没有去扶她，他觉得她应该大哭一场。记得杨梅曾经告诉过他，郑小燕以前是不会哭的。如果杨梅此时在场，她会产生出新的心理学论题么？可惜这个只是如果，杨梅半年前突然将股份以一块钱卖给了张文远，只身出国，没有给任何人留下联系方式。

李元亨默默站了一会儿，他终于明白了，他是最不应该在这个时候站在这里的人，周国荣对他真正的羞辱从来就存在，只不过一直都被锁在保险箱里。他觉得自己是世界上最愚蠢的人，自以为聪明地生活了三十多年，却被一个不会说话的死人玩弄于股掌足足一年，并且这一年里将自己三十多年建筑起来的一切冲毁得干干净净。

没有人注意到他在悄悄退后两步，然后转身静静离开。回身的时候，他发现，王笑笑已经不见了。

提前阅读体验 ▶▶▶
LAST PASSION

倾情推荐
- 庄秦
- 七根胡
- 韦一
- 谢飞
- 快刀
- 李昇
- 雷米
- 大袖遮天

庄 秦 ▶▶▶

犹如乘坐云霄飞车，老家阁楼总是在揭破一个伏笔的时候，又埋下了新的伏笔。

和国内大多数悬疑小说一样，《最后的欢愉》里，也有警察的角色。但在这个故事里，警察并非主角，而是承前启后的配角。由警方的视点，我们可以从客观的角度知道一些新的线索，帮助我们解谜。但要想知道最后的真相，我们必须抛开警方的帮助，与文章中的主角共同进退。

这就是阅读这部小说的快感所在。

七根胡 ▶▶▶

可以说这部书很成熟，阁楼用犀利的笔锋暴露了人类的阴暗面，或者说攻克了人类心理最想隐藏的秘密。不过小说的开头有些拖沓，是用传统的方式带出了每个人物的出场，这种方式是最容易让读者看懂的。我是带着一种期盼，开始往下阅读的。当主要人物以"死亡"的方式出场的时候，各种疑问和谜题也开始出现了。

故事中每个人的感情都有些混乱、多重，我在想，阁楼或许想要体现出现代都市男女的一种迷茫，对生活无力的感觉。但每个人又都是精明的，精明得让你无法揣测出每个人的心里到底在想什么。不论是警察，还是几位主人公，都在阁楼的笔下被描写得绘声绘色、有血有肉，像极了现实中的人物，又精炼得将现实中人物身上的优缺点全部提取。

韦 一 ▶▶▶

老家阁楼是国内知名悬疑原创社"黑猫社"的主要成员之一，在本书中他跳出只局限于写悬疑故事的套路与圈子，而是把多种元素进行了融合，悬疑、推理、爱情、伦理，社会各类小说的特点尽揽其中。社会活动的场面也广，各行各业的人在小说中陆续出现，警察、律师、心理师、记者、小业务员等，作者对各层各面、各个人物的描写，令人叹服。比如在写律师时说，我们最主要的工作就是寻找法律漏洞，从反面来说，正因为我们能找出法律的漏洞和空白点，让一部分人逃脱了法律制裁，没有受到应得的惩罚，助长了某些人的侥幸心理，所以，最精通法律的人，并不是维护法纪的人。写媒体时说，媒体就是一个永远站在悬崖上呐喊的行业，如果不呐喊，就会随时掉下去，而呐喊了，更有可能被人推下去。

不管他是来自于一个作家的敏感还是来自于他对各行业的细微观察，或来自于生活交际圈的个人体验，他让人感觉到他的真实，这给小说增色不少。

谢 飞 ▶▶▶

我把《最后的欢愉》一口气看完，然后忍不住又看了一遍。正所谓温故知新，好的作品总让人手不忍释，想多看上几遍。对于悬疑推理的技巧，老家阁楼显然已经非常熟稔，线索铺垫得有条不紊，推理过程也显得游刃有余。但从我个人的感知出发，我更愿意把这部精彩的悬疑推理小说当作一部同样精彩的都市画卷来看待。画轴层层铺开，黑、红两色交错纵横在我眼前——有黑色的阴谋，红色的血迹；也有黑色的西装，红色的唇印。

记得张学友的一首国语歌《谁想轻轻偷走我的吻》的歌词："春风习习，诉说秘密，谁的手握在一起？若现若隐，谁是梦中的你？月光迷离，寻欢人群，多少爱慕的眼睛？不远不近，正好使我动情。"是啊，欲望构织的喧嚣都市，灯红酒绿下、人影车光中，不知隐藏着多少不为人知的秘密。当诱惑亲吻你的身体，你的坚持将被谁偷去？

快 刀 ▶▶▶

《最后的欢愉》是老家阁楼的新作品，他称之为一部伦理小说。一场看似谋杀的车祸，一个早已留好的遗嘱，把一些人纷纷牵扯进来，随着警方的调查，藏在这些人中的一些隐秘的关系以及恩恩怨怨逐渐曝光。于是，夫妻、情人、朋友之间的好戏一幕幕开场。

《最后的欢愉》也是一部悬疑小说，书里的情节会引导读者不由自主地去探究事实的真相,但事实却并非展现在读者面前的那样简单,一条条线索、一个个推论把无数种可能摆在了读者面前,可这些可能却又存在着无数的变数,真相是什么?谜底是什么?读者只有到书中去寻找了。

李 异 ▶▶▶

《最后的欢愉》就像是一场情感伦理实验,在悬疑与激情的外衣下,深藏着老家阁楼对当代人精神状态的关注与悲悯。这些事、这些人并非边缘,或许他们就存在于我们的身边,或许就是我们自己。通过这部小说,我们可以思考很多问题,比如郑小燕、王笑笑和罗贞这三个女人的悲剧,比如李元亨的伦理是非,比如女心理医师杨梅的心理症结等等。此中有情感的,有社会的,有心理的,甚至是病理的话题。

雷 米 ▶▶▶

这是一个斗智的故事,自然少不了智者的参与。于是各路人马在这个舞台上绞尽脑汁,自作聪明,到头来却统统败在了出场不久就挂掉的那个人手下。一个死去的人,能够将所有人玩弄于股掌之间,是因为他有秘密,而其他人的被动与狼狈,也是因为他们各自都有秘密。正是因为秘密,他们在强大的同时脆弱无比,在伤害他人的同时也让自己堕入了万劫不复的深渊。当灯光渐暗,幕布渐渐合拢的时候,我们看到的,只有一张张受伤的脸。

这就是阁楼在《最后的欢愉》里展示的一群衣着光鲜、内心彷徨的人,他让他们在灰色的物质化城市中登场亮相,各自表演,然后再以不同的方式悄然隐退。他们彼此依赖,彼此渴求,又彼此伤害,然后在光怪陆离的名利场中拼命掩盖伤口,力求一个得体的笑容。我们尽可以把他们看作一场好戏中的傀儡，被一条无形的细线牵引着手舞足蹈。而这条线，恰恰是每个人心中最最难以启齿的欲望。就好像李元亨和郑小燕在酒店偷情的那场戏，两个人在酒店的露台上做爱，任由赤裸身体上的花瓣片片掉落。是燃烧的情欲，还是背叛的刺激？他们羞涩地展示，又压抑地张扬。高潮之后是疲惫，繁华褪尽便只余虚无，郑小燕留在木屋酒吧里的最后一瞥，才最纯粹。

大袖遮天 ▶▶▶

作为小说文本本身，本书是令人赞叹的，语句的流畅精悍，让人一口气读下来也不觉得疲倦，中间不愿意做任何停留。老家阁楼的技巧已经进化到了相当高的境界，在此祝贺一下。

结构方面，本文其实已经相当精巧，但如前所述，因为本文具有成为更丰富的小说的潜力，老家阁楼将之创作成为阴谋小说，因此，在全文的心理斗争和欲望冲突主线中，作为侦破者的警官傅强和小章，反而感觉是个多余的设置。

《最后的欢愉》，以其富有牵引力的开头，以及完美的阴谋布局，成为一部很有分量的作品，虽然未能达到理想状态，也未必就是一种错，只能说开局太好，令人期望过高，而能令人产生如此期望的开局，也正说明老家阁楼驾驭文字的深厚功底。

本书的阅读不会令人失望——这是我要说的最后一句话。